百無禁忌
天官賜福

天官赐福

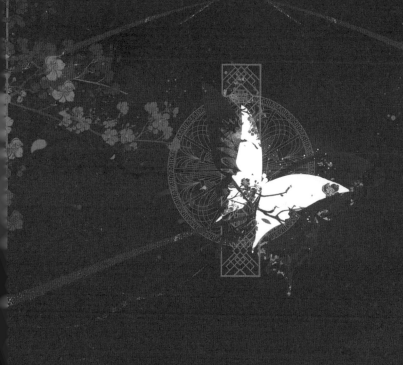

천관사복

天官賜福

묵향동후 장편소설

4

목차

35장 혼란한 선락국, 태자 인간계로 돌아가다

이렇듯 고향을 잃고 떠돌아다니는 이재민들이 선락 황성의 군
대에 대항하려는 건 계란으로 바위 치기요, 사마귀가 수레 앞을
막아서는 격이었다.

하지만 벼랑 끝에 몰린 사람은 계란으로 바위를 치고 수레를
막아설 용기가 있는 법이다. 수만 명의 영안인들은 한바탕 소란
을 일으킨 뒤 끝내 성문 앞을 떠났다. 그들은 적당히 멀리까지
물러나 새로운 장소에 임시로 거처를 세웠다.

그들은 떠나지 않을 작정이었다. 여정 도중에 죽으나 여기서
버티다 죽으나 무슨 차이가 있겠는가? 이전에 국주가 배급해
준 물과 식량, 바깥의 나무껍질이나 잡초, 풀뿌리, 쥐와 뱀, 벌
레 그리고 그간 묵혀 온 원한과 분노에 의지해, 이들은 상상을
초월하는 질긴 생명력으로 악착같이 버텼다. 며칠 뒤, 분주하게

모인 천여 명의 사람들이 낫과 갈퀴, 돌, 나뭇가지 등을 들고 황성으로 돌아가 전투를 벌였다.

아수라장 같은 전투였다. 그마저도 처참하게 패배해 천여 명중 절반이 죽고 다쳤다. 하지만 아무런 수확이 없는 것은 아니었다. 낭영은 홀로 성루에 뛰어들어 큼직한 쌀자루와 무기 몇 개를 가지고 되돌아왔다. 비록 심한 부상을 입었으나, 그 모습은 오히려 유랑민들의 투지에 불을 붙여 주었다.

이 무렵 그들의 색깔은 도적에 더 가까웠다. 한 차례, 두 차례, 세 차례. 이어지는 전투에 선락국 병사들은 이 도적들이 빠르게 발전하고 있다는 것을 깨달았다.

경험이 전혀 없었던 오합지졸 습격자들은 차츰 방법을 모색해 나갔다. 횟수를 거듭할수록 상대하기 까다로워졌고 살아 돌아가는 사람도 갈수록 늘어났다. 게다가 소식을 들은 이재민들이 끊임없이 합류해 대오를 부풀렸다. 선락국은 이 '도적'들을 어떻게 해결할지 의견이 분분했다. 이런 터무니없는 전투가 대여섯 차례 벌어지자, 사련도 더는 성벽 위에서 가만히 지켜만 볼 수가 없었다.

그는 며칠이 넘도록 상천정에 보고를 올리지 않았다. 그리고 이번에는 선경에 도착하자마자 아무 말도 없이 신무전으로 달려갔다. 그가 뛰어들었을 때 군오는 상석에 앉아 있었고, 신관들은 머리를 숙인 채 명을 따르고 있었다. 중요한 일을 의논하던 중인 모양이었다. 평소였다면 다른 날을 골라 다시 찾아왔을 테지만, 지금은 더 기다릴 여유가 없었다. 그는 단도직입적으로 말을 꺼냈다.

"제군. 저, 인간계로 돌아가겠습니다."

온 신관들이 화들짝 뛰어 올랐다. 그러나 과한 감정을 드러내지 않으려 재빨리 입을 가리고 말을 아꼈다. 군오가 잠시 생각에 잠기더니, 천천히 옥좌에서 일어나 부드러운 목소리로 말했다.

"선락, 나도 무슨 일이 일어났는지는 대강 알고 있다. 하지만 우선 침착해라."

"제군, 전 허락을 구하기 위해서가 아니라 알려 드리러 온 겁니다. 송구하오나 저의 백성들이 도탄에 빠져 있어 침착할 수가 없습니다."

"세상사에는 자연히 정해진 운명이 있다. 이리 내려가면 금기를 어기게 된다는 것은 알고 있느냐."

사련이 소리쳤다.

"금기를 어겨도 상관없습니다!"

이 말을 들은 신관들의 안색이 확 변했다. 이리 당당하고 우렁차게 이런 말을 꺼낸 신관은 정말이지 난생처음이었다. 아무리 군오가 어린 나이에 등선한 이 선락 태자를 총애한다 해도, 가히 대담한 태도가 아닐 수 없었다.

사련은 곧이어 허리를 굽히고 머리를 조아리며 말했다.

"부디 한 번만 아량을 베푸시어 제게 시간을 주십시오. 전쟁이 시작된 이상 사상자가 나오는 것은 피할 수 없습니다. 하오나 만약 제가 이 전쟁을 평정해 사망자를 가능한 한 줄이고, 전쟁이 널리 번지지 않게 막는다면, 전쟁이 끝난 뒤에는 반드시 선경으로 돌아와 제군의 처분대로 벌을 받겠습니다. 저를 산 아래에 구금하고 백 년, 천 년, 만 년을 가두신다 해도! 저는 결코 후회하지 않을 것입니다."

말을 마친 사련이 머리를 숙인 채 대전 바깥으로 물러났다. 이때 군오의 목소리가 들려왔다.

"선락!"

사련의 걸음이 움찔 멈추었다. 군오가 그를 바라보며 한숨지었다.

"모든 사람을 구할 수는 없다."

사련은 느릿하게 허리를 세우고 대답했다.

"모두를 구할 수 있을지 없을지는 해 봐야 답을 알 수 있겠지요. 설령 하늘이 절 죽이겠다며 검을 찔러 와도, 심장을 빗맞고 산 채로 바닥에 붙박인다면, 저는 숨이 붙어 있는 한 끝까지 몸부림칠 겁니다!"

───────◆───────

이번에 다시 내려온 인간계는 예전의 여느 때와 달랐다. 사련은 무언가를 내다 버린 듯한 느낌이 들었다. 조금은 홀가분하면서 또 조금은 무거웠다. 그는 한시도 지체하지 않고 첫걸음을 내디뎌 황궁으로 돌아갔다.

국주와 황후는 황실 서재 뒤편에서 어둡고 피곤한 표정으로 조용히 이야기를 나누고 있었다. 문밖에 다다른 사련은 잠깐 긴장이 되었지만, 이내 마음을 가라앉히고 발을 걷어 올려 안으로 들어섰다.

"부황."

나란히 고개를 돌린 국주와 황후는 너 나 할 것 없이 넋을 놓았다. 잠시 뒤, 황후가 먼저 일어나 희색을 띠고 말했다.

"황아!"

그녀가 두 손을 내밀고 다가와 반기자 사련이 그녀를 부축했다. 미소를 채 거두기도 전, 국주가 무겁게 가라앉은 얼굴로 말했다.

"뭐 하러 내려왔느냐!"

사련의 입가에 걸린 웃음기가 얼어붙었다.

사련은 이전에 황궁에서 부모님이 남몰래 나눈 대화를 듣고, 제 아버지가 겉으로는 불만을 늘어놓아도 내심 나를 그리워하는구나, 생각했다. 자신이 돌아오면 국주도 조금은 기뻐하는 기색을 비칠 것이라 생각했다. 그랬다면 사련도 분명 태도를 누그러뜨렸을 터다. 하지만 국주가 이렇게 언짢은 표정으로 반응할 줄 누가 알겠는가. 사련도 화가 치밀어 표정을 굳히고 말했다.

"제가 왜 내려왔겠습니까. 다 부황 때문이 아닙니까? 왜 지금 영안에 난리가 일어났는지, 가슴에 손을 얹고 자문해 보십시오.

부황께도 책임이 있지 않습니까?"

국주가 표정을 뒤바꾸더니 날카롭게 목소리를 높였다.

"내 책임? 지금 그게 내게 할 말이더냐?"

그는 군주로서의 호칭마저 잊고 역정을 냈다. 황후는 눈물을 흘렸다.

"이미 이렇게 되어 버린 것을, 두 사람이 다투면 무슨 소용이 있습니까?"

사련이 대답했다.

"다투는 게 아니라 도리를 말씀드리는 겁니다. 아무리 한 나라의 국주이시고 저의 아버지라 해도, 부황에게 책임이 있다면 저도 말할 수 있지 않습니까? 왜 최선을 다해 이재민을 구제하지 않으십니까? 탐관오리들이 구조금을 남몰래 삼키는데 왜 응징하지 않으셨습니까? 부황께서 신속하게 잡아들여 처벌하셨다면 감히 탐욕을 부리는 좀 벌레가 나왔겠습니까. 그럼 상황도 지금보다 나았을 텐데요?"

국주의 이마에 핏대가 툭 솟았다. 그는 서안을 내리치며 소리쳤다.

"입 다물어라! 너는 국고가 모자라는 족족 채워질 만큼 넘쳐 나는 줄 아느냐? 그리고 잡아들여 처벌한다니. 군주의 간단한 명령만으로 그리 신속한 효과가 난다면, 왜 역대 왕조에서는 탐관오리들이 근절되지 않았겠느냐? 네가 뭘 안다고! 무지몽매한 어린애가 내 앞에서 치국을 논해!"

사련이 대꾸했다.

"그래요, 전 모릅니다. 한데 황성에 이재민을 수용할 곳이 없어서 내쫓는다 쳐도, 왜 이재민들에게 두둑한 여비를 챙겨 주지 않으셨습니까? 왜 진심으로 위로하지 않으셨고, 군대를 보내 호송해 주지 않으셨습니까?"

국주는 눈에 불을 켜고 하늘을 향해 삿대질하며 말했다.

"꺼져라, 썩 꺼지지 못해! 당장 하늘로 돌아가라! 널 보면 진절머리가 난다! 다시는 나타나지 마라!"

사련은 가슴 가득 열정을 품고 인간계로 내려와 가장 먼저 부모님을 뵈러 왔다. 그러나 아버지의 입에서 나온 말은 하늘로 돌아가라는 것이었다. 그는 조용히 아버지에게 인사를 하고 물러났다. 뒤쫓아 나온 황후가 그를 붙잡았다.

"황아!"

사련은 부드럽게 말했다.

"모후, 염려 마세요. 전 왕도를 돌아다니면서 상황을 살펴볼까 합니다."

황후는 고개를 저으며 말했다.

"황아, 나는 나라의 중대사 같은 건 몰라도 네 부황은 잘 안다. 그이가 어떻게 국주 노릇을 해 왔는지 오랜 세월 지켜보았지. 마음속으로 네 아버지가 부족하다고 생각해도 상관없다. 나도 가끔 그렇게 느낀다. 그저 입 밖에 내지 않을 뿐. 하나 면전에서 그리 말하지는 말아라. 그분은 네 부황이 아니더냐. 눈앞에서 노력

하지 않았다고 말해 버리면 참으로 큰 상처가 될 것이야.”

사련은 할 말이 있는 듯 입을 달싹였다. 황후가 다시 말했다.

“너는 태자였지만 국주 자리에 앉은 적은 없지. 나라는 네가 도를 닦는 것과 다르단다. 네가 막 황극관에 들어갔을 때, 국사가 도란 마음만으로 닦는 것이라 말하지 않았느냐?”

사련은 천천히 고개를 끄덕였다. 황후가 그의 손을 잡고 말했다.

“그러나 세상에는 마음을 쓰는 것만으론 소용없는 일들이 아주 많아. 능력도 있어야 하지. 너뿐 아니라 너의 아랫사람들도 능력이 있어야 해. 게다가 능력이 다가 아니라, 너와 한마음이 되어야 한다.”

사련은 내내 말이 없었다. 한참 뒤, 그가 입을 열었다.

“국고가 심하게 바닥나지 않았습니까? 저는 사당이 필요 없습니다. 부황께 그렇게까지 사당을 짓지 말라고 해 주세요. 그 금상들도 전부 없애고요.”

황후는 안타까운 마음으로 말했다.

“너도 참……. 물론 네 아버지는 네게 좋은 것을 주고 싶고, 네가 하늘에서 영광을 누리길 바라는 사심으로 궁관을 지으셨다. 하지만 그 8천 궁관 중에 실제로 네 아버지가 세운 게 몇 채나 되는지 알고 있느냐? 아마 모르겠지.”

사련은 정말로 모르고 있었다. 그는 잠시 생각해 보고는 대답했다.

“……절반?”

"정말 네 부황이 국고의 돈을 꺼내 4천씩이나 되는 태자전을 세웠다면 영안인이 난을 일으키기도 전에 황성이 먼저 들고 일어났을 게다. 국고가 비었는데 무슨 돈으로 그 많은 사당을 지었으려고? 네 부황이 지은 건 스무 채 남짓에 불과하단다. 그이가 궁관을 세우자 남들이 덩달아 따라 지었지. 그이의 비위를 맞추고, 네 비위도 맞추려고 말이다. 이것도 네 아버지가 세운 궁관으로 쳐야 할까?"

"저는……."

황후가 나지막하게 말했다.

"네 아버지가 부족하기는 했지만…… 어쨌든 최선을 다했어. 다만 세상사란 것이 원래 최선을 다해도 부족하기 마련이잖니."

잠시 침묵한 그녀가 다시 말했다.

"너는 지금 영안인들이 안타까운 마음에 네 부황을 책망하는 게지. 하지만 모두 그이의 백성인데 우리가 그들을 괴롭히기야 하겠니? 사실……."

황후가 반쯤 이야기했을 무렵, 국주가 서재에서 버럭 노성을 질렀다.

"무슨 쓸데없는 말을 그리 많이 해! 빨리 하늘로 돌려보내게!"

황후는 뒤를 돌아보며 한숨을 내쉬었다.

"황아, 이제…… 이제 내려오지 말아라. 그만 돌아가려무나."

황궁을 빠져나온 사련은 신무대로의 작은 골목을 따라 걸었다. 마침 풍신과 모정이 자리에 도착했다. 모정은 오자마자 믿을 수 없다는 투로 말했다.

"전하! 자진해서 속세로 내려오신 겁니까? 신무전에 계신 제 군께 말씀은 드렸고요?"

"응."

"왜 저에겐 사전에 한마디도 없으셨습니까?"

풍신이 의아해하며 끼어들었다.

"그게 무슨 소리야. 전하께서 뭘 하시기 전에 다른 사람에게 미리 설명해야 돼?"

그러나 모정은 잠시 예의를 잊은 듯 대꾸했다.

"그러면 안 돼? 우리는 전하의 사람이다. 우리는 지금 전하와 함께 묶여 있어. 전하의 일거수일투족은 우리의 처지와도 직결된다고. 그래서 난 전하께서 무슨 일을 하실지 미리 알고 싶은데, 뭐가 잘못됐어?"

"전하께서 뭘 하시든 우리는 따르면 그만이잖아? 뭘 하시든, 하늘에 오르든 땅으로 내려오든 다 전하께서 직접 판단하시겠다는데 넌 뭐가 그리 두려워?"

"너!"

모정이 외쳤다.

"두려운 게 아냐! 난 그저……."

사련이 손을 내저었다.

"그만해. 싸우지 마!"

풍신과 모정은 재깍 입을 다물었다. 이때, 한 줄로 늘어선 시위 행렬이 거리를 통과했다. 수천 수백의 백성들이 소리 높여 외쳤다.

"영안을 제거하지 않으면 나라에 평안한 날이 없으리라!"

"나라를 어지럽히는 종양들은 위세 부리지 말지어다!"

선락인은 단 한 번도 무언가에 대해 이토록 날을 세운 적이 없었다. 게다가 요란한 시위까지 벌이다니. 사련은 내심 미심쩍은 기분이 들었다. 한편 풍신은 미간을 찌푸리며 말했다.

"어떻게 여자가 저 안에 있지?"

풍신의 말대로 한 소녀가 시위 행렬의 선두에 서 있었다. 수려하고 늘씬한 자태에, 얼굴은 희고 까만 눈이 맑게 빛났다. 뺨은 붉었으나, 수줍은 빛이 아닌 분노의 빛이라 자못 사람들의 눈길을 끌었다. 다시 마음을 가다듬은 모정이 냉담한 목소리로 물었다.

"전하께서는 저 소녀를 모르시겠습니까?"

사련이 대답했다.

"모르겠어."

반면 풍신은 인상을 찌푸리며 말했다.

"어째 낯이 좀 익은데?"

모정이 대답했다.

"저 소녀가 원인 중 하나입니다."

사련이 물었다.

"무슨 원인?"

모정이 말을 이어 갔다.

"양쪽을 갈라서게 만든 원인이요. 이전에 황성에 영안인들이 갈수록 많아지면서 얌전히 머무르지 않고 돌아다니며 사고를 치는 자들이 생겼습니다. 그래서 조정에서도 추방을 논했고, 실제로 소문도 이미 퍼진 상태였죠. 그러다 황성을 떠나고 싶지 않았던 한 영안인이 모험을 무릅쓰고 야밤에 어떤 부잣집에 숨어들어 그 집 여식을 납치했습니다."

사련은 모정의 말을 듣고도 이해하지 못했다.

"떠나기 싫은데 왜 부잣집 딸을 납치하지?"

모정은 그를 한번 흘긋 쳐다보고, 말을 이었다.

"그 여식을 아내로 들이려고요. 하지만 억지로 납치하지 않고서야 영안인과 혼인하려는 황성 가문 여식은 없겠죠."

노골적인 설명은 없었지만 사련은 금세 깨달았다.

이런 짓을 하는 건 생각도 해 본 적이 없었다. 세상에 이런 사람이 다 있다니. 이런 일이 일어날 수 있다니. 문득 메스꺼운 느낌이 솟구쳤다. 풍신은 그 자리에서 바로 욕을 내뱉었다.

"역겨운 자식!"

이때 부인들 여럿이 다급하게 뛰어들어 소녀의 허리를 붙잡고 끌어내려 했다. 보아하니 가족들이 한눈을 판 틈에 도망쳐 나온 모양이었다. 하지만 소녀는 고집을 부렸다.

"뭐가 무섭다고! 내가 부끄러울 게 뭐가 있어요? 내 잘못도 아닌데!"

풍신이 놀라워하며 말했다.

"성격이 제법 불같네."

모정이 받아쳤다.

"그래. 저 소녀가 태어난 집안은 보통 집안이 아니야. 부친은 조정의 중신이고 어머니의 집안은 황성의 부유한 상인이거든. 괜한 손해는 감수하고 싶지 않았고 체면을 위해 딸을 시집보낼 수도 없었으니 일단 그 영안인을 때려죽였어. 그리고 머지않아 온 성의 부유한 거상들과 명사들이 공동으로 상소를 올렸지. 영안인이 성에 들어온 뒤로 저지른 죄를 열거하고, 국주 폐하께서 그자들을 하옥하고 엄히 처벌해 달라 간청하는 내용이었어. 대신들의 입장이 어땠을지는 더 말할 필요도 없을 테고."

이윽고 그가 다시 가볍게 말을 덧붙였다.

"저 소녀의 아비가 예전부터 자기 여식을 궁으로 보내 태자비 자리를 얻고자 했다더군요. 전하께서도 오래전에 몇 번 만나신 적이 있으실 텐데, 알아보지 못하실 줄은 몰랐습니다."

사련은 마침내 깨달았다. 이 모든 일은, 그가 생각했던 것보다 훨씬 복잡했다.

성의 안과 바깥은 이미 공존할 수 없게 된 지 오래였다. 신하도 백성도 분노에 휩싸여서는 당장이라도 상대를 일망타진해 씨를 끊어 버리려고 안달이었다. 이런 상황에서 국주가 영안인의 편을 든다면, 자기 백성들에게 찬물을 끼얹는 격이 아니겠는가? 결국에는 바싹 마른 국고를 털어 영안인들에게 건네고 밖으로 떠밀었다. 물론 아주 초라한 금액이었지만, 그래도 여러 황성 사람들은 그 처사마저 불만스러웠을지도 몰랐다.

적의 불만보다 무서운 것이 자신이 다스리는 신하와 백성들의 불만이다. 본디 모두가 선락국의 신하와 백성이라지만, 아마 지금은 그렇게 생각하는 사람이 몇 없을 터였다.

사련은 까마득한 하늘에서 지내느라 오랫동안 인간 세상의 일을 몰랐다. 하지만 그의 아버지는 여전히 인간 세상에 있었다. 일국의 군주인 그에게는 돈과 사람이 필요했다. 압력을 받는 자리에 앉아 온갖 사람이며 사건을 중재하느라 진땀을 빼는 그가 사련과 같을 수 있을까? 외지에서 온 영안인들이 황성의 땅을 점거하고, 소란을 피우고, 도둑질하는 일쯤은 궁관에 사는 무신에겐 대개 사소한 일이라 화낼 것도 없이 참고 넘어갈 수 있다. 그러나 황성의 백성들에게는 너무나 선명해 떨쳐 낼 수 없는, 참고 견디기 어려운 괴로움이자 언제고 터질 수 있는 위기였다. 간단하거나 하찮은 문제로 느껴진 건, 그저 그 상황에 놓인 것이 자신이 아니었기 때문이다.

사련은 문득 지난번에 봤을 때보다 더 하얗게 센 국주의 귀밑머리가 떠올랐다. 지난번에 물들이겠다고 말했었지만, 아마 이제 더는 물들일 정신도 없을 것이다.

어렸을 적에는 아버지가 천하에서 가장 위대한 군왕이라고 굳게 믿었다. 하지만 자랄수록 그렇지 않다는 걸 깨달았다. 그의 아버지는 비록 국주이지만 둘도 없이 영명하다고 말할 정도는 아니었다. 때로는 조금 고리타분하기도 했고, 실수도 잦았다. 그 존귀한 신분을 치우면 그저 평범한 사람에 불과했다.

깨달아 갈수록 실망이 늘어 갔다. 국주는 그의 실망을 알아차렸다. 그래서 자꾸만 아들의 반항기 어린 눈빛과 말대꾸 하나하나를 용납할 수 없게 되었다. 그리고 가장 용납할 수 없는 것은, 자신의 실패한 모습을 보이는 일이었다.

이 천하에 아들에게 자신의 실패한 모습을 보여 주고 싶은 아버지가 어디 있겠는가. 무릇 아버지라면 아이 앞에서만큼은 언제까지나 커다란 존재이고 싶을 것이다. 그런데 사련은 이런 때에 나타나 자신의 아버지를 질책했다. '일을 엉망으로 만들었잖아! 너무 엉망이라 내가 직접 도와주러 내려와야 했다고.' 한 나라의 군주로서도, 한 사람의 아버지로서도, 이런 말을 듣고 어디 마음이 편했을까?

그 소녀는 결국 우르르 몰려든 집안 시종들의 손에 끌려갔다. 나머지 백성들은 행진을 이어 가며 깃발을 흔들면서 고함쳤다. 목이 터져라 외치는 내용은 단 한 가지였다. '죽이자! 전쟁이다! 성 밖 영안인들에게 본때를 보여 주자!'

한참 뒤, 모정이 입을 열었다.

"전하, 제군께 사죄드리고 돌아가시는 편이 낫습니다. 지금 이 상황이라면 하늘이 내린 기회, 비옥한 토지, 백성들의 인심까지 전부 잃게 될 뿐입니다."

신무전에서 군오가 사련에게 했던 말 그대로였다. 세상사에는

자연히 정해진 운명이 있다. 결국은 이런 말이 아닌가. '네 선락
국의 운명은 이미 다했으니, 내버려 둬라.'

　밤낮으로 그를 만나기만을 목 빼고 기다리던 황후, 그의 어머
니마저도 정말로 그를 만나자 상관하지 말라며 눈물을 머금고
그를 돌려보냈다. 사련이 어떻게 모르겠는가. 제 부모님은 자신
이 이 난관에 부딪히지 않기를, 차라리 잠자코 수수방관하면서
혼자 잘 지내기를 바란 것이다.

　하지만 어떻게 그럴 수 있겠는가?

　"……."

　사련은 나직하게 외쳤다.

　"그렇겐 못 해!"

　그 한마디를 끝으로 그는 성큼 걸음을 내디뎠다.

36장 태자, 영안을 평정하려 전장에 나서다

"전하!"

뒤에 있던 풍신과 모정이 놀란 목소리로 외치고는 재빨리 뛰어가 그의 좌우 양옆을 지키고 섰다.

그러나 신무대로의 온 백성들은 이미 눈앞의 거리 한복판에 나타난 흰옷의 소년을 발견한 뒤였다. 한참 혼란에 빠진 시위 행렬이 다시 모여들었다. 수천에 달하는 사람들이 사련을 겹겹이 에워쌌다. 첫 번째 사람이 반신반의한 기색으로 입을 열었다.

"당신…… 당신은, 태자 전하십니까?"

두 번째 사람이 머뭇머뭇 말했다.

"태자 전하는 선경에 올랐다고 하지 않았소. 평범한 인간에서 벗어나신 분이 어떻게 여기 나타날 수 있겠소?"

세 번째 사람이 큰 소리로 외쳤다.

"그분 맞아요! 삼 년 전 정월 제천유 의식에서 제가 두 눈으로 똑똑히 봤습니다. 태자 전하 맞는다고요!"

점차 더 많은 사람들이 자신들이 밤낮으로 모시는 그 무신을 알아보았다. 사련은 천천히 입을 열었다.

"저 맞습니다. 제가 돌아왔습니다."

그 순간 장내가 발칵 뒤집혔다.

"천신이 강림하셨다! 살아 있는 천신이 강림하셨어!"

"천인이 속세에 내려오셨다!"

"분명 우리가 도적에게 당하는 걸 더는 지켜볼 수 없어서 이리 내려오신 거야!"

누군가가 희망을 한가득 품고 대뜸 캐물었다.

"태자 전하, 저희를 이끌고 영안인을 무찌르실 겁니까? 분명 그렇겠죠? 분명 그럴 생각이시죠!"

잠시 멈칫한 사련이 침착하게 말했다.

"제가 돌아온 건 우리 선락국을, 그리고 저의 백성들을 지키기 위해서입니다."

곁에 있는 풍신과 모정은 이 말을 듣고도 정확히 무슨 의미인지 확신하지 못했다. 그러나 더운 피가 머리까지 치솟은 백성들은 이 말에 담긴 뜻을 저들이 원하는 대로 해석했다. 반면 사련에게는 자신 나름의 생각이 있었다. 심장이 갈수록 무섭게 요동쳤다. 그는 이를 콱 악물었다.

"……절 믿어 주십시오!"

그는 주먹을 단단히 부르쥐고 말을 이었다.

"여러분의 신앙이 제게 더 강한 힘을 줄 겁니다. 전 이 힘으로 끝까지 선락을 감싸고 창생을 지키겠습니다. 저를 믿어 주십시오!"

사람들은 바로 이 순간만을 기다려 왔다. 바로 이런 약속을 원하고 있었다. 순식간에 열렬한 환호가 터져 나왔다. 사위를 둘러싼 사람들은 중심에 있는 태자 전하를 향해 파도를 타듯 차례차례 절을 올리며 외쳤다.

"목숨 바쳐 따르겠습니다! 전하를 따르겠습니다!"

"선락국을 보우해 주십시오!"

'천신이 강림했다'는 말을 들은 황성 백성들이 거리와 골목에서 쏟아져 나왔다. 천년이 지나도 구경하기 힘든 기적을 한 번이라도 보기 위해서였다. 심지어는 기별을 받고 달려온 황실 위병들까지도 불손하게 굴지 못하고 절을 올리는 대열에 합류했다. 세 사람은 거리 한복판에 끼어 한 발자국도 옮길 수 없었다. 풍신과 모정은 하는 수 없이 힘껏 질서를 유지하며 외쳤다.

"밀지 마라, 모두 밀지 마!"

하지만 큰 효과는 없었다. 모두가 태자 전하와 가장 가까운 곳까지 비집고 들어가 하늘에서 내려온 신선의 옷자락이라도 만져 보려 애썼다. 흡사 불상을 만지고 복을 받으려는 손길이었다. 결국에는 황궁에 있던 국주까지 이 소식에 놀라고 말았다. 장군 몇 명이 완전 무장한 병사들을 이끌고 출동한 뒤에야 열광한 군중들을 쫓아낼 수 있었다.

사람들은 남김없이 흩어졌다. 어수선한 발자국과 흙먼지만 남은 땅바닥에서 무언가가 눈에 들어왔다. 사련은 앞으로 다가가 몸을 숙이고 그것을 주워 들었다.

꽃 한 송이였다. 그 꽃은 수많은 인파에 짓밟혀 흙빛으로 짓이겨진 채였다. 몇 장도 채 남지 않은 꽃잎에서 본래의 새하얀 빛이 어렴풋이 엿보였다.

그 옅고 맑은 향기는 과거의 흔적을 잃고 머지않아 부옇게 흩어져 버렸다.

이런저런 일들을 깨닫고 다시 황궁에 돌아간 사련은 한껏 누그러진 태도로 국주를 마주했다. 그러자 그를 바라보는 국주의 안색도 제법 부드러워졌다. 두 부자는 한 걸음씩 물러났다. 잠시나마 평화를 이룩한 셈이었다. 국사는 일찌감치 사련이 내려오리란 것을 예상했는지 별다른 말이 없었다.

예전까지만 해도 사련은 나라에 큰일이 닥치면 모두가 한마음으로 국주의 명을 따르는 게 당연한 일이라고 생각했다. 하지만 막상 이 자리에 함께하는 때가 오니 국주가 얼마나 고민이 많은 자리인지를 실감했다. 심지어 조정의 신하들은 자잘한 파벌로 나뉘어 있었고, 그 파벌마다 각자의 의견이 뚜렷했다. 이들은 중대사를 어떻게 결정해야 할지 이레 밤낮 동안 설전을 벌일 수도 있었다. 어떤 신하든 어떤 파벌이든 자신들이 나라와 백성을 위한다고 말하지만, 정말 속으로도 그렇게 생각하는지는 모를 일이었다.

영안인들은 성 밖에 주둔하면서 본격적으로 맞설 준비를 했으나, 이들에 관한 신하들의 의견은 좀처럼 조율되지 않았다. 어떤 이는 아예 군대를 보내 토벌하자며, 구실이 모자라면 죄목 몇 개를 날조해 뒤집어씌우자고 주장했다. 물론 반대 의견도 나왔다.

영안의 난은 천재(天災)에서 시작해 인재(人災)로 터져 나왔다. 황성 대문 앞에서 떨어져 죽은 세 가족은 더할 나위 없이 나쁜 도입부였다. 만약 밧줄을 잘랐던 장군이 낭영에게 목이 꺾여 죽지 않았어도 돌아가서 중벌을 받았을 것이다. 다소 냉정하게 말해 보자. 아무리 복잡한 속사정과 숱한 원인이 있었다 한들, 이는 표면상으로는 관리의 횡포에 백성이 반발한 사건이었다. 이 사건으로 모두가 들썩이는 상황에서 죄를 억지로 덮어씌우면 반감만 더 일으킬 뿐, 어떤 이유로도 사람들을 속여 넘길 수 없을 터였다.

군대를 보내 영안인을 토벌하면 잔혹한 군주임이 자명해지는 동시에 어진 군주라는 호칭을 더럽히게 된다. 백성의 입을 막기란 냇물을 막는 것보다 어려운 법이다. 한번 잔혹한 명성을 남기면 백성들이 반발하는 것은 물론이고, 근처의 다른 나라들이 이 기회를 틈타 하늘을 대신해 정의를 실현한다는 명목으로 소란을 피울 염려도 있었다. 게다가 달리 생각해 보면, 이 영안인들을 겁낼 필요가 어디 있겠는가? 산과 들에 틀어박혀 식량도 무기도 없는 자들이 객기를 부려 봤자 얼마나 버티겠는가?

결국에는 나중에 나온 주장이 가장 많은 지지를 받았다. 만약 영안인이 침략해 오면, 보이는 족족 몰살한다. 침략하지 않으면, 자멸하도록 내버려 둔다. 선락의 병졸 한 명도 낭비할 필요가 전혀 없다. 싸움이 길어지면 제풀에 진이 빠질 것이다.

사련은 무신 신분으로 속세에 내려왔으니 당연히 전장에서 제 몫을 다해야 했다. 군에서도 대대적인 홍보를 아끼지 않았다. '태자 전하가 있는 쪽이 바로 정의의 편이며, 태자 전하가 있는 군대가 바로 신의 군단이다!'

순식간에 전국의 젊은 사내들이 앞다투어 입대하면서 선락국 군대는 불과 몇 달 사이에 병력이 곱절로 불어났다. 워낙 큰 움직임이라 영안 쪽에서도 소식을 들은 모양이었다. 평소 자질구레한 활동을 이어 온 그들은 두려웠던 것인지 갑자기 기척을 감추고 조용히 힘을 길렀다. 그 때문에 선락국 병사들도 신경을 바짝 곤두세웠다. 그들은 사련에게 '매번 최전방에서 돌진하는 낭영'이 얼마나 무서운지를 온 힘을 다해 묘사하곤 했다. 이 이름을 듣고 그날 보았던 어린아이의 시신을 떠올리면, 사련은 자꾸만 마음이 복잡했다.

두 달 뒤, 한동안 잠잠했던 영안인들은 마침내 다시 공격을 개시했다.

사련은 가벼운 검 한 자루만 들고 전투에 임했다. 투구와 갑옷조차 입지 않았다. 전투는 반 시진도 채 못 되어 승부가 났다. 천지를 뒤덮은 피비린내 속, 살아남은 영안의 전사들은 투구와 갑옷을 벗어 던지고 정신없이 퇴각했다. 선락국 병사들은 그저 얼떨떨할 따름이었다. 온 사방이 이미 쓰러져 있는 사람들로 가득했다. 두 발로 서 있는 적군은 단 한 명도 없었다. 한편 그들의 태자 전하는 천천히 검집에 검을 갈무리했다. 옷자락 한 군데조차 더러워지지 않은 모습이었다.

그들은 한참 뒤에야 아군이 압도적으로 승리했다는 걸 확신하고는, 펄쩍 뛰어오르며 하늘을 향해 검을 쳐들고 목청껏 고함을 내질렀다.

그날 밤, 선락의 장병들은 성루 위에서 축하연을 열었다.

간만에 어깨를 편 병사들은 기쁨에 환호하며 잔을 들고 태자 전하를 칭송했다. 하지만 사련은 술잔을 모두 사양하고 성루 모퉁이로 자리를 피해 홀로 밤바람을 쐬며 정신을 차렸다.

분명 술을 한 잔도 마시지 않았지만, 얼굴에 열감이 느껴지고 가슴이 타들어 가는 것 같았다. 그의 얼굴은 온통 새빨갛게 물들어 있었다. 손끝이 아직도 미세하게 떨려 왔다.

사련이 생에 처음으로 저지른 살인이었다. 그리고 처음부터 수천 넘는 사람을 죽였다.

땅강아지와 개미.

머릿속에 이 두 단어가 맴돌았다. 평범한 인간은 그의 힘 앞에서 여지없이 무너졌다. 하다못해 가벼운 주먹 하나 버텨 낼 수 있는 자가 없었다. 타인의 생명을 빼앗는 것은 궁인이 하찮은 개미 떼를 밟아 죽였던 것처럼 너무나도 쉬웠다. 검을 휘두르면서 경외심 따위 전부 잃어버릴 뻔했을 정도로.

사련은 성가퀴에 몸을 기대고 숨을 깊이 들이마셨다. 그러곤 다시 고개를 흔들어 잡음을 떨쳐 내고, 저 멀리 산골짜기에 점점이 켜진 불빛을 멍하니 응시했다. 머지않아 두 발소리가 가까이 다가왔다.

돌아보지 않아도 누구인지 알고 있었다. 사련이 입을 열었다.

"너희는 축하연에 한잔하러 안 가?"

모정이 흥, 코웃음을 치며 불퉁하게 말했다.

"술이 뭐가 맛있다고요. 낙관적인 상황도 아니고요."

그 말에 사련이 빙글 돌아섰다.

"너희도 눈치챘어?"

말마따나, 썩 낙관적이지 않았다. 물론 이 전투에서는 승리했지만, 사실 이번 공격은 영안인들이 지금껏 감행해 온 어느 공격보다도 강했다.

머릿수도 늘었을뿐더러 진형, 무기, 전략, 이 모든 것이 질적으로 크게 성장했다. 심지어 투구와 갑옷을 갖춘 자들도 제법 많았다. 초라하고 허술하긴 했으나 엄연히 제대로 된 군대의 규모였다. 도저히 평범한 농민이라고는 생각하기 힘들었다.

모정은 팔짱을 끼고 미간을 찌푸리며 말했다.

"극단적으로 힘든 환경이 사람을 빠르게 성장시키는 건 맞습니다. 하지만 아무리 고달파도 갑자기 물자가 생겨나지는 않죠. 뭔가 수상합니다."

풍신은 한층 간단명료한 한마디를 꺼냈다.

"틀림없이 외부의 도움이 있는 겁니다."

사련은 고개를 끄덕였다. 모정이 말을 이었다.

"이 장병들이 눈치채지 못했을 리는 없습니다. 그러면서도 여전히 축제를 벌이고 있어요. 그야 단지 이쪽에 전하가 계시기 때문입니다. 승리는 따 놓은 당상이라고 생각하는 거죠."

하지만 사련은 그쯤이야 괜찮다고 생각했다.

"내가 참전한 첫 전투에서 이겼으니, 기쁨을 만끽하게 둬도 괜찮겠지. 사기를 북돋는 셈 치자."

잠시 망설인 풍신이 어렵사리 입을 열었다.

"전하, 안색이 별로 좋지 않으십니다. 혹시 아직도 영안에 비를 내리고 계신 겁니까?"

"응."

모정은 이미 예상했다는 듯 불퉁한 얼굴로 말했다.

"송구하지만 솔직히 말씀드리겠습니다. 지금 비를 내려 봤자 무용지물일 뿐입니다. 밑 빠진 독에 물 붓기나 마찬가지예요. 전하. 정말로 영안의 가뭄이 완전히 해갈된다 해도, 아마 성 밖의 무리는 철수하지 않을 겁니다."

사련이 대답했다.

"알아. 하지만 난 이 사람들을 철수시키겠다고 비를 내리러 가는 게 아니야. 지금도 영안에 남아 있는 사람들이 목마름에 죽어 나가지 않도록 하려는 것뿐이지. 이게 나의 원래 목적이었어. 무슨 일이 있어도 변하지 않을 거야."

풍신은 영 마음이 놓이지 않는 모양이었다.

"버티실 수 있으시겠습니까?"

사련이 그의 어깨를 두드리며 말했다.

"걱정 마. 난 8천 궁관이 있잖아. 게다가 신도도 충분하니, 당연히 문제없어. 하지만."

그는 다른 한 손으로 모정의 어깨를 감싸고 읊조렸다.

"오늘은 너희 두 사람이 도와준 덕분에 살았어. 곁에 있어 줘서 고마워."

오늘 전장에서 사련의 두 시종은 온몸에 피를 뒤집어쓸 만큼 싸우느라 그보다도 훨씬 고생한 참이었다. 풍신이 말했다.

"그런 말씀 하실 필요 없습니다."

모정은 떨떠름한 목소리로 예, 하고 대답했다.

사련은 손에 살짝 힘을 주고 세 사람 사이를 바짝 당기더니 진심을 담아 말했다.

"오늘만이 아니야. 그동안 늘 두 사람에게 고마웠어. 난 우리 세 사람이 나란히 싸우는 모습이 후세에 길이 빛났으면 해."

"······."

"······."

이윽고 풍신이 목청 높여 폭소했다. 모정은 기가 막힌다는 듯이 말했다.

"전하는 항상 이런······ 말을 참 당당하게 하시는 것 같습니다. 이건 정말……."

말끝을 흐린 그는 고개를 내저으며 덧붙였다.

"됐습니다."

그제야 사련의 입가가 살짝 위로 휘었다. 그러나 웃음은 오래 가지 않았다. 문득 그의 표정이 싸늘하게 얼어붙었다.

"누구냐!"

챙, 울리는 금속음과 동시에 사련이 장검을 뽑았다. 그는 가볍게 검을 튕겨 성가퀴 구석에서 검은 그림자 하나를 끄집어냈다.

모퉁이에 한참을 숨어 있던 모양이었으나, 숨소리 하나 내지 않아 지금껏 알아차리지 못했다. 사련은 원래 검 끝에 그를 매달아 살짝 겁만 줄 생각이었다. 그런데 오늘 전장에서 악착같이 사람을 죽였던 탓에 팔이 후들거려 힘을 제대로 조절하지 못했다. 불안하게 흔들린 검에 격한 힘이 실리자 그 사람은 성벽 밖으로 날아가고 말았다.

달빛이 내리비추는 허공 속, 세 사람은 그가 입은 선락국 군복을 똑똑하게 보았다. 체형을 보아 하니 열여섯 남짓한 소년 같았다. 소년은 눈 깜짝할 사이에 아래로 떨어져 종적을 감추었다. 눈앞에서 사람이 성루 아래로 떨어지기 직전이었다. 섬찟, 놀란 사련이 재빨리 몸을 날렸다.

그는 성가퀴 가장자리에 발끝을 걸고 몸을 늘어뜨린 다음, 민첩하게 손을 뻗어 상대방의 팔을 정확하게 낚아챘다. 그 소년 병사는 허공에 매달린 채 이리저리 흔들리면서 위쪽을 올려다

보았다. 그 순간 사련은 희미한 달빛 아래로 소년의 얼굴을 볼
수 있었다. 저도 모르게 두 눈이 살짝 커졌다.

37장 태자, 배자 언덕에서 마귀굴에 빠지다

갑자기 성벽 밖으로 몸을 날렸으니, 남들이 사련을 보면 기겁할 만도 했다. 하지만 두 시종은 별일이 아니란 것을 잘 알고 있었다. 그래서 모정은 가만히 서 있었으나 풍신은 결국 가까이 다가가 사련을 잡아당겼다. 사련은 살짝 힘을 주고 그 어린 병사를 끌어 올렸다. 두 사람의 발이 성루 위를 무사히 밟자 사련이 물었다.

"누구 휘하에 있는 병사지? 왜 여기 숨어 있었느냐?"

이 소년 병사는 손과 머리에 붕대를 감고 있었다. 붕대를 물들인 핏자국을 보니 곳곳이 상처인 모양이었다. 그다지 이상한 장면은 아니었다. 오늘 벌어진 전투로 수많은 병사가 다쳐 이렇게 둘둘 싸맨 꼴을 면치 못했으므로. 하지만 어두운 곳에 조용히 숨어 있던 것은 무척 수상했다. 모정이 말문을 뗐다.

"영안인의 첩자일지도 모릅니다. 붙잡아서 심문하시죠."

사련도 같은 의심을 하고 있었다. 하지만 황성은 수비가 삼엄해 적이 잠입할 가능성이 희박했다. 물론 낭영이라면 이야기가 달라지겠지만, 이 소년 병사는 분명 풋내기 꼬마에 지나지 않았다. 그런데 이때 풍신이 의아한 투로 말했다.

"전하, 이 녀석 기억 안 나십니까? 낮에 계속 전하 앞에서 싸웠잖습니까. 진형 선두에 있던 그 녀석이요."

풍신의 말에 사련은 어리둥절했다.

"그래?"

대낮에 격전을 벌이면서 그는 아무것도 눈에 들어오지 않았다. 그저 누군가가 검을 찔러 오면 그도 검을 휘둘러 반격할 줄만 알았다. 풍신과 모정도 신경 쓰지 못했는데 어떻게 다른 병사들을 살필 수 있었겠는가?

풍신이 단호하게 말했다.

"그렇습니다. 전 이 녀석을 기억합니다. 꼭 죽으려고 작정한 놈처럼 악착스럽게 돌격했었죠."

그 말에 사련은 소년 병사를 가만히 들여다보았다. 이유는 모르겠으나 소년은 고개를 쳐들고 가슴을 편 채로 꼿꼿하게 서 있었다. 약간 경직된 듯하면서도 군인다운 자세를 갖춘 것 같았다. 모정이 말했다.

"그래도 여기 몰래 숨어 있으면 안 되지. 훔쳐보러 온 건지 엿들으러 온 건지 누가 알아?"

말은 이렇게 했지만 사실 모정도 내심 경계심을 늦추었다. 선락군이 이른바 '하늘이 내린 천신의 군대'를 대대적으로 선전하면서 적잖은 청년들이 사련을 따를 생각으로 군에 지원했다. 개중에는 이 정도 또래의 소년들도 드물지 않았다. 그마저도 대부분이 사련의 충실한 숭배자였다. 어려서부터 사련의 신상 앞에 절을 올리고 태자 전하의 명성을 들으며 자란 아이들이었다. 한 번이라도 무신을 보겠다고 몰래 다가오는 일이 한두 번도 아닌지라 희한한 축에도 못 들었다.

사련이 말했다.

"됐어, 우리가 괜히 놀란 거야."

그러고는 다시 소년 병사에게 상냥하게 말을 건넸다.

"아까는 많이 놀랐지? 미안하구나."

하지만 그 소년은 겁먹은 기색도 없이 한층 꼿꼿하게 서서 말문을 뗐다.

"전하······."

입이 열리기 무섭게 이변이 일어났다. 말끝을 흐린 소년 병사가 난데없이 사련을 향해 달려든 것이다.

기습이라고 판단한 사련은 몸을 틀고 손날로 그를 내리치려 했다. 정통으로 맞는다면 소년은 이 자리에서 목숨을 잃을 게 틀림없었다. 그런데 불현듯 선득한 한기가 사련의 등줄기를 타고 기어올랐다. 그는 곧장 손을 등 뒤로 돌려 자신을 향해 날아온 화살을 붙잡았다.

알고 보니 소년은 허공을 가르는 화살의 반사광을 보고 달려든 것이었다. 성가퀴를 등지고 서 있었던 사련은 등 뒤에서 기습을 받고도 놀란 기색 없이 성가퀴 위로 뛰어올라 아래를 직시했다. 성문 앞, 넓고 텅 빈 평지 멀리로 우두커니 서 있는 사람이 어렴풋하게 보였다. 어두운 옷차림이라 새카만 밤빛에 섞여 들어 누구인지 알아보기 어려웠다. 풍신은 속히 사련의 곁으로 다가가 활시위를 당기고 활을 쏘았다. 하지만 그 사람은 일찌감치 거리를 계산해 둔 모양이었다. 부러 멀찍한 곳에 서서 화살로 사련의 주의를 끈 그는 손을 까딱 흔들더니 말없이 몸을 돌려 빠르게 후퇴했다. 풍신의 화살은 먼 거리를 감당하지 못하고 떠나는 걸음 몇 치 뒤쪽에 박혔다. 화가 난 풍신이 성벽을 내리치는 바람에 돌가루가 바스스 떨어져 내렸다.

"저건 누굽니까?"

달리 누가 더 있겠는가? 사련이 외쳤다.

"낭영!"

선락 병사들도 이상이 생긴 걸 알아차리고 고함을 치며 사방을 분주히 뛰어다녔다. 다만 경계심 때문인지 당장 성문을 열고 추격하는 대신 곳곳에서 상관에게 지시를 청하고 있었다. 낭영은 화살을 쏘고 손을 흔들며 떠났다. 마치 일부러 사련에게 인사를 건네러 온 것만 같았다. 모정은 미간을 구기며 중얼거렸다.

"뭐 하러 온 거지? 시위하는 건가?"

풍신이 버럭 외쳤다.

"영안은 오늘 전투에서 참패했고 낭영도 전하의 손아귀에서 겨우 도망친 신세인데 시위는 무슨!"

문득 사련의 손끝에 화살에 묶인 무언가가 닿아 왔다. 불빛 옆으로 가져가 살펴보니 푸른 비단옷을 찢어 낸 것 같은 천 조각이었다. 축축한 핏자국이 남은 그 천 조각을 펼쳐 보니 뜻밖에도 '척(戚)'이라는 글자가 비뚤배뚤하게 쓰여 있었다.

사련은 그 천을 확 움켜쥐며 물었다.

"척용은? 척용은 황궁에 있느냐?"

풍신이 옆에 있던 병사들에게 일갈했다.

"빨리 성안에 들어가서 확인해라!"

병사들은 부리나케 물러갔다. 이건 분명 척용이 가장 즐겨 입는 옷의 귀퉁이가 맞았다. 그리고 낭영은 신출귀몰하기로 이름난 인물이었다. 척용이 정말 그에게 붙잡혔을 가능성이 적지 않으니 잠시도 지체해서는 안 됐다. 사련이 말했다.

"내가 쫓아가 볼게."

풍신이 뒤를 따르자 그가 말을 이었다.

"너희는 자리를 뜨지 말고 성문을 지켜. 우릴 밖으로 유인하려는 작전일지도 모르니까."

풍신이 활을 등 뒤로 고쳐 메며 물었다.

"아무도 안 데려가십니까?"

사련은 영안 쪽에서 대규모로 선제공격을 하지 않는 이상 선락군을 먼저 출병시키고 싶지는 않았다. 척용이 적의 수중에 넘어갔다면 혼자서 데리고 돌아오면 된다. 행여나 병사들을 데리고 가면 분명 큰 전쟁으로 번질 것이고, 죽어 나가는 사람도 한둘이 아닐 터다. 지금은 상황을 최소한의 범위 안에서 다루고 싶었다.

"응, 안 데려가. 어차피 저들은 날 못 건드려."

말을 마친 그는 담장을 짚고 성루에서 뛰어내려 가볍게 착지하고는 낭영이 사라진 방향을 따라 추격했다. 한참을 달리던 도중에, 자신의 뒤를 따라잡는 발소리가 들렸다. 뒤돌아보니 그 소년 병사였다. 사련은 소년에게 외쳤다.

"다른 사람의 도움은 필요 없으니 돌아가거라!"

소년은 고개를 가로저었다. 사련이 거듭 외쳤다.

"돌아가!"

그러곤 발걸음에 속도를 더했다. 멀찍이 뒤처진 소년의 모습도 순식간에 시야에서 사라졌다.

대여섯 리를 달리자 산 정상에 접어들었다. 이 산은 가파르다기보다는 평평한 언덕에 가까워서 배자(背子) 언덕이라고도 불렸다. 조사한 바로는 철수한 영안인 군대와 평민들 모두가 이곳에 숨었다고 했다. 초목이 무성한 배자 언덕에 밤이 찾아오자 칠흑같이 어두운 수풀 사방에서 괴이한 소리가 흘러나왔다. 흡사 여러 생물이 빼곡하게 숨어 호시탐탐 지켜보고 있는 것만 같았다. 산속 깊이 들어가 숨을 죽이고 곳곳을 뒤진 끝에 앞쪽 나무에 걸린 기다란 사람 형상이 보였다. 가만히 시선을 모은 사련이 이내 소리쳤다.

"척용!"

바로 척용이었다. 나무에 거꾸로 매달린 그는 누군가에게 흠씬 얻어맞은 것인지 기절해 있었다. 코피가 거꾸로 흘렀고 눈에는 시퍼런 멍이 들었다. 사련은 검집에서 검을 뽑아 밧줄을 끊고 떨어지는 척용을 받은 다음 그의 뺨을 두드렸다. 느릿하게 정신을 차린 척용은 그를 보자마자 목청껏 소리쳤다.

"태자 표형!"

척용을 풀어 주는 와중에 불현듯 사련은 등 뒤가 오싹해지는 것을 느꼈다. 그는 장검을 뒤로 뻗어 허공을 가로막았다. 고개를 돌린 순간, 낭영이 두 손으로 중검을 쥐고 그를 향해 내리쳤다.

두 사람의 검이 연이어 부딪쳤다. 사련은 몇 수만에 낭영의 검을 쳐 날려 버리고 종아리를 걷어차 넘어뜨린 뒤, 검 끝을 그의 목에 겨누면서 전투를 끝맺었다.

"당신은 내 상대가 안 된다는 거 알 텐데요. 그만 싸우죠."

오늘 두 사람은 전장에서 맞서 싸웠다. 사련에게 덤빈 자들은 죽음을 면치 못했으나, 오직 낭영만이 정면으로 그의 검을 맞고도 살아남아 다친 몸을 이끌고 돌아갔다. 누가 보더라도 낭영이 영안인들의 지도자임이 자명했다. 사련이 '그만 싸우자'고 한 말도 단순히 지금 이 전투만을 가리키는 게 아니었다.

"당신들이 먼저 쳐들어오지 않는 한, 황성의 병사들은 절대 당신들을 공격하지 않을 겁니다. 물과 식량을 가지고 떠나세요."

낭영은 땅바닥에 누운 채 그를 빤히 마주 보았다. 보는 이의 마음을 섬찟하게 만드는 눈빛이었다. 그가 말했다.

"태자 전하. 당신은 본인이 옳은 일을 했다고 생각하나?"

사련의 표정이 굳어졌다. 옆에 있던 척용이 냉큼 윽박질렀다.

"헛소리! 넌 태자 표형이 어떤 사람인지 알아? 우리 표형은 천상의 신이시다! 표형이 옳지 않으면 네놈들같이 나라를 배반한 개자식들이 옳다는 거냐?"

사련이 고함쳤다.

"척용, 조용히 해!"

사련은 낭영의 물음에 대답하지 못했다. 사실 그도 자신의 행동이 어딘가 잘못되었다는 느낌을 받았다. 하지만 이건 그가 떠올릴 수 있는 최선책이었다. 침략자를 막고 선락을 지키는 대신, 영안 반란군이 한 걸음씩 진격하며 황궁까지 들이닥치게 내버려 두었어야 한단 말인가?

한두 사람이 검을 세우고 달려들면 가볍게 때려 기절시키는 것으로 끝날 일이다. 그러나 무자비한 검이 날아다니는 전장에서 모두를 일일이 기절시킬 여유는 없었다. 머리로 생각하기도 전에 검을 휘두를 뿐. 낭영의 이 물음은 마침 그의 마음속에 있던 목소리를 다시 불러일으켰다. '네가 옳은 일을 했다고 생각해?'

척용은 그의 이런 속내도 모르고 나불거렸다.

"내가 뭐 틀린 말 했어? 표형, 여기까지 왔으니 빨리 이 개자식들을 죽여 버리자! 수십 명이 나 하나를 때렸다고!"

척용은 평소 황성에서도 횡포를 일삼는 사람이 아니던가. 당연히 그를 원수처럼 여기는 영안인들이 넘쳐 날 테니 기회를 틈타 보복한들 이상할 게 없었다. 물론, 그를 원수처럼 여기는 선락인들도 사실 적지 않았다. 좌우간 지금은 그를 상대할 때가 아니었다. 사련은 낭영에게 말했다.

"원하는 게 뭡니까? 비를 원하면, 앞으로도 영안에 비가 올 겁니다. 금을 원하면, 내 금상을 깎아 당신에게 주겠습니다. 먹을 것을 원하면, 내가…… 방법을 찾아보겠습니다. 하나 이제 더는 전쟁을 일으키지 마세요. 함께 해결책을 찾으러 세 번째 길로 가는 겁니다. 어때요?"

전부 무의식중에 저도 모르게 내뱉은 말이었다. 낭영은 무엇이 '세 번째 길'인지를 아는지 모르는지, 한 치의 망설임도 없이 대답했다.

"아무것도 원하지 않아. 난 아무것도 필요 없다. 내가 유일하게 원하는 건 이 세상에서 선락국이 영영 사라지는 것이다. 없어져 버렸으면 좋겠어."

무미건조한 말투였으나 그 말만큼은 등골을 선득하게 훑고 지나갔다. 한참 뒤, 사련은 가라앉은 목소리로 말했다.

"당신이 사람들을 이끌고 공격해 오면 나도 수수방관하고 있을 순 없습니다. 당신들에겐 승산이 없어요. 당신을 따르는 영안인들이 죽는다고 해도 싸울 겁니까?"

낭영이 대답했다.

"그래."

"……."

너무나 담담하고도 결연한 대답이었다. 뼈마디가 우두둑, 울렸으나 사련은 아무 말도 할 수 없었다. 낭영이 말끝마다 힘을 실어 내뱉었다.

"난 당신이 신이라는 걸 알아. 하지만 상관없다. 설령 신이라도 날 멈출 생각은 마라."

낭영의 말이 진심이란 것을 사련은 알 수 있었다. 사련에게 더없이 익숙한 무언가가 그 말투 속에서 묻어난 까닭이다. 그건 정의를 위해 꿋꿋하게 나아가겠다는 결심이었다. 그가 군오의 앞에서 '설령 하늘이 날 죽이겠다고 해도'라는 말을 꺼냈을 때 품었던 결심과 지금 낭영이 내비친 결심은, 마치 판에 박은 듯 똑같았다.

낭영의 이 말은 숫제 선언이었다. 수많은 영안인에게 희생을 무릅쓰고 공격해 나가자고 끝까지 호소할 것이라는 선언. 그렇다면 사련이 지금 무엇을 해야 하는지는 너무나도 분명했다.

내내 한 손으로 검을 쥐고 있던 그는 두 손으로 검을 고쳐 잡았다. 떨리는 손으로 낭영의 목을 찌르려는 순간, 문득 뒤쪽에서 삐걱거리는 괴이한 소리와 난데없는 비웃음이 들려왔다.

누군가가 등 뒤에서 기척도 없이 나타난 것이다. 심장이 내려앉은 사련은 고개를 돌리고 이내 눈을 크게 떴다.

이런 상황에서 나타날 가능성이 가장 큰 자는 적군 병사였다.

어쩌면 벌써 빼곡한 무기들이 그를 겨누고 있을지도 몰랐다. 하지만 그의 뒤쪽에 나타난 건, 예상 밖에 어떤 기괴한 사람이었다.

이 사람은 새하얀 상복 차림에 창백한 가면을 쓰고 있었다. 얼굴 반쪽은 울고 다른 반쪽은 웃는 괴이한 가면이었다. 그는 두 나무 사이에 늘어진 덩굴 위에 앉아 있었다. 삐걱거리는 소리는 덩굴이 앞뒤로 흔들리면서 나는 소리였다. 마치 그네를 타고 있는 듯한 모습이었다. 그는 사련이 뒤를 돌아보자 느긋하게 두 손을 들어 짝, 짝, 손뼉을 마주치면서 입으로는 비웃음을 흘렸다. 사련은 영문 모를 소름을 느끼며 날카로운 목소리로 말했다.

"너는 뭐지?"

그가 '뭐'라는 단어를 쓴 건 사람이 아니라는 또렷한 직감 때문이었다.

바로 이때, 사련이 손에 쥐고 있는 검 끝에서부터 이상한 느낌이 전해졌다. 척용도 큰 소리로 비명을 질렀다. 고개를 돌리니, 눈앞의 땅이 두 쪽으로 갈라지며 기다란 구덩이가 생기고 있었다. 놀랍게도 이 균열은 바닥에 누워 있던 낭영을 집어삼키고 말았다. 흙은 다시 빠르게 다물렸다. 사련은 무의식적으로 땅 깊숙이 검을 꽂아 넣었다. 검 끝에 사람의 살갗 대신 흙의 감촉만 느껴지자 그는 비로소 정신을 차렸다. 방금의 일격으로 낭영을 죽이지 못한 게 아쉬운지 다행스러운지는 알 수 없었다. 이때, 흰옷을 입은 그 무언가가 다시 기이하게 속살거리듯 웃었다. 사련은 손을 쳐들고 그를 향해 검을 던졌다.

섬광처럼 날아간 검은 그의 몸을 뚫고 나무에 붙박였다. 정체 모를 그 무언가는 말없이 바닥으로 늘어졌다. 사련은 재빨리 다가가 살펴보았다. 바닥에는 맥없이 구겨진 흰옷만 남았을 뿐, 이 옷을 입고 있던 사람은 터무니없이 사라지고 없었다.

등장도 퇴장도 이렇게 괴상할 수가 없었다. 섬뜩해진 사련은 경계심을 곤두세우고 한 손으로 척용을 일으키며 말했다.

"가자."

그러나 척용이 악을 썼다.

"가면 안 돼! 표형, 산에 불을 지르자! 이 산에는 영안 놈들이 엄청나게 많아. 성문 앞에 눌러앉아서 안 가겠다고 떼쓰던 간사한 백성들도 숨어 있어. 빨리 불을 질러서 말끔하게 태워 버리자!"

사련은 한 손으로 척용을 질질 끌면서 한참을 걸었다. 사방의 음기가 갈수록 짙어지고 있었다. 마치 무수한 눈동자들이 두 사람을 쳐다보고 있는 것만 같았다.

"방금 그 사람이 얼마나 기괴했는지 못 봤느냐? 여긴 오래 머무를 곳이 못 돼."

"기괴하면 뭐 어때? 표형은 신이잖아. 그런 시시한 요괴 따위 뭐가 무섭다고? 주제도 모르고 얼쩡거리면 바로 죽이면 되지."

"일단 돌아가서 얘기하자."

사련이 무성의하게 대꾸하며 산에 불을 지르려 하지 않자, 척용은 눈을 휘둥그레 떴다.

"어째서? 그놈들은 날 이 꼴로 만들고 우리한테 대들었는데.

아까 표형도 들었지. 그놈은 선락국을 멸하겠다고 했어! 우리의 나라를 없애겠다잖아! 그런데 왜 그놈들을 깡그리 죽여 버리지 않는 거야? 오늘 전장에서 했던 것처럼!"

"……."

순간 사련은 숨이 턱 막혔다. 그가 발끈한 목소리로 대꾸했다.

"너는 왜 항상 다 죽여 버리겠단 생각밖에 못 해? 평민과 병사가 같더냐?"

척용이 되물었다.

"뭐가 달라? 전부 사람이잖아. 누굴 죽이든 마찬가지 아니야?"

사련은 아픈 곳이라도 찔린 것처럼 울컥 화가 치밀었다.

"너……!"

이때 갑자기 사련의 발목이 조여들었다. 고개를 숙여 보니, 피둥피둥한 손 하나가 옆에 우거진 수풀 사이에서 튀어나와 그의 신발을 사납게 옥죄고 있었다.

동시에 앞쪽에서 쿵, 쿵, 소리가 울리더니 나무 위에서 그림자 일고여덟 개가 비처럼 쏟아져선 바닥에 가만히 널브러졌다. 사람의 형태이기는 했으나 실오라기 하나 걸치지 않은 알몸이었다. 그 형체들은 거대한 벌레처럼 꿈틀거리며 느릿느릿 이쪽으로 기어 왔다. 척용이 경황없이 소리쳤다.

"누구냐!"

사련은 그 손을 검으로 베어 내고 어두운 목소리로 말했다.

"사람이 아니야. 이건 비노다!"

이전까지 황성 부근의 어떤 산이든 비노가 있다는 소리는 들어 보지 못했다. 설령 요괴나 귀신이 나왔대도 황극관 도인들이 금세 소탕했을 터였다. 그렇다면 이 비노들은 누군가가 고의로 이곳에 풀어놓았다는 뜻이 된다.

사련은 이 전쟁에 인간이 아닌 존재가 개입했으리라고는 꿈에도 예상치 못했다. 그 존재와 낭영은 한패이고, 척용을 납치한 건 단지 자신을 유인하기 위해서가 아니었을까. 지금까지의 여러 실마리를 돌이켜 볼수록 그런 생각이 들었다. 하지만 지금은 자세히 고민할 때가 아니었다. 그는 한 번 검을 휘두를 때마다 비노 일고여덟 마리의 허리를 말끔히 두 동강 냈다. 하지만 비노는 보통 무리를 지어 나타나기 십상이다. 아나나 다를까, 사방의 수풀과 관목이 바스락대나 싶더니 점차 심하게 흔들리면서 그 사이로 이목구비가 흐릿한 사람의 형체들이 우르르 기어 나왔다. 비노들은 오직 사련을 향해서만 줄기차게 몰려들었다. 열 마리를 베어 죽이면 금세 스무 마리가 달려드는 식이었다. 사련이 끊임없이 검을 휘두르고 있는데, 나무 위에 있던 비노 한 마리가 사련의 등을 노리고 덮쳐 왔다.

그러나 그 비노는 사련에게 접근하지 못하고 서늘한 빛에 잘려 나갔다. 척용은 무기를 지니고 있지 않았으니 그가 베었을 리는 없었다. 사련은 흘끗 눈을 돌렸다. 검을 휘두른 사람은 뜻밖에도 그 소년 병사였다!

분명 성문 앞에서 멀리 따돌렸건만 용케 뒤를 따라잡아 그들을 찾아낸 모양이었다. 소년은 낡은 검을 휘둘러 비노 몇 마리를 베어 내며 제법 싸움에 도움을 주었다. 비노들은 바닥을 기면서 점성이 강한 체액을 흘렸다. 척용은 헛구역질을 하면서 그나마 허약한 비노의 머리통을 사정없이 짓밟아 댔다. 그러다 이 괴물들이 그다지 무섭지 않다는 것을 알아차리고는 의아한 듯 중얼거렸다.

"별로 대단하지도 않잖아?"

하지만 그는 비노가 흔히 흉악하고 삿된 다른 존재들과 함께 나타난다는 사실은 알지 못했다. 사련은 입술을 깨물어 피를 낸 다음, 오른손의 두 손가락에 그 피를 적셔 검날에 고르게 발랐다. 그런 다음 척용의 손에 검을 들이밀며 말했다.

"너희 둘은 이 검을 가지고 먼저 가! 아무것도 너희에게 함부로 접근하지 못할 거다. 도중에 무슨 소리가 들려도 돌아보지 마라. 명심해, 절대 돌아보지 마!"

"표형! 내가……."

사련은 그의 말을 잘랐다.

"뒤에 더 무서운 놈이 기다리고 있다. 이따 놈이 오면 너희를 살필 여유도 없겠지. 차라리 돌아가서 소식을 전해!"

척용은 군말 없이 검을 붙들고 헐레벌떡 휘달렸다. 사련이 그 보검에 영광을 발하는 술법을 걸어 두었으니, 가는 길에 비노나 삿된 존재들이 함부로 접근하지 못하고 눈앞에서 순식간에 사라질 터였다. 하지만 소년 병사는 자리를 떠나지 않았다. 척용은 먼저 멀어진 뒤였고, 사련에게는 소년에게 줄 만한 다른 호신용 보검이 없었다. 그는 하는 수 없이 검 대신 장력을 날려 비노들을 연달아 해치웠다. 소년도 옆에서 필사적으로 힘을 보탰다. 그렇게 일 주향이 지나자 모든 비노를 남김없이 처리할 수 있었다.

온 바닥에 점액과 사체, 비린내가 줄줄이 늘어졌다. 한 마리의 비노도 놓치지 않았음을 확인한 사련은 숨을 고르고 돌아서서 소년에게 말했다.

"검을 제법 잘 쓰는구나."

소년은 검을 단단히 움켜쥐고 숨을 색색 몰아쉬다가 재빨리 바르게 섰다.

"네, 네."

"명령을 내리지도 않았는데 왜 그렇게 대답하는 것이냐? 아까 돌아가라고 명령했을 때는 '네'라고 대답하지도 않았으면서."

"네."

다시 대답한 소년은 그제야 본인도 이상하다는 것을 자각했는지 몸을 한층 뻣뻣하게 세웠다. 사련은 고개를 가로젓고 곰곰이 생각해 보다가, 문득 입가를 살짝 끌어 올렸다.

"하지만 너는 칼을 쓰는 게 더 낫겠다."

38장 온유향 앞에서 귀한 몸을 지키다

소년은 얼떨떨해하며 물었다.

"왜죠?"

사련은 아까 소년이 비노를 베던 자세와 초식을 머릿속으로 되새기곤, 손짓으로 몇 가지 시범을 보이며 말했다.

"칼을 써 본 적은 없지? 넌 검을 쓸 때 검기가 변화무쌍하더구나. 빠르고 날카롭긴 하지만 손발이 묶인 것처럼 제대로 기량을 발휘하지 못하는 것 같아. 칼을 써 보지 않았다면 다음에 한번 시도해 보렴. 위력이 더 강할지도 모르니."

그는 언제나 뛰어난 인재를 보면 어떻게든 말을 섞고 싶어 몸이 근질거렸다. 지적하거나 훈수를 두려는 게 아니라 진심 어린 열정으로 상대방과 토론을 하고 싶었다. 그는 전투 경험이 너무 풍부했던지라, 종종 머리로 생각하기도 전에 한눈에 상대를 알아보곤 했다. 말로 정확히 설명하지는 못해도 본능적으로 느낄 수 있었다. 대부분의 사람들은 그의 신분을 존중하느라 듣고는 있었지만, 속으로는 그 말에 일리가 있는지 없는지 진심으로 귀담아듣지 않았다. 반면에 이 소년은 사련의 말을 경청하면서 곰곰이 생각하는 기색으로 손에 든 검날을 쳐다보았다. 몇 마디가 이어지던 그때, 다시 사방의 새카만 숲에서 무언가가 빠르게 기어가는 듯한 바스락대는 소리가 메아리쳤다. 사련은 여전히 위험이 도사리고 있다는 사실을 퍼뜩 떠올렸다. 흥에 취하기에는 다소 적절하지 않은 시점이었다. 그는 정신을 가다듬고 표정을 가라앉혔다.

"이 산에 사특한 것들이 더 남아 있을지는 모르겠다만, 반드시 깨끗하게 정리해야 한다."

그 소년은 힘껏 고개를 끄덕이고는 두 손으로 철검을 들고 사련에게 바쳤다. 사련은 고개를 저으며 말했다.

"너 자신부터 지키거라. 아까는 네 의지로 가지 않은 거지만, 이제는 아예 갈 수가 없어. 되도록 너를 지켜 줄 터이니 너 스스로도 조심해야 한다."

이때, 덤불이 다시 흔들리더니 무언가가 쏜살같이 튀어나왔다. 사련이 손바닥을 휘둘러 정통으로 맞히자 그 무언가는 캑, 하는 비명을 지르고는 움직임을 멈추었다. 물씬 풍겨 오는 피비린내에 사련은 불현듯 의아해졌다. 비노의 몸뚱이가 터지면 끈적끈적한 체액이 흐른다. 점성이 지극히 강한 그 체액은 이런 피비린내를 풍기지 않았다. 사련은 앞으로 다가가 살펴보았다. 덤불을 헤치자, 그 안에는 역시 머리통이 비대한 비노가 있었다. 이미 그의 일격에 갈기갈기 찢긴 채였다. 그러나 피비린내는 비노가 아니라, 그 입에 물린 무언가에서 흘러나온 것이었다. 긴 머리카락이 붙어 있는 머리 가죽이었다.

비노는 남은 찌꺼기를 갉아 먹으며 살아간다. 상황을 보아 하니 산 사람이 봉변을 당한 모양이었다. 사련은 비노가 기어 오면서 덤불에 떨어뜨린 핏자국을 따라 급히 앞으로 걸어갔다. 소년 병사도 그를 바짝 뒤따랐다. 걸음을 옮길수록 핏자국이 점차 짙어지고 피비린내도 심해졌다. 머지않아 숨이 끊겨 가는 듯한 희미한 울음소리가 들려왔다.

어린 병사는 검을 들고 사련의 앞을 막아섰다. 하지만 사련은 그를 자신의 뒤로 끌어당겼다. 꽃이 핀 관목 수풀 뒤로 돌아가자, 크지도 작지도 않은 동굴 하나가 두 사람의 눈앞에 나타났다.

한때는 사람들이 잠시 머물던 거처였을 테지만 지금은 온통 시신 밭이었다. 20, 30마리의 비노들이 바닥에 납작 달라붙어 그 시신들을 한창 갉아 먹고 있었다. 다른 대여섯 마리는 바닥의 소녀 한 명을 둘러싸고 있었다. 소녀는 고통스러운 표정이었다. 갈라진 배에서 내장이 흘러나왔으나 여전히 숨이 붙어 있었다. 막 간단한 치장을 끝낸 것처럼 머리에 새빨간 꽃을 달았는데, 선홍색 피가 그 꽃과 어우러져 유달리 참혹해 보였다.

한창 뜨거운 김이 오르는 소녀의 내장을 갉아 먹으려던 비노

들은, 갑자기 느껴진 기척에 일제히 고개를 돌리고 두 사람에게
달려들었다. 사련은 눈 하나 깜짝하지 않고 손을 내리쳐 비노들
을 전부 죽이고 곧바로 시신을 살펴보았다. 시신 중에는 사내도
여인도 있었고, 노인과 아이도 있었다. 모두 흙먼지로 꾀죄죄한
얼굴에 소박한 무명옷을 입고 있었다. 의심할 바 없는 영안의
평민이었다. 사련은 내심 놀라고 말았다.

그는 이 산에 난데없이 등장한 요괴들이 전부 흰옷을 입은 기
괴한 인물이 불러온 것이라 생각했다. 그자는 낭영을 구했으니
그와 같은 편일 텐데, 왜 이 비노들은 영안의 평민을 잡아먹고
있었을까? 인간이 아닌 존재들이 마땅한 이유도 없이 인간과 동
맹을 맺지는 않을 것이다. 설마, 이게 낭영의 교환 조건이었나?
자신을 따르는 사람의 목숨을 판돈으로 내걸었다고?

고통과 두려움에 휩싸인 소녀가 입에서 피를 토하며 흐느꼈다.

"죽이지 말아요. 저는 나쁜 짓을 한 적 없어요, 죽이지 말아요!"

사련은 그날 성벽 아래에서 죽은 일가족 셋을 떠올릴 수밖에
없었다. 그들도 마찬가지로 나쁜 짓을 한 적이 있었던가? 몸을
숙인 사련은 한층 부드러운 어조로 말했다.

"겁내지 마세요. 괜찮아요, 당신을 구하러 온 겁니다."

그러나 소년 병사는 검을 뽑아 그 소녀를 겨누었다.

"전하, 조심하십시오. 산중에 사는 요물일지도 모릅니다."

물론 사련도 그 가능성을 배제하지는 않았다. 게다가 실제로
도 그럴 확률이 높았다. 하지만 고심 끝에 소녀를 내버려 둘 수

는 없다는 결론을 내렸다. 자신이 신중하면 될 일이었다. 그는 잠시 소녀의 맥을 짚고 손금과 지문을 살폈다. 확실히 인간이 맞고 무술을 연마한 적도, 기력도 없다는 것을 빠르게 확인하고는 곧장 치료를 시작했다. 그는 소매에서 약병을 꺼내 마개를 비틀어 열었다. 희끄무레한 연기가 자욱하게 피어오르며 맑은 향기를 흘렸다.

이 약은 각종 기이한 독을 잠시간 억누를 수 있고 상처에도 효험이 뛰어났다. 사련은 영약 한 병을 아낌없이 소녀에게 쏟아부었다.

"좀 괜찮아졌나요?"

소녀의 부상은 차마 눈 뜨고 볼 수 없을 만큼 심각했다. 연기를 가득 들이마신 소녀는 조금 혈색이 돌아온 얼굴로 힘없이 고개를 끄덕였다. 사련이 물었다.

"당신은 영안 사람입니까? 어쩌다 이리된 겁니까?"

그 소녀는 눈물을 흘리며 대답했다.

"……네, 맞아요. 저도 왜 이렇게 됐는지 모르겠어요. 원래, 흐윽, 원래는 아무 문제 없었는데, 갑자기 아버지가 돌아가시고, 오라버니도 죽었어요……."

사련은 그녀의 어깨를 가만히 토닥였다.

"부친과 오라버니를 살해한 자는 어떤 사람입니까? 아니면, 다른 존재였습니까?"

소녀가 목멘 소리로 외쳤다.

"내 가족을 죽인 살인마는 바로…… 바로…… 당신이야!"

말이 막바지에 접어든 순간, 소녀는 흉악한 표정으로 눈을 번 뜩이며 두 팔을 벌려 사련을 덥석 끌어안았다.

아까부터 옆에서 경계하고 있던 소년 병사가 기민하게 움직여 소녀의 등에 검을 꽂았다. 이미 중상을 입었고 칼에 찔렸으니 이제 죽은 목숨이나 다름없었다. 하지만 소녀는 환한 웃음을 터 트리며 사련을 껴안은 팔을 끝까지 풀지 않은 채 그 자세 그대 로 숨을 거두었다. 소녀는 사련을 너무 단단히 안고 있었다. 가 까스로 시신을 끌어낸 소년 병사가 외쳤다.

"전하! 괜찮으십니까?"

사련도 처음에는 이 소녀가 마지막에 기습을 시도한 줄 알았 다. 하지만 소녀는 몸에 지닌 무기가 없었다. 하다못해 이로 물 어뜯지도 않았다. 마치 이걸로 충분하다는 듯, 그저 그를 꽉 끌 어안고 죽어서도 팔을 놓지 않았다. 사련은 망연하게 말했다.

"난 괜찮다. 난……."

말을 채 끝맺기도 전이었다. 마치 그를 비웃기라도 하는 것처 럼 갑작스러운 현기증이 밀려왔다.

소년 병사가 까맣게 빛나는 한쪽 눈을 크게 뜨며 소리쳤다.

"전하?"

오장육부가 타오르는 고통이 느껴졌다. 말을 할 수도, 하고 싶지도 않았다. 다른 사람의 목소리는 더더욱 듣고 싶지 않았 다. 그는 고개를 저으며 말없이 손을 들어 보였다. 이때, 여인들의 시시덕대는 웃음소리가 사방을 에워쌌다.

"크크큭……."

"호호호호……."

두 사람은 경악한 와중에 주변에 아무도 없다는 것을 깨달았다. 웃음소리를 낸 건 놀랍게도 아까 돌아왔던 관목에 핀 새빨간 꽃들이었다!

사련은 순간 자신이 무슨 함정에 빠졌는지 깨달았다―.

"온유향(溫柔鄕)!"

이 온유향은 환락가를 뜻하는 '온유향'이 아니라, 흔히 군집을 이루어 피어나 사내의 정기와 정혈을 빨아 먹고 사는 꽃 요괴였다. 온유향이 내뿜는 향기는 결코 좋은 것이 못 되었다. 사련은 재빨리 소년에게 말했다.

"입과 코를 제대로 막아. 저 꽃의 향기를 들이마시면 안 돼!"

소년은 얼굴을 단단히 감은 붕대에 공기가 걸러진 덕분에 향기를 들이마시지 않았다. 이 말을 들은 그는 붕대를 꽉 여몄다. 그러곤 사련에게 얼굴을 가릴 만한 것이 없다는 것을 깨닫곤 온몸에서 가장 깨끗한 소맷자락을 찢었다. 찢어 낸 천을 힘껏 문지르고 깨끗하게 턴 뒤에야 두 손으로 사련에게 건넸다. 하지만 사련은 조용히 사양했다.

"괜찮다. 이미 늦었어."

그는 소녀를 치료하면서 경계심을 곤두세웠으나 냄새에 대비한 것은 아니었다. 그래서 그녀가 머리에 꽂은 꽃이 온유향인 줄도 모르고 몸을 바짝 붙였다. 소녀는 죽기 직전에 사련을 필사적으로 껴안아 실수 없이 확실하게 일을 끝맺었다. 즉 사련은 이미 저도 모르게 향기를 여러 모금 들이마셨으니, 이제 두말할 것도 없이 '향기에 취한' 셈이었다.

온유향이 몸에 흘러든 사내는 혈기가 끓어오른다. 처음에는 맥이 풀렸다가 곧 초조해진다. 지금은 힘줄이 뜯긴 것처럼 온몸이 나른하지만, 저릿함이 지나가면 금세 폭약으로 변할 터였다. 만약 그때 흰옷을 입은 그 인물이 다시 나타난다면 자신이 제대로 상대할 수 있을지 확신이 서지 않았다. 애초에 상대방의 능력이 어떤지도 짐작하지 못했다. 사련은 급한 대로 약병을 더듬어 꺼냈다. 그러나 꺼내고 나서야 소녀를 구하느라 약을 다 써버렸다는 것이 떠올랐다. 결국에는 구하지도 못했지만.

그는 곁에 있는 시신을 바라보았다. 그 소녀는 여전히 희미하게 웃고 있었다. 죽기 전에 적을 함정에 빠뜨리고 마침내 가족을 만나러 갈 수 있게 되어 진심으로 기쁜 듯한 모습이었다. 참혹한 풍경 때문에 위험하게 빛나는 꽃을 미처 보지 못했고, 피비린내 때문에 괴이한 꽃향기를 미처 맡지 못했다. 열여섯도 채 안 된 소녀가 이렇게 원한에 치를 떠는 표정을 짓다니. 이렇게 결연한 죽음을 맞이하다니. 그는 전혀 생각지도 못했다.

저편에서 꽃의 요괴들이 흥분이 극에 달해 속닥거렸다.

"걸려들었네."

"낚였어."

"정말 그 태자 전하잖아."

"맞네."

"곱기도 하지……. 내 뿌리, 내 뿌리가 못 참고 밖으로 기어 나갈 것 같아!"

소년 병사는 검을 휘둘러 꽃 수풀을 마구 베어 냈다. 그러나 온유향의 꽃대는 유연하고 질겨서, 한 번 베고 다시 휘두르자 낡은 검이 한층 더 무뎌졌다. 놀란 꽃 요괴들이 하늘거리며 비명을 지르기 시작했다.

"어머! 털도 다 안 자란 어린 오라버니가 보기보다 아주 난폭하네! 이제 겨우 꽃을 피울 참이었는데 어떻게 물어낼 거야!"

소년 병사는 눈에 불을 켜고 격노했다.

"죽음을 자초하는구나! 전부 불태워 죽여 버리겠어!"

꽃 요괴들은 푸른 잎사귀로 줄기를 가리며 소리쳤다.

"무서워라! 널 건드린 것도 아닌데 왜 그렇게 화를 내니!"

사련이 끼어들었다.

"태우면 안 돼! 그것들은 요괴라, 태우면…… 독소를 내뿜어. 뽑아서도 안 된다!"

그 말에 소년은 꽃을 뽑으려던 손을 즉시 멈추었다. 사련은 힘없이 말을 이었다.

"줄기도 전부 독침이니……."

꽃 요괴들이 간드러진 목소리로 말했다.

"어머나, 참 상냥하신 태자 전하셔. 지켜 줘서 고마워요. 기다려요. 우리가 금방 열매를 맺을 테니까! 꼭 제대로 귀여워해 줄게. 하하하…….”

“어릴 때부터 동자공(童子功)을 수련한 사내는 흔치 않지. 안타깝게도 동정을 잃고 법력의 경지도 한 단계 떨어지겠지만, 어쩔 수 없지. 히히히힛…….”

온유향 꽃송이들은 서로 살근거리며 교태롭게 웃었다. 음란한 속내를 노골적으로 드러내는 그 말에 소년 병사는 한참이나 얼이 빠져 있었다. ‘동자’, ‘동정을 잃는다’, ‘경지’가 무슨 소리인지는 정확히 알 수 없었으나 그다지 좋은 말이 아니라는 것쯤은 알아들을 수 있었다. 소년은 있는 힘을 다해 꽃을 베면서, 그 희롱을 사련이 듣지 못하게 덮어 버리려는 듯이 고함을 질렀다. 사련의 양손 뼈마디에서 바드득, 소리가 났다.

그랬구나!

오늘 밤 연이어 벌어진 일들은, 사련을 상대로 일부러 계획한 함정이었다.

척용 한 사람만을 납치한 것은 선락 무신인 그의 자부심과 사고방식을 정확히 계산해 벌인 행각이었다. 그라면 틀림없이 일이 커지지 않도록 홀로 뛰어들었을 테니 말이다. 그리고 중상을 입은 소녀는 그가 온유향 향기를 들이마신 뒤에 절대 해독하지 못하도록, 그의 영약을 바닥나게 만드는 역할이었다. 요괴와 인간은 그를 이 지경까지 몰아세울 목적 하나만으로 서로 손을 잡은 것이다.

실제로 사련이 수행하는 길은 순결한 몸을 요구했다. 이 계통을 수련한 도인이 등선하면, 참배객들은 자신들이 모시는 신이 속세를 벗어나 인간의 욕망에 물들지 않는 분이라고 굳게 믿었다. 그러니 몸을 제대로 지키지 못하면 신도들이 여지없이 무너지면서 법력도 크게 상할 터였다. 물론 신관에서 평범한 인간으로 추락할 정도로 심각하지는 않다. 이후에 수년간 고행해 다시 만회할 기회도 분명 있다. 하지만 이 절체절명의 시기에 다시 도관에 틀어박혀 몇 년간 고행할 여유가 어디 있겠는가!

사련은 계율이 엄격한 황극관에서도 가장 뛰어난 일인자였다. 그는 자신이 지금껏 한 번도 계율을 어긴 적 없이 철석같은 마음가짐을 다져 왔다고 생각했다. 광풍이 불어도 마음에 잔물결 하나 일지 않았다. 이런 시험이라면 숱하게 겪었고, 매번 완벽하게 관문을 통과했다. 하지만 아무리 마음이 차분해도 나이가 어리면 쉽게 얼굴을 붉히기 마련이다. 지금 곁에 어린 병사까지 있건만, 꽃 요괴들은 은근한 축에도 못 끼는 음란하고 상스러운 말을 거침없이 사련에게 끼얹어 댔다. 게다가 꽃향기에 사로잡혀, 혈기가 끓고 마음이 들떴다. 그 탓에 자꾸만 수치심이 들었다. 얼굴도 어렴풋이 붉어졌다. 울컥 분이 치밀었으나, 몸을 일으킬 수가 없었다.

지금도 겨우 버티고 있는데 만약 온유향이 정말 열매를 맺게 된다면 더 골칫거리가 될 터였다. 당연히 가장 좋은 방법은 빨리 황성으로 돌아가 풍신과 모정에게 자신을 지키게 하는 것이지만, 사련은 지금 다리의 힘이 풀려 일어서지도 못했다. 도저히 어찌할 도리가 없어, 그는 어린 병사를 부를 수밖에 없었다.

"너…… 이리 오거라."

이 말을 들은 소년 병사의 뒷모습이 바짝 굳었다. 그는 느릿하게 돌아섰지만 섣불리 다가오지 못했다. 한시도 지체할 수 없는 상황에 소년이 머뭇거리자 사련은 초조함이 치밀었다. 그가 조급한 마음을 억누르며 말했다.

"겁낼 것 없다. 널 어떻게 하지는 않을 테니. 어서 이리 와!"

마침내 소년이 발걸음을 내디뎠다. 급하게 달려온 그는 두 척 떨어진 앞에서 다시 급하게 멈추어 섰다. 사련은 조용히 숨을 들이마시고 손을 내밀었다.

"……나를 일으켜서, 데리고 나가 줘."

소년 병사는 아주 조심스럽게 그 손을 잡았다. 죽어 가던 사람이 마침내 기댈 곳을 찾은 것처럼, 사련은 순간 맥없이 소년을 향해 몸을 무너뜨렸다.

온유향의 향이 잠식한 온몸은 체온이 올라 이미 불덩이였다. 그런데 무슨 영문인지, 이 소년의 손바닥은 그와 마찬가지로 불덩이 같았다. 심지어 희미하게 떨기까지 했다.

잠시 몸을 기댄 채 기력을 비축한 사련은 곧바로 숨을 훅 들이마시고 몸을 일으켰다. 자기보다 작은 사람이 애써 자신을 떠받치게 하고 싶지는 않았다. 부축을 받으며 천천히 몇 걸음을 옮기자 꽃 요괴들이 난데없이 입을 열었다.

"안 돼, 태자 전하. 가지 마. 그 사람이 길에서 당신을 기다리고 있어. 여기를 떠나면 그 사람을 마주치게 될 거야."

그 사람이라니?

사련이 되물었다.

"그 사람이 누구지?"

그 물음에 온유향들은 어쩐지 오싹해진 것처럼 얼어붙었다. 곧이어 웅얼거리는 대답이 들려왔다.

"그 사람은 그 사람이지."

꽃들은 서로 고개를 끄덕이며 말했다.

"그 사람은 그 사람이야. 우리를 여기까지 데려온 사람."

다들 그 사람의 이름이나 신분을 입에 담지 못했으나, 사련은 불현듯 반은 울고 반은 웃는 그 가면을 떠올렸다.

"그러니까, 지금 내가 되돌아가면 너희를 뽑아 여기로 데려온 그 사람이 도중에 나를 죽일 것이고, 여기에 남으면 그 사람은 나를 찾아오지 않을 것이다?"

꽃 요괴들은 무척 만족스러운 듯 종알거리며 고개를 끄덕였다. 사련의 마음속에 뭐라 말할 수 없는 화가 솟구쳤다.

죽이기는커녕 단순히 이곳에 가두어 놓고 이 난처한 상황으로 밀어 넣다니. 일부러 가지고 놀겠다는 심산인가? 차라리 시원하게 결투를 벌여 끝장을 보는 편이 낫잖아!

그는 머리를 식히고 분노를 가라앉혔다. 상대방은 정면으로 그를 굴복시킬 생각이 없어 보였다. 단지 그의 법력을 해치고 경지를 떨어트려 신도를 잃게 만들고 싶을 뿐.

이 꽃 요괴들의 말이 반드시 사실이란 법은 없다. 하지만 설령 사실이 아니더라도, 잘 생각해 보면 이 소년 병사가 그를 부축하거나 업는다 해도 꼭 안전하게 돌아가리란 보장도 없었다. 도중에 상대방이 일부러 여인을 몇 명 던져 놓기라도 하면 상황은 오히려 엉망으로 난처해질 터였다.

잠시 상황을 가늠해 본 사련은 불덩이 같은 숨을 뱉으며 말했다.

"저쪽 동굴로 데려가 줘."

사련의 말이 떨어지자 소년 병사는 그를 부축한 채로 널브러진 시신 사이를 가로질러 동굴 앞에 다다랐다. 사련이 나직하게 말했다.

"멈춰."

소년 병사는 걸음을 멈추었다. 사련은 벌벌 떨리는 손을 들어 올렸다.

"네 검은?"

소년은 왼손으로 그를 부축하고 오른손을 빼내어 검을 집었다. 사련은 한쪽 손을 뻗고 소매를 걷어 팔을 반쯤 드러냈다. 맑은 달빛을 받은 살갗이 희고 서늘한 양지옥 같았다. 소년의 숨결이 한순간 얼어붙었지만 사련은 알아차리지 못하고 조용히 말했다.

"날 찔러라."

그러자 소년은 낡은 검을 든 손을 아래로 늘어뜨렸다. 사련이 거듭 말했다.

"겁내지 말고 그냥 찔러. 조금 깊게. 당장 수중에 다른 법보가 없으니 진법을 그리려면 피를 볼 수밖에 없어."

그러자 그 소년 병사가 외쳤다.

"전하, 제 피를 써 주십시오!"

말을 마치자마자 그는 자신의 팔을 쳐들고는 온 힘을 쏟아부어 검을 휘둘렀다. 사련이 황급히 말했다.

"아니야! 네 피는……."

하지만 때는 이미 늦었다. 깊게 갈라진 소년의 팔에서 순식간에 피가 흘러넘쳤다. 사련은 한숨을 내쉬었다.

"후……. 너는…… 됐다."

그의 피는 영력이 담긴 천금 같은 보물인데 어찌 평범한 인간의 피와 비교할 수 있겠는가? 그러나 성심을 보여 준 이 소년 병사에게 차마 '쓸데없는 짓을 했다'고 솔직히 말할 수가 없었다. 그는 하는 수 없이 말을 얼버무렸다.

"고맙구나. 하지만 도안을 그리려면 내 피도 조금 필요해."

사련은 자신이 직접 검을 잡았다. 두 손을 덜덜 떨며 수차례를 그은 끝에야 팔의 가운데를 찌를 수 있었다. 검붉은 신의 피가 흰 팔을 타고 흘러내렸다. 후드득, 떨어진 핏방울이 동굴 앞에 장벽을 그리듯 호선 두 줄기를 그렸다. 사실 귀한 피를 함부로 낭비하는 격이었다. 사련은 부러 그 소년의 피를 조금 섞어 주었다. 진법을 다 그리자 눈앞이 한층 가물거렸다.

"……들어가자."

동굴 안은 어두컴컴했다. 소년은 품에서 용심지[#1]를 꺼내 불을 붙였다. 불빛이 사위를 환하게 비추었다.

이 소년 병사의 얼굴은 붕대 뒤에 빈틈없이 숨겨져 있었다. 그에 반해 사련의 낭패스러운 모습은 훤히 드러났다. 흥건하게 맺힌 식은땀에 흐트러진 머리카락. 피가 묻은 입술은 붉게 부어올랐다. 아까 입술을 물어뜯어 보검에 영력을 불어넣으면서 남은 상처였다. 환한 불빛이 사련의 눈을 따갑게 찔렀다. 이글거리는 열기도 견디기 힘들었다. 사련은 급히 입을 열었다.

"불은 붙이지 마. *끄거라.*"

그 소년은 재깍 용심지를 내던지고 불씨를 밟아 껐다. 사위가 다시 어둠에 잠겨 들었다. 사련은 그의 부축을 받으며 동굴 안으로 들어섰다. 그는 명상하는 자세로 바닥에 잠시 앉아 있다가, 느릿하게 운을 뗐다.

"지금 네게 임무를 하나 맡길까 하는데, 할 수 있겠느냐?"

소년이 한쪽 무릎을 꿇고 대답했다.

"무슨 명이든 목숨 바쳐 받들겠습니다!"

사련은 가쁜 숨을 삼키며 애써 침착하게 말했다.

"이 동굴 앞에 내가 장벽을 쳐 놓았다. 모두 합해 두 줄이야. 바깥의 한 줄은, 바깥에서 무언가가 들어오지 못하게 막는 것. 안쪽의 한 줄은, 안에 있는 사람이 나가지 못하게 막는 것."

#1 용심지 실이나 헝겊 조각에 기름을 묻혀 초 대신 불을 켜는 물건

소리를 죽이고 받은 숨을 몰아쉬며 그가 말을 이었다.

"두 장벽 사이에는 한 사람이 들어갈 만한 공간이 있다. 너는 거기서 동굴 입구를 지켜라. 밖에서 무슨 소리가 들리든 나가지 말고, 마찬가지로 내가 무슨 소리를 내든 절대 안으로 들어와서는 안 돼."

소년은 조금 놀란 눈치였다.

"전하, 혼자 안에 계실 겁니까?"

"그래. 내가 뭘 할지 모르니…… 아무튼, 무슨 일이 있어도 들어와선 안 된다."

지금 이 상황이라면 다시 돌아갈 방법이 없다. 지원군을 부르러 간 척용은 아마 아직도 길에서 어기적대고 있을 테니 황성으로 달려가는 데만도 한참이 걸릴 것이다. 언제쯤에야 지원군을 데리고 올지 확신할 수 없었다. 우선은 이곳을 봉쇄하고 진을 지키면서 무슨 수를 써서라도 온유향을 없애야 했다. 사련은 잠긴 목소리로 말했다.

"꽃 요괴의 열매는 유혹하는 힘이 지극히 강해. 머지않아 열매가 익을 터이니……."

이때, 공기 속을 맴돌던 향기가 갑작스레 밀려들어 그의 말허리를 끊었다. 부드럽고 야릇한 향이 온 사방으로 밀려들었다. 꽃 요괴들은 한껏 교태로운 웃음을 터뜨리며 너도나도 외쳤다.

"내 뿌리! 내 뿌리가 단단해졌어!"

"열매가 익었어!"

정점에 이른 짙은 향기를 맡자, 사련은 심장이 더욱 빠르게 뛰었다. 머리로 피가 몰렸다. 그는 이를 악물었다.

"빨리 나가! 절대 향을 들이마시지 마라. 놈들이 다가와도 두려워할 필요 없다. 그 무엇도 혈선(血線)을 넘지 못해. 진법 안에 발을 붙이고만 있으면 되니, 검을 뻗어서 놈들을 죽이거라."

소년 병사는 바깥을 흘긋 쳐다보고는 힘껏 고개를 끄덕인 뒤, 검을 들고 뛰쳐나가 동굴 입구의 두 혈선 사이에 자리를 잡았다. 동굴 바깥, 꽃 수풀이 즐비한 시신 사이로 유난히 곱게 두드러졌다. 꽃이며 수풀까지 온통 흐릿하게 흔들리고 있었다. 아래로 파고든 뿌리가 곧 땅을 뚫고 나올 것만 같았다. 머지않아 정말로 무언가가 흙을 헤치고 나왔다. 그건 한 여인의 머리였다.

흙에서 돋아난 '여인'의 머리는 바깥의 신선한 공기를 들이마시고는 상쾌함에 취한 것처럼 눈을 가늘게 접었다. 곧이어 둥근 어깨 절반과 팔도 밖으로 기어 나왔다.

온유향의 열매는 뿌리 아래에 맺힌다. 그것들이 익은 뒤 자라나는 열매는 다양한 여인의 형상이었다.

진작에 열매가 여물 시기였다. 벌거벗은 여인들이 흙을 파헤치고 떼로 몰려나왔다. 다들 머리에 달린 붉은 꽃송이를 떼어버리고 달빛으로 목욕을 하며 사지를 한껏 뻗었다. 이전에 향기를 흘리던 것은 작은 꽃송이들이었지만, 지금 향을 내뿜는 것은 이 요염한 여인들이었다. 여인들은 풍만한 몸에 묻은 흙을 털어내고 긴 머리카락을 쓸어내리며 동굴 입구를 향해 다가왔다. 야

살스러운 웃음소리가 뒤를 이었다.

"태자 전하, 우리가 왔어요!"

동굴 안에도 그윽한 향기가 밀려들어 숨이 턱 막혔다. 사련은 눈을 감고 곧게 앉아 마음속으로 도덕경을 외웠다. 하지만 그리 큰 효과는 없었다. 꽃 요괴들은 부끄러움이라곤 없는 듯한 말을 늘어놓기 시작했다. 꾀꼬리처럼 지저귀는 목소리와 웃음소리가 동굴 밖에서 속살거렸다. 자기며 오라버니며 동생이며, 멋대로 불러 대는 통에 정신이 사나워졌다. 그는 마음속으로 외던 경전을 아예 소리 내어 외기 시작했다.

"다섯 가지 색은 사람의 눈을 멀게 하고, 다섯 가지 소리는 사람의 귀를 먹게 하며, 짐승을 사냥하는 것은 사람을 광분케 하고, 얻기 어려운 재물은 사람의 행실을 그르치게 한다……. 고요함이 초조함을 이기고 차가움이 뜨거움을 이기니 청정이야말로 천하의 바름이라……. 선한 사람을 선하게 대하고 선하지 않은 자도 선하게 대해야……."

사련은 평소 막힘없이 외우던 경문을 뒤죽박죽으로 읊고 있다는 걸 전혀 알아차리지 못했다. 동굴 바깥의 요괴들이 손뼉을 치며 웃었다.

"우리 태자, 아가야. 우리 귀여운 전하. 중도 아닌데 무슨 경전이야…… 어머!"

사방에서 비명이 울려 퍼졌다. 소년 병사는 입을 꾹 다물고 있었으나 매서운 손길로 검을 휘두르고 찔러 요괴들을 내몰았다.

"요괴 죽네!"

어떤 요괴는 먼발치에서 마구 욕을 퍼부었다.

"이 천벌받을 망할 자식! 아름다운 꽃을 짓밟는 독한 괴물 같으니! 여인을 소중히 여길 줄도 모르는구나!"

"무서워 죽겠네, 무서워 죽겠어. 쪼그마한 것이 이리 난폭해서야! 다 크면 큰일 나겠어!"

꽃 요괴들은 굶주린 것처럼 동굴을 향해 몰려들었으나 안으로 비집고 들어갈 수 없었다. 다들 바닥에 피로 그려진 진법을 미처 발견하지 못하고, 그저 동굴 앞을 가로막은 소년 때문에 들어가지 못하는 것이라 착각했다. 요괴들은 저들끼리 한참 의논하더니 멀지 않은 곳에 뭉쳐 서서 재잘거렸다.

"꼬마 오라버니, 왜 우리가 못 지나가게 막고 있는 거야? 무슨 나쁜 짓을 하려는 것도 아니고, 그저 태자 전하랑 한번 즐겨 보려는 건데."

"어린 장군님, 착하지. 우린 태자 전하랑 좋은 일을 해야 하니 방해하지 말아 주렴."

"이 도련님은 난폭하긴 해도 힘은 제법 좋단 말이지. 작아서 아쉽긴 하네. 아주 솜털이잖아. 아마 뭐가 '좋은 일'인지도 모르겠지!"

한데 모여 낄낄거리는 꽃 요괴들의 비웃음 소리 속에서 사련은 눈을 살짝 떴다. 보이는 것이라곤 동굴 입구에 서 있는 새카만 그림자뿐이었다. 죽어도 길을 내주지 않겠다는 듯이 양손으로 검을 움켜쥔 소년이었다. 이때 한 요괴가 불쑥 말했다.

"저기, 어린 오라버니. 그리 고지식하게 여기 박혀 있지 말고, 원하는 게 뭔데? 아니면 나랑 같이 저쪽으로 가서 즐겨 볼래? 어떤 모습이 좋아? 지금 이런 모습은 어때?"

소년 병사는 묵묵부답으로 일관했다. 요괴들은 동굴에 들어가려면 그를 지나가야만 한다고 생각했는지, 다 같이 몰려들어 기를 쓰고 소년을 희롱하기 시작했다.

"내 모습은 어때?"

"이런 모습은? 어때, 예쁘지 않아?"

"여기 좀 봐 봐, 마음에 들어?"

희롱으로 시작해 불평을 거쳐 마지막에는 욕지거리까지 쏟아냈으나, 소년은 한결같이 변함이 없었다. 요괴들이 멀어지면 거들떠보지도 않았고 가까이 다가오면 검으로 베었다. 사련은 온유향이 흙 속에서 온전히 빠져나오기 전에는 자유롭게 자기 모습을 꾸며 낼 수 있다는 걸 알고 있었다. 소리를 내어 소년에게 알려 주고 싶었지만 어떤 괴로운 이유로 목소리가 나오지 않았다. 무섭게 밀려들던 열기가 겨우 지나가자 그가 입을 달싹였다.

"그 요괴들을 보지 마……."

머리로 쏟아지는 혈기에 몸부림치는 것만으로도 진이 빠진 탓에 아주 희미하고 나직한 목소리가 흘러나왔다. 하지만 소년 병사는 단번에 알아듣고 큰 목소리로 대답했다.

"네! 저, 전하…… 괜찮으십니까?"

"괜찮다. 견디기 힘들다면 네 눈과 입, 코를 전부 가려……."

소년 병사가 미처 대답하기도 전이었다. 한 요괴가 갑자기 목청을 높여 웃기 시작했다.

"알았다! 꼬마야, 내가 알아맞혀 볼게. 네가 가장 좋아하는 건이 모습 맞지?"

새로운 온유향이 땅을 뚫고 나온 모양이었다. 문득 동굴 바깥이 쥐죽은 듯 고요해졌다. 그 소년 병사도 숨이 턱 막힌 듯했다.

다음 순간, 요괴들의 요란한 웃음소리가 사련의 온몸을 뒤집을 기세로 밀려들었다.

다들 손뼉을 치며 날카로운 소리로 외쳤다.

"어머나! 이번 건 정말 대단해, 이리 대단할 수가!"

"세상에나! 어떻게 이런 생각을 했어? 정말 끝내준다! 하하하 하하하…… 빨리 봐! 저 꼬마, 완전히 넋이 나갔잖아! 딱 보니까이 모습 맞네!"

"진짜 이 모습이 맞나 봐! 요 망할 꼬맹이가 목석인 줄 알았더니만, 내가 한참 잘못 봤네. 새파랗게 어린 게 담도 크지!"

"내가 졌다, 완전히 졌어! 어떠니, 꼬마야? 이런 절경이 눈앞에 있는데 어서 와서 즐기지 않고?"

"자주 오는 기회가 아니란다. 지금 기회를 놓치면 팔백 년이 지나도 못 먹는다니까! 아니면 우리가 도와줄까? 지금 바로……호호호……."

머리끝까지 격분한 소년 병사의 목소리에 한기가 서렸다.

"……너희들이, 정녕, 죽고 싶은 것이냐!"

같은 시각, 동굴 안의 사련도 한계를 앞두고 있었다.

눈과 귀가 온통 혼돈에 잠겼다. 더는 제대로 앉아 있을 수 없었다. 몸이 앞으로 무너지는 와중에 그는 두 손으로 간신히 땅을 짚었다. 그러나 몸이 기울면서 악물었던 이가 벌어졌다. 혼몽한 의식 속, 괴롭고 버거운 신음이 입술 사이로 새어 나왔다.

소리가 새어 나오자 사련은 다급하게 입을 틀어막았다.

소년 병사는 재빨리 뒤를 돌아보았다.

"……전하?"

사련은 한 손으로 땅을 짚은 채 다른 한 손으로 힘껏 입을 틀어막았다. 숨결이 흐트러지고 어깨가 들썩였다. 이 소리만 듣고 뒷모습을 본다면, 아마 다들 지금 그가 흐느끼며 울고 있다고 여길 터였다.

선경에 오르기 전이든 오른 후든, 사련은 한평생 이렇게 지독한 순간을 겪어 본 적이 없었다. 황극관에서 겪은 가장 혹독한 수련보다도 훨씬 견디기 어려웠다. 바닥을 짚은 손에서 힘이 빠지면서 온몸이 한쪽으로 쏠렸다. 땅에 쓰러져 정신이 혼몽한 와중에도 안으로 들어오려 하는 소년이 보였다.

"오지 마! 무슨 소리가 들려도 들어오지 말라고 했을 텐데!"

소년이 걸음을 멈추었다. 사련은 힘겹게 몸을 뒤척여 얼굴을 위로 향했다. 호흡은 조금 가라앉았으나 사지 뼛속을 휩쓰는 열기는 갈수록 거세지기만 했다. 동굴 밖의 요괴들은 그가 뜨거운 열기에 몸부림치는 소리를 듣고는 연신 손뼉을 치며 웃었다.

"우리 전하, 이게 무슨 고생이야! 신도를 잃을까 봐 이 즐거움도 다 마다하고, 다른 일도 못 하고, 이게 무슨 신관이야. 그냥 신도들한테 손발 묶여 고문당하는 거지! 이런 신이면 때려치워도 그만이야. 어쨌든 전부 잃게 될 텐데 차라리 시원하게 즐겨. 오락가락하면서 그 인간들 상대하지 말고!"

사련의 이마에 옅은 핏줄이 몇 가닥 불거졌다. 감정이 흐트러진 탓에 고성이 터져 나왔다.

"입 다물어!"

물론 요괴들은 지금의 사련을 겁내지 않고 다시 어린 병사를 놀리기 시작했다.

"동생, 동생이 보기에도 우리 말에 일리가 있지? 하하하하……."

"호호호…… 여기 이렇게 서 있으면 힘들지 않아?"

온몸이 식은땀에 푹 젖어 들었다. 초조함이 극에 달한 사련은 손을 뻗어 옷 앞섶을 찢고 서늘한 공기를 쐬었다. 천이 찢어지는 소리가 들리자 그는 불현듯 정신을 차렸다. 왜 갑자기 손에 힘이 돌아왔을까? 물론 순식간에 자취를 감춘 힘이었지만, 가만히 신경을 곤두세워 보니 무기력한 감각은 사라지고 서서히 기운이 솟고 있었다. 그러나 사련의 심장은 무겁게 가라앉았다.

온유향에 사로잡히면 몸이 먼저 마비되고 다음으로 마음이 초조해진다. 이제 저릿한 감각이 지나갔으니 조금만 더 지나면 광증이 몰아칠 터였다. 그는 동굴 앞에 일부러 장벽을 두 줄 그어

놓았다. 안쪽의 장벽은 자신이 이성을 잃고 뛰쳐나가는 걸 막기 위한 용도였지만, 정말로 광증이 도진 자신을 막을 수 있으리라는 보장은 없었다. 그는 잠깐이라도 정신이 맑은 지금 재빨리 머리를 굴려 대책을 찾아 헤맸다.

문득, 생각의 흐름이 한곳에 가닿았다. 온유향의 향기는 빠른 속도로 발작을 불러온다. 혈기가 머리로 치솟는 순간 통제력을 잃는 수준이었다. 하지만 그는 어떻게 지금까지 버틴 것일까? 강한 정신력 외에 다른 이유는 없을까?

여기까지 생각한 사련은 숨을 깊이 들이마시고 고개를 살짝 돌렸다. 들어올 듯 말 듯 어른거리는 소년의 그림자를 향해 그가 말했다.

"너…… 이리 들어와."

이 말을 들은 소년 병사는 재깍 그의 곁으로 달려올 기세로 몇 걸음을 뗐다. 그러다 사련이 아까 불같이 소리친 '무슨 소리가 들려도 들어오지 말라'는 말이 떠올랐는지 걸음을 머뭇거렸다. 사련은 부득이한 심정으로 말을 바꾸었다.

"일단 먼저 들어오고, 말하자."

그 소년은 더 망설이지 않고 안으로 달려왔다.

동굴 내부는 폭이 좁고도 길었다. 안쪽 공기가 따뜻하고 습했다. 눈앞이 칠흑같이 어두워 바로 코앞이라도 분간할 수가 없었다. 소년은 가느다랗게 억눌린 숨소리를 따라 더듬더듬 사련을 찾아냈다. 사련이 입을 열었다.

"검을 내려놔…… 땅에 둬라. 내 옆에 있어. 너무 멀리 가지 마."

"네!"

소년 병사는 자신의 유일한 호신 무기를 꺼내 사련의 손길이 닿는 곳에 내려놓았다. 사련이 다시 말했다.

"날 일으켜 줘."

소년은 그의 옆에 한쪽 무릎을 꿇고 두 손을 뻗어 사련을 부축했다. 하지만 누가 알았으랴. 손가락 끝에 만져지는 것은 옷감이 아니라 뜨거운 살갗이었다.

두 손이 빠르게 움츠러들었다. 사련도 소년의 불덩이 같은 온기를 느끼고 나서야 아까 자신이 땅에 널브러진 채 경황없이 몸부림치면서 제 윗옷을 찢어 버렸다는 것이 생각났다. 사내가 상반신을 벗고 있는 것쯤이야 별일도 아니다. 하지만 이런 상황에 놓이니 어쩐지 곤혹스러웠다. 물론 이런 곤란함을 구태여 짚고 넘어갈 필요는 없었다. 해야 할 일을 끝내면 자연스레 지나갈 터였다. 소년도 이를 이해했는지, 사련이 입을 열기도 전에 다시 손을 내밀어 그의 맨 어깨를 감싸고 재빨리 일으킨 다음 곧장 손을 떼었다. 사련은 동굴 벽에 기대어 섰다. 등이 서늘한 암석에 닿으니 한결 기분이 나았다. 그러다 소년이 뒤로 물러서는 기척을 느끼고 급히 불러 세웠다.

"잠깐, 나가지 마!"

이 소년 병사는 그의 말대로 고분고분 자리에 멈추어 섰다. 사련이 말했다.

"내 머리카락 한 가닥을 잘라 내. 쓸 데가 있다."

소년은 재깍 대답하고 손을 뻗었다. 하지만 어둠 속이라 사물을 분간하기 어려웠다. 하물며 사련의 머리카락은 등 뒤로 가지런히 묶여 있었다. 소년은 그의 머리카락을 단숨에 정확히 잡지 못하고 실수로 가슴을 건드렸다. 매끄럽고 탄탄한 살갗에 옅은 땀까지 맺혀 손이 금세 미끄러졌다. 가뜩이나 괴롭게 견디고 있던 와중에 미묘한 곳을 건드리자 가슴에서 전류가 튀는 것 같았다. 저릿한 감각이 온몸으로 퍼져 나갔다. 사련은 나지막이 신음을 흘렸다.

순간, 동굴 안의 두 사람이 나란히 굳었다.

동굴 바깥에서 귀를 쫑긋 세우고 엿듣던 요괴들이 이를 놓칠수 있었을까? 다들 히죽거리며 말을 보탰다.

"어머나! 지금 안에서 뭐 하는 거야!"

"남사스러워라."

"차마 못 듣겠다."

요괴들이 자신의 고통을 비웃자 사련은 이가 갈렸다.

"너희들……!"

그 분노 어린 목소리에 소년 병사가 황급히 손을 떼고 다가올 엄두를 내지 못했다. 물론 사련은 그에게 화를 낸 것이 아니었다. 사련의 눈에 이 어린 병사는 그저 어린 아이에 지나지 않았다. 혹여나 소년의 마음이 상했으면 어쩌나 싶어진 그는 어조를 누그러뜨렸다.

"당황하지 말고 계속해. 저것들은 신경 쓰지 말렴."

소년이 갈라진 목소리로 대답했다.

"네."

하지만 내심 당황했는지, 한참이나 만져야 할 곳은 만지지 못하고, 잘못 건드렸다는 것을 알아차릴 때마다 손을 움츠렸다. 결국에는 사련의 가슴을 따라 위로 더듬어 올라갈 수밖에 없었다. 저릿한 감각에 사련은 뭐라 말할 수 없을 만큼 괴로웠다. 당장이라도 뒤통수를 벽에 사정없이 부딪고 졸도해 버리고 싶었다. 겨우 사련의 떨리는 목울대를 찾아낸 소년은 뒤로 손을 뻗어 머리카락 한 가닥을 잡았다. 고작 그 가느다란 한 가닥을 그러쥔 채, 조심스럽게 검을 주워 자르고 재빨리 입을 열었다.

"전하, 됐습니다!"

이 무렵 사련은 힘이 조금 돌아와 손을 움직일 수 있었다.

"이리 내 보거라."

소년은 손을 들어 올렸다. 사련은 가느다란 머리카락을 받아 들고 소년의 손가락 하나에 아무렇게나 매듭을 지었다. 소년은 한참을 멍하니 있다가 떨리는 목소리로 물었다.

"전하, 이건……?"

사련이 숨을 몰아쉬며 말했다.

"꽃 요괴의 향기가 더욱 짙어질 테니 네 검을 빌려야겠다. 이따 무언가 덤벼 오거든 이 손을 들어 올려. 네 몸과 목숨을 지켜 줄 것이다. 지금, 어서 나가."

이윽고 소년 병사는 동굴 밖으로 물러갔다. 이내 꽃 요괴들이 왁자하게 떠들기 시작했다.

"나왔구나?"

"드디어 나왔네."

"우리는 밖에 묶어 놓고 혼자 쏙 들어가다니. 꼬마야, 참으로 인정이 박하구나!"

한편 사련은 한층 많은 힘이 사지로 밀려드는 것을 느꼈다. 숨을 깊게 들이쉰 그는 오른손으로 소년 병사가 남긴 낡은 검을 쥐었다. 그렇게 마음을 가다듬고, 검을 들어 왼팔을 베었다.

순간, 눈앞의 짙은 안개가 걷히는 것처럼 오감이 어렴풋이 맑아졌다.

역시 그랬다!

왼팔에서 피가 쏟아졌으나, 사련은 참담한 전쟁터에서 한 가닥 살길을 붙잡은 듯한 기분이 들었다.

온유향의 향기는 사람의 마음을 들뜨게 하고 내면 깊이 잠들어 있던 욕망을 일깨운다. 과거에 심하게 감정을 억누른 사람일수록 이 향기에 훨씬 지독한 영향을 받는다. 사련이 억눌러 왔던 욕망은 '정욕' 말고도 '살욕(殺欲)'이 있었다.

이 '살욕'에 요괴를 죽이는 것은 포함되지 않는다. 요괴는 이전에도 숱하게 죽여 왔으므로 욕망을 억눌렀다고 말할 수 없었다. 죽이는 대상은 반드시 사람이나 신이어야 했다. 그래야만 '금기를 어기는' 느낌이 뒤따랐다. 사련은 동굴에 들어오기 전에 진법을 치려고 자신의 팔을 검으로 베면서 피를 흘렸다. 그 행동이 온유향의 향기를 누그러뜨린 것이다. 스스로를 살상하는 것도 좌우간 살상이었으므로.

애초에 '정욕'과 '살욕'은 모두 공격성이 지극히 강한 욕망이다. 심지어 사련은 이 두 가지가 본질적으로 같은 것이라는 의견도 들어 본 적이 있었다. 그렇다면 이 점을 토대로 최선책을 세워 눈앞의 난관을 극복할 수 있을 터였다.

확신을 품은 사련은 다시 거침없이 검으로 왼팔을 그었다. 검을 휘두를 때마다 정신이 한결 맑아졌다. 속으로 기뻐하고 있던 그때였다. 온유향의 요기가 농간을 부린 것인지, '살욕'이 충족되는 순간 사련의 몸 안에서 쾌락의 물결이 맹렬하게 솟구쳤다.

이 저릿하고 황홀한 쾌감은 머리끝에서 발끝까지 온몸 구석구석을 훑고 지나가면서 그가 오랜 시간 아득바득 저항하며 쌓은 장벽을 손쉽게 무너뜨렸다. 이 사실을 깨달았을 때, 사련은 이미 가느다란 신음을 흘리고 있었다.

지금 동굴 안에 혼자 있지 않았더라면, 사련은 이게 자신의 입에서 나온 소리라는 것을 결코 믿지 못했을 터였다. 그는 화들짝 몸을 떨며 눈을 크게 떴다.

'분명히 되는 방법인데, 어찌 이럴 수가 있지?'

검을 다시 바라본 순간 홀연히 기억이 떠올랐다. 그 소년 병사는 이 검으로 꽃의 뿌리와 인간의 모습으로 변신한 요괴를 베었으니, 검날에 온유향의 즙이 묻은 게 당연했다. 사련은 바로 그런 검으로 상처를 내고 몸을 누그러뜨릴 생각이었던 셈이다. 처음에 2할의 힘을 썼다면 두 번째에는 3할의 힘을 써야만 이전과 같은 효과를 거둘 수 있었다. 이는 갈증이 난다고 독주를 마시는 격이 아닌가?

성급한 마음에 이성을 잃은 탓이다. 아니었다면 진작에 이 사실을 알아차렸을 터였다. 사련은 속으로 스스로를 욕했다. 하지만 상황을 돌이킬 수는 없었다. 그는 하는 수 없이 왼쪽 소매를 찢어 정신없이 검을 닦아 냈다. 그러곤 다시 오른쪽 소매를 찢어 입에 욱여넣고 단단히 악문 채 힘껏 인내했다.

이 희미한 신음은 악다문 잇새를 비집고 끊어질 듯이 새어 나왔다. 메아리가 일어나는 동굴 안이라 그 미세한 소리는 겹겹이 증폭되어 퍼져 나갔다. 하물며 소년 병사는 사련이 뒤이어 시킨 대로 두 눈을 감고 있었다. 소리로 상황을 파악하느라 청력을 곤두세웠으니, 당연히 이상한 점을 알아채지 않겠는가? 소년은 불안을 참지 못하고 결국 떨리는 목소리로 말을 꺼냈다.

"전하?"

지금 이 난감한 처지는 평생 최대의 치욕이었다. 다른 사람에게 이런 모습을 보이는 것은 상상도 하고 싶지 않았다. 동굴 안이 칠흑같이 어두워도 견딜 수 없었다. 사련이 곧장 소리쳤다.

"들어오지 마!"

하지만 그 한마디는 입 안 가득 욱여넣은 천 때문에 흐느끼는 신음이 되었다. 그 애처로운 소리를 들은 소년 병사는 더욱 속이 타들어 갔다.

검에 베인 왼팔은 피가 낭자했지만, 결국 '상처'를 냈을 뿐 '살인'을 범하지는 못했으므로 욕망을 완전히 만족시킬 수는 없었다. 이제 입을 틀어막았던 천도 제대로 물고 있지 못하고 아래로 떨어뜨렸다. 사련은 더욱 무정한 손길로 왼쪽 다리에 검을 찔러 넣었다. 검은 자못 깊이 들이박혔다. 검날이 살을 파고드는 소리가 선명했다. 인내심이 바닥난 소년 병사는 더 참지 못하고 안으로 뛰어 들어왔다. 다급한 발소리가 울려 퍼지자 사련은 겁에 질려 연신 뒤로 물러났다. 동굴 벽이 등에 닿아 왔으나 그는 계속해서 필사적으로 뒤를 향해 물러나려 했다.

"아니야, 안 돼! 오지 마, 안 돼, 안 돼……."

동굴 입구의 두 번째 혈선은 사련이 스스로를 막기 위해 친 것이라 소년을 막지는 못하니 소년은 언제든 안전지대로 숨을 수 있다. 하지만 지금은 두 번째 발작이 시작된 시점이다. 소년이 안으로 들어오면 사련은 그 자리에서 그를 죽일지도 모르는데, 소년에게 다시 도망칠 기회가 있기는 할까? 자칫 실수로 저 아이를 죽이면 어쩌나, 두려운 마음에 피할 수밖에 없었다. 소년 병사는 그의 말투에서 은연중에 묻어난 두려움을 느끼곤 멍하니 중얼거렸다.

"전하……."

포악한 살기가 사련의 핏속에서 어지러이 요동쳤다. 그는 손을 벌벌 떨면서 그 낡은 검을 들고 마음속으로 한마디를 거듭 되뇌었다.

'죽지 않아, 난 죽지 않아, 난 죽지 않는다!'

다음 순간, 그는 단호하게 검 끝을 안으로 돌렸다.

소년 병사는 어둠 속에서 희미하게 번득이는 빛을 보고 다급히 소리쳤다.

"전하!"

그러나 사련은 이미 검으로 배를 꿰뚫어 제 몸을 땅에 단단히 붙박은 뒤였다.

날카롭고 극심한 고통이 복부에서 폭발해 온몸으로 번져 나가며 열기를 전부 몰아냈다. 사련은 두 손으로 칼자루를 꽉 쥐고 두 눈을 부릅떴다. 밭은기침과 함께 입가로 피가 흘렀다. 호흡마저 멎어 미동도 할 수 없었다. 소년 병사는 충격에 넋이 나간 듯, 그의 곁에 털썩 꿇어앉았다.

바로 이때, 동굴 밖에서 새된 비명이 쏟아졌다.

"누구야!"

꽃 요괴들이 가느다란 목소리로 귀 따갑게 내지르는 소리였다. 그러나 그보다 훨씬 시끄러운 고함이 요괴들의 목소리를 전부 덮어 버렸다.

"이게 다 뭐야!"

이 분노에 찬 외침을 듣고, 사련은 거듭 숨을 들이켰다.

풍신!

또 다른 목소리가 착잡한 기색으로 말했다.

"온유향이다. 놈들의 수작에 당하고 싶지 않으면 빨리 얼굴을 가려."

이 사람은 당연하게도 일찌감치 입과 코를 틀어막은 모정이었다. 얼굴을 가린 풍신은 또 무언가를 발견했는지 턱 막힌 목소리로 욕을 퍼부었다.

"저건…… 전하? 전하! 염병! 환장하겠네! 저게 뭐 하는 짓거리야!"

모정도 윽, 소리를 내며 외쳤다.

"체통이 없어도 유분수지. 말 같지도 않군!"

다만 그는 풍신처럼 화를 내는 대신에 무슨 유치한 농담이라도 들은 듯한 반응을 보였다. 동굴 안에 누워 있는 사련은 그들이 무슨 말을 하는지 알아듣지 못했다. 추측해 보건대, 저속하게 발가벗은 요괴들의 모습에 심기가 불편한 모양이었다. 풍신은 끊임없이 욕을 지껄이며 소리쳤다.

"당장 태워 버리겠어! 절대 남들 눈에 띄면 안 돼!"

곧이어 불이 치솟고, 무언가 툭툭 타들어 가는 소리가 들렸다. 세찬 불길 속에서 요괴들의 비명과 저주를 퍼붓는 목소리가 서서히 사그라들었다. 모정이 말했다.

"깨끗하게 태워. 이런 종류의 요괴들이 내뿜는 향에는 독이 있으니, 남은 씨앗이 자라기라도 하면 사달이 날걸."

사련은 기운을 차리고 소리를 내려 했지만 짧은 기침만 터져 나왔다. 두 사람은 곧바로 그의 목소리를 알아채고 동굴 안으로 뛰어들었다.

"전하, 안에 계십니까?"

"……나 여기 있어……."

최대한 침착하게 꺼낸 목소리였지만 역시 평소보다는 쇠약했다. 두 사람은 입구로 다가서자마자 혈선에 가로막혔다. 물론 그들은 사련이 그리는 진법에 익숙했던지라 해제 방법도 잘 알고 있었다. 풍신은 손바닥에 불꽃을 피워 감싸고는 몇 발자국을 내디뎠다. 동굴 가장 깊숙한 곳을 비추기도 전에 그가 불쑥 입을 열었다.

"누구냐?"

모정도 경계하며 말했다.

"동굴 안에 누가 더 있습니까?"

사련이 말했다.

"괜찮아. 그냥 병사야."

두 사람은 그제야 마음을 내려놓고 안으로 들어섰다. 눈부신 불꽃이 온 동굴을 따스한 주황빛으로 물들였다. 사련은 맨 어깨를 드러내고 긴 머리카락을 늘어뜨린 채 바닥에 쓰러져 있었다. 배를 꿰뚫은 장검이 그를 지면에 붙박아 놓고 있었다.

이 풍경을 본 두 사람은 아연실색했다. 풍신이 허리를 숙이며 말했다.

"누가 한 짓입니까?"

사련이 대답했다.

"내가."

모정이 놀란 얼굴로 되물었다.

"어찌 된 겁니까?"

사련은 고개를 내저었다.

"말도 마. 정말 부득이한 상황이라 이런 방법을 썼어. 얼른 나 좀 일으켜 줘."

앞으로 다가간 모정은 미간을 구긴 채 검을 뽑고 옆으로 내던 졌다. 소년 병사가 검을 주워 들었다. 풍신은 사련을 부축해 앉히고 겉옷을 걸쳐 주었다. 사련은 그제야 온유향을 만난 뒤로 얼마나 끔찍한 하룻밤을 겪었는지 대강 이야기해 주었다.

"내가 생각한 것보다 빨리 왔네. 척용은?"

풍신이 대답했다.

"국주께서 황궁에 가두셨습니다. 평소에 그렇게 설치고 다니 니 납치를 당하지. 그래도 돌아오자마자 저희를 먼저 찾아온 걸 보면 눈치는 있나 봅니다."

척용은 사련의 두 시종이라면 치를 떨면서도 내심 그들의 대 단함은 아는 모양이었다. 원래 풍신과 모정은 한 사람은 자리에 남아 성을 지킬 생각이었다. 그런데 척용이 울며불며 난리를 피 우는 게 아닌가. 심지어 사련의 피로 영력을 불어넣은 보검까지 들고 있었다. 예상보다 훨씬 위험한 상황일지도 모르니 결국 함 께 출발하기로 했다. 이 주변은 배자 언덕 가운데에서도 요기가 짙어 빠르게 찾아낼 수 있었다.

사련은 등선한 몸이라 평범한 도검으로는 근본이 상하지 않고, 이렇게 자기 자신을 검으로 찔러도 절대 죽지 않는다. 그러나 그는 지난 이십 년 동안 온갖 전투와 사활을 건 싸움에서 진정으로 져 본 적이 없었다. 난생처음 입은 중상에 회복이 더뎌지자 풍신이 그를 업고 황성으로 돌아갈 채비를 했다. 복부에서 낯선 고통이 간간이 퍼졌다. 사련은 자꾸만 구겨지는 미간을 애써 억누르며 물었다.

"너희, 오는 길에 아무것도 안 마주쳤어?"

모정이 대답했다.

"네."

사련은 숨을 길게 들이쉬고 말했다.

"조심해. 사람이 아닌 존재가 있었어⋯⋯."

울고 웃는 가면을 쓰고 흰옷을 입은 자라고 사련은 말을 꺼내고 싶었으나, 녹초가 되어 기력이 나지 않았다. 소년 병사가 피로 얼룩진 철검을 끌어안고 뒤를 따르는 모습이 눈가를 스쳤다. 마음이 놓인 그는 눈을 감고 기력을 아끼다가 까무룩 잠에 빠졌다.

　사련은 자진해서 속세로 내려온 뒤로 장장 한 달이나 눈을 붙이지 못한 처지였다. 날마다 차곡차곡 쌓여 온 피로가 이번에 모조리 폭발하면서 그는 사흘을 내리 잠들었다. 사흘 뒤, 그는 화들짝 잠에서 깨어났다. 정신을 차리고 보니 자신은 방 안에 누워 있었다. 위로 펼쳐진 천장이 웅장하고 화려했다. 황궁이었다. 그는 단숨에 일어나 앉았다.

"풍신!"

밖에서 활을 시험해 보고 있던 풍신이 그의 목소리를 듣고 들어왔다.

"전하!"

복부에 입은 부상은 진작에 아물었다. 사련은 재빨리 침상에서 내려왔다.

"나 너무 오래 잠든 거 아니야? 무슨 일 없었어?"

"안심하세요. 고작 며칠이었습니다. 그간 적군의 침공은 없었습니다. 무슨 일이 있었으면 제가 전하를 안 불렀겠습니까? 침상으로 올라가세요. 또 신발을 안 신으셨잖아요."

사련은 그제야 한숨을 돌리고 침상으로 돌아갔다. 잠시 뒤, 그가 다시 물었다.

"모정은?"

모정도 방으로 들어왔다. 손에는 깨끗하게 준비한 옷가지를 들고 있었다.

"여기 있습니다."

그는 태자 전하의 옷시중을 들었다. 풍신이 옆에서 말을 덧붙였다.

"그나저나, 그간 전투는 없었지만 대신 몇 가지 일을 찾아냈습니다."

사련이 물었다.

"무슨 일?"

모정이 대답했다.

"저번에 영안 쪽이 수상하다 하시면서 외부의 도움을 의심하셨잖습니까? 저희가 배자 언덕에서 상황을 알아보다가 어떤 사람들을 만났습니다. 본토 사람들이 입는 옷차림이었지만 발음이 이상한 게 선락인 같지는 않더군요. 그들을 잡아들여 보니, 역시 다른 나라가 은밀히 그들을 지원해 식량과 무기를 운송해 주고 있었습니다."

그게 아니라면, 애초에 척박한 산에 머무는 그 많은 영안인들이 지금까지 산나물과 나무껍질만 먹으면서 버티기란 불가능했다.

풍신이 볼멘소리를 흘렸다.

"망할 것들이 평소엔 살갑게 구는 척하다가 지금 이 중요한 시기에 물을 흐려 놓다니. 선락국이 더 혼란스러워지길 바라는 겁니다!"

선락국은 땅이 넓고 황금과 보석 등 자원이 풍부해 주변 나라들이 오래전부터 탐을 내고 있었다. 예상했던 상황에 사련은 고개를 숙이고 가만히 가로저었다. 그러다 문득 다른 일이 떠올랐다.

"그 아이는?"

풍신이 대답했다.

"누구요? 그 어린 병사 말씀이십니까? 그날 전하를 국사 어르신께 모시고 가서 상태를 살피느라 바빠서 신경 쓸 겨를이 없었습니다. 아마 알아서 복귀한 것 같습니다."

옷을 다 걸친 사련은 팔을 내리고 침상 위에 곧게 앉았다.

"그 애는 몸놀림이 괜찮았어. 칼을 쓰기에 훌륭한 재목이던데. 잘 훈련하면 분명 놀라운 인재로 자랄 거야. 모정, 잊지 말고 그 애를 찾아서 좋은 자리로 승급시켜 줘."

사련은 무예가 출중한 사람을 보면 눈이 뒤집혀선 꼭 옆에 두고 날마다 보아야 직성이 풀리는 사람이었다. 그가 이러는 게 하루 이틀 일도 아니었지만, 어린 아이에게 이처럼 후한 평을 남긴 것은 처음이었다. 모정은 '칼을 쓰기에 훌륭한 재목', '놀라운 인재로 자란다'라는 사련의 칭찬에 표정을 미묘하게 바꾸더니, 새로 바꾸고 남은 머리끈을 구겨 쥐고 돌아서서 한쪽에 툭 내던졌다. 곧이어 풍신이 말했다.

"그 녀석은 겨우 열네다섯 살밖에 안 되어 보이던데요. 너무 어리지 않습니까. 승급시킨다고 뭘 할 수 있겠어요."

모정도 냉담하게 말했다.

"마땅치 않겠죠. 군대의 규율에도 어긋나고요."

사련이 대꾸했다.

"천상의 신도 속세에 내려올 수 있는데 군대에선 뭐 하러 아직도 그 많은 규칙을 따져?"

그러곤 또 칭찬을 덧붙였다.

"너희도 그 아이가 비노를 베던 모습을 실제로 봤어야 해. 정말 깔끔했다고."

비노 이야기가 나오자 그 흰옷을 입은 기이한 사람이 거듭 머릿속을 스쳐 갔다. 풍신이 말했다.

"전하, 어째서 배자 언덕에 온유향 같은 요괴가 나타난 겁니까? 예전에는 들어 본 적도 없지 않습니까."

사련은 자리에서 일어나며 말했다.

"나도 그날 너희에게 말해 주고 싶었어."

드디어 그 울고 웃는 가면을 쓴 사람의 이야기를 꺼낼 때가 왔다. 세 사람은 머리를 맞대고 의논한 끝에, 대수롭게 넘길 사안이 아니니 상천정에 알리는 편이 좋겠다고 의견을 모았다. 그리하여 사련은 문을 나섰다. 먼저 국주와 황후를 급히 찾아간 다음, 곧장 태창산의 신무전으로 향했다.

예전 같았으면 사련은 직접 선경으로 돌아가 군오를 대면하고 이 일을 알렸을 것이다. 그러나 지금은 상황이 달랐다. 그는 스스로 선경을 떠났다. 제 손으로 열쇠를 반납한 셈이니 돌아가도 문을 열 수 없었다. 게다가 그날 급하게 떠나느라 신무전에서 언성을 높인 탓에 군오에게 조금 송구한 마음도 들었다. 그래서 그는 신무전에서 깍듯하게 향을 올리고 군오가 틈이 날 때 듣기를 바라며 신무대제 신상을 향해 말을 남겼다. 하지만 매일 군오에게 향을 올리는 사람은 못해도 8천 명이 넘는다. 기원은 산처럼 쌓인 데다 개중에는 큰 신도들의 몫도 적지 않았으니 언제쯤에나 들을 수 있을지는 운명에 맡겨야 했다. 너무 오래 자리를 비울 수 없었던 사련은 곧바로 전장으로 돌아가 계속해서 성을 지켰다.

첫 번째 전투에서의 손실이 심했고 다른 나라가 보내던 원조

물자도 풍신과 모정이 도중에 가로채서인지, 영안 쪽은 전략을 바꾸어 더 이상 무모하게 덤벼들지 않았다. 몇 달 동안 소규모 전투를 몇 번 일으키기는 했어도, 사상자가 많이 나오거나 하진 않았다. 첫 번째 전투에 비하면 그야말로 티격태격하는 수준이었다. 그 기이한 흰 옷차림의 사람도 더는 나타나지 않았다. 때문에 선락 황성은 점점 분위기가 느슨해졌다. 사련도 모처럼 전선에서 물러나 황성을 거닐며 기분을 전환했다.

그는 작은 돌다리를 밟고 다리 가장자리에 늘어진 수양버들을 헤치고 나왔다. 다리 아래로 흐르는 물에서 새붉은 잉어가 꼬리를 한들거리며 노니는 모습이 무척이나 부러웠다. 잠시 넋을 놓고 있는데, 문득 등 뒤에서 자신을 응시하는 시선이 느껴졌다. 고개를 돌려 보니 뒤쪽에는 아무도 없었다. 내심 의아했지만 살기나 악의는 느껴지지 않았으므로 내버려 두었다.

다시 다리를 건너 신무대로를 여유롭게 거닐었다. 길을 지나던 행인들은 그를 보고 감격해하거나 황송해하거나 기쁘게 예를 갖추며 '태자 전하' 하고 입을 모았다. 사련은 사람들을 마주칠 때마다 미소를 머금은 얼굴로 고개를 끄덕였다. 그렇게 한참을 걸었을 무렵, 다시 등 뒤에서 자신을 응시하는 시선이 느껴졌다.

이번에는 기회를 놓치지 않고 기습적으로 고개를 돌렸다. 역시나 꼼짝없이 걸려들었다. 버드나무 뒤로 몸을 숨기는 그림자가 보인 것이다. 앞으로 다가가 범인을 붙잡으려던 순간이었다.

나무 뒤에 숨어 있는 사람은 다름 아닌 붕대를 감은 소년이었다. 사련은 저도 모르게 얼이 빠졌다.

"너는……?"

그 소년은 온 얼굴을 붕대로 감쌌으면서도 두 팔을 엇갈리게 들어 얼굴을 가렸다. 누더기 소매 뒤로 까만 한쪽 눈동자만 보였다. 그가 뻣뻣하게 입을 열었다.

"태, 태자 전하, 일부러 그런 건 아닙니다."

사련은 그를 가리키며 말했다.

"너는 그날 밤……."

말을 미처 끝맺기도 전에, 그는 몇 달 전 그날 밤에 무슨 일이 일어났었는지, 자신의 꼴이 얼마나 낭패스러웠는지를 기억해 냈다. 머릿속에서 온갖 장면이 넘실거리면서 얼굴에 열이 올랐다. 조금 민망해진 그는 급하게 잔기침을 하고는 다시 말을 이었다.

"너였구나. 그동안 널 찾아갈까 생각했는데 일이 너무 많아서 깜빡 잊었다. 그래, 너는 군대의 병사가 아니냐? 어찌 시내에 있어?"

그 소년은 사련의 말을 듣고 움찔하더니 울적한 목소리로 말했다.

"저는 지금 군대 소속이 아닙니다."

사련이 어리둥절한 얼굴로 물었다.

"아니라고? 왜 나갔느냐?"

소년은 사련보다 더 어리둥절한 기색으로 말했다.

"저는…… 쫓겨났습니다……. 전하…… 전하께선 모르셨습니까?"

사련은 영 갈피를 잡을 수 없었다.

"뭘 몰라?"

그 아이는 훌륭한 새싹이니 좋은 자리에 앉혀 주어라, 분명 예전에 모정에게 그리 이르지 않았던가. 그렇게 신신당부를 했는데, 오히려 군대에서 쫓겨났다니?

하지만 그 소년은 감격한 듯, 기뻐하는 듯 얼굴을 가리고 있던 두 팔을 홱 내려놓았다.

"전하께선 모르셨군요! 저는 혹시나…… 그런 줄 알고……."

사련은 들으면 들을수록 궁금해졌다.

"자, 이리 와서 말해 보렴. 어쩌다 쫓겨난 것이냐? 누가 널 쫓아냈어? 왜 내가 알 거라고 생각했지? 그리고 그런 줄 알았다는 건 또 뭐고?"

소년은 그를 향해 한 발자국을 내디뎠다. 소년이 입을 달싹이던 바로 그때, 신무대로에서 혼비백산한 아우성이 울려 퍼졌다.

"아악—!"

사련은 기민하게 뒤를 바라보았다. 한 사람이 얼굴을 감싸 쥐고 비틀거리며 이쪽으로 돌진해 오고 있었다.

39장 인면역, 불유림의 땅을 뚫고 나오다

그 사람은 몸집이 큰 사내였다. 실성한 사람처럼 내달린 탓에 길가의 행인들이 몇 번이고 밀려 넘어졌다. 사람들은 저마다 짜증을 부렸다.

"뭐 하는 거요!"

"날도 더운데 왜 성을 내면서 뛰어다니는지……."

"나 참, 저렇게 체면 사납게 나돌아 다니는 건 또 처음 보네."

다들 그리 중얼거리면서도 정말로 화는 내지 않고 서로 웃음을 터트렸다. 하지만 누가 알았을까. 마구잡이로 날뛰던 사내가 화려한 마차를 들이받더니 그 자리에서 사방으로 피를 흩뿌렸다!

그는 큰 대자로 나동그라졌다. 우스갯소리를 주고받던 행인들이 전부 비명을 지르기 시작했다. 마차 주인도 화들짝 놀라 머리를 내밀었다.

"누가 부딪쳤소? 누가 부딪친 거요?"

갑작스러운 상황이 벌어지자, 사련은 하는 수 없이 그 소년을 내버려 두고 속히 걸음을 옮겼다.

"무슨 일입니까?"

그 사내는 단단한 마차에 머리를 부딪쳐 기절한 것 같았다. 헝클어진 머리카락이 얼굴을 가리고 있었다. 사람들은 조심스럽게 모여들어 그 사내를 살펴보았다. 사련이 가까이 다가가려는 순간, 사내가 난데없이 벌떡 일어나 길게 울부짖었다.

"이젠 못 참아! 죽여, 죽여 줘! 누가 빨리 나 좀 죽여 줘! 빨리!"

행인들 가운데 몇몇 사내가 보다 못해 끼어들었다.

"어느 집이 이런 미치광이를 단속도 못 하고 내보낸 게야? 다시 가둬, 다시 가두자고…….'

사내들은 그 사람의 팔을 비틀고 억누를 생각이었다. 그러나 옆으로 다가와 그 미치광이의 얼굴을 똑똑히 보고는 연거푸 비명을 지르며 허둥지둥 물러났다.

"이게 웬 괴물이야!"

그 미치광이는 사내들에게 달려들며 울부짖었다.

"빨리 날 죽여!"

사내들이 공포에 떨고 있는데 때마침 사련이 다가왔다. 태자 전하를 발견한 그들은 구세주라도 만난 듯이 사련의 뒤편으로 뛰어들었다. 사련은 단호하게 다리를 쳐들고 그 미치광이를 향해 발길질을 했다. 공중에서 한 바퀴 뒤집힌 미치광이는 개가 주둥이를 땅에 박은 꼴처럼 아래로 곤두박질쳤다. 사내들이 바닥을 가리키며 말했다.

"태자 전하! 저 사람…… 저 사람…… 얼굴…… 얼굴이!"

그들이 말할 필요도 없었다. 사련도 똑똑히 보았다. 이 사람은 놀랍게도 얼굴이 두 개였다!

정확히 말하자면 한 얼굴에 또 다른 얼굴이 자라나 있었다. 어른 손바닥만 한 이 두 번째 얼굴은 미치광이의 한쪽 뺨에 꽉 들어차 있었다. 사내는 청년이었지만 이 새로운 얼굴은 쭈글쭈글하고 작은 노인처럼 추하기 짝이 없었다.

아연실색한 와중에, 한마디가 사련의 머릿속을 가득 채웠다.

이건 무슨 괴물이지?

그는 당장 허리춤에 꽂은 검을 움켜쥐고 뽑았다. 이 검은 바로 신무대제가 하사한 기검(奇劍), 홍경이었다. 그 흰옷의 괴인을 만난 뒤로 사련은 비상용으로 이 검을 지니고 다녔다. 어쩌면 언젠가 그것의 본모습을 볼 수 있을지도 몰랐으므로. 마침 지금도 유용하게 쓰일 것 같았다. 검집에서 빠져나온 장검은 눈보다 희게 빛났다. 그러나 고개를 숙여 살펴봐도 검날에 비친 모습은 아무런 변화가 없었다. 그건 여전히 이 사내의 끔찍한 두 얼굴이었다. 한마디로 이 미치광이는 요괴도 괴물도 아닌, 사람이라는 뜻이었다!

하지만 세상에 정말로 이렇게 생긴 사람이 있겠는가? 태생이 이런 모습이라면 오랫동안 선락 황성에 소문이 나지 않고 배겼겠는가? 사련이 놀란 마음으로 반신반의하고 있는데 갑자기 근처에 있던 누군가가 벌벌 떨며 말했다.

"저이…… 저이가 어쩌다 이리되었어?"

이 말에 사련은 홍경의 검날을 검집에 거두고 고개를 돌렸다.

"이 사람을 아십니까? 예전에는 저런 모습이 아니었나요?"

여러 사람이 입을 모아 대답했다.

"알다마다요, 저희는 저 사람과 같이 일했었습니다. 당연히 저렇지 않았어요. 예전에는, 얼굴에…… 저런 건 없었습니다!"

점점 몰려드는 구경꾼들로 거리가 틀어막혔다. 사련은 표정을 굳히고 숨을 들이마신 뒤, 한껏 목청을 높여 외쳤다.

"여러분! 가까이 가지 마십시오! 아무 일 아니니 흩어지세요!"

붕대를 감은 소년이 그를 도와 군중을 떼어 놓았지만 사련은 눈치채지 못했다. 그는 통령으로 풍신과 모정을 부르느라 정신이 없었다.

"빨리 황성의 신무대로로 와!"

다시 손을 내리고 보니, 곁에서 한 사람이 우물쭈물하며 망설이고 있었다. 사련은 먼저 한 걸음 다가서서 물었다.

"뭔가 말하고 싶은 게 있으십니까?"

태자가 말을 걸어 주자 그 사람은 드디어 용기를 냈다.

"태자 전하, 한 가지 일이 있는데, 말씀드려도 괜찮을는지…….."

인사치레를 기다릴 여유가 없었던 사련은 단호하게 외쳤다.

"어서 말씀하세요!"

그 사람이 대답했다.

"요 며칠 전부터 제 가슴에 작은 홈이 몇 개 생겼습니다. 세 개는 조금 크고 두 개는 조금 작아요. 별 느낌도 없고 가렵거나 아프지도 않지만 눌러 보면 제법 시원하고요. 크게 신경 쓰지 않았었는데 저 형씨를 보니 마음이 좀…… 좀 그렇네요. 하하."

그는 억지로 웃으며 옷섶을 풀어 헤치고 가슴을 내보였다.

"전하께서 봐 주십시오……. 문제없는 거지요?"

그가 옷을 벗자 사람들은 찬물을 끼얹은 듯 조용해졌다. 이 사람의 가슴에 있는 게 어딜 봐서 '작은 홈 몇 개'란 말인가? 벌써 이목구비를 갖춘 흐릿한 여인의 얼굴이 자라난 뒤였다!

그 사람은 고개를 숙이고 가슴팍을 내려다보더니 덩달아 대경실색했다.

"이럴 수가? 저번까지만 해도 분명 이렇진 않았는데…… 이렇게까지…….."

생동감이 넘친다? 사실적이다? 어떤 말로 형용하든 너무나 끔찍한 모습이었다.

자리에 있던 모두가 소름에 휩싸였다. 그 사람은 저도 모르게 사련의 옷자락을 부여잡고 목 놓아 외쳤다.

"전하, 살려 주십시오!"

마침 통령을 받은 풍신과 모정이 성루에서 달려왔다. 상황을 본 두 사람은 나란히 미간을 찌푸렸다. 풍신이 소리쳤다.

"비켜라! 웬 소란이냐!"

사련은 설명할 겨를도 없이 사내의 어깨를 두드려 주며 안심시켰다.

"괜찮습니다. 우선 진정하세요."

그 온화하고 침착하면서 담담한 목소리에 사내는 사련이 이미 이 사태를 해결할 만반의 준비를 마쳤다고 생각했다. 태자 전하에게 이런 사소한 일은 손바닥 뒤집듯 쉬운 일이다, 그리 믿음을 굳히니 안심이 되었다. 하지만 사련은 속으로 동요하고 있었다.

이 '인면(人面)'이 서서히 자라나는 존재라니! 게다가 이런 증상을 보이는 사람은 ─일단 증상이라고 부른다면─ 한 명으로 그치지 않았다. 그렇다면 이런 증상을 가진 사람이 더 많다고도 볼 수 있지 않을까?

그는 당장 풍신과 모정에게 상황을 대강 설명해 주고 말을 덧붙였다.

"황궁에 통보해서 명을 내려 달라고 해. 온 성을 뒤져서 몸에 이런 얼굴이 나타난 사람이 있는지 찾아야겠어. 결코 한 명도 빠뜨려선 안 돼!"

너무나 끔찍한 소식이 들려오자 국주는 이 사태를 심각하게 받아들이고 대규모의 인력을 풀어 철저하게 수색했다. 성과는 훌륭했다. 이날 늦은 밤, 몸에 사람의 얼굴이 비교적 뚜렷하게 생긴 자가 선락 황성 전체를 통틀어 벌써 다섯 명이나 있음이 확인됐다. 이 다섯 명은 이 흔적을 대수롭지 않게 여겼거나, 알아채기 어려운 부위에 '인면'이 자라나 있었다. 게다가 전혀 아프거나 가렵지도 않았기 때문에 미처 발견하지 못한 모양이었다. 이 밖에도 십수 명이 몸에 얕은 홈과 혹이 생겨나 있었다. 이는 아직 모습을 갖추지 않은 '인면'으로 의심됐다.

이 스무 명에 가까운 사람들 중 대부분이 여자와 소년이었다. 나란히 사련 앞에 불려 나온 이들은 불안에 떨면서도 인사를 나누고 서로를 어영부영 다독였다. 사련은 옆에 있던 사람에게 지시를 내리다가 그 대화를 듣고 문득 어딘가 불안해졌다.

"다들 아는 사이인가?"

밤새 바빴던 관원이 책자를 한번 훑어보고 대답했다.

"전하, 이들은 대부분 황성의 교외에 삽니다. 서로 집이 가까우니 평소 이웃끼리 제법 왕래가 있었겠지요."

대부분 같은 곳에 산다? 모정이 경악했다.

"집이 가까운 사람들 몸에 사람 얼굴이 생겼다고? 설마 전염되는 건 아니겠죠?"

먼저 말을 꺼내지 못했을 뿐, 사련은 이 사실을 모정보다 빨리 깨달았다. 그는 곧장 명을 내렸다.

"떨어져라! 군중은 돌려보내고 아무도 근처에 얼씬거리지 못하게 해. 이 사람들은 장소를 마련해서 전부 격리하고!"

'전염성이 있는 괴상한 병'. 이 짧은 한마디는 어떤 해산 명령이나 군대보다도 효과적이었다. 뿔뿔이 흩어진 것이 어찌 구경하던 사람들뿐이랴? 거리의 집들도 태반이 비어 버렸다. 사련은 자신이 배치한 관리와 병사들에게 완전 군장으로 방어 태세를 갖추라고 지시했다. 그리고 인면역이 생긴 이십여 명은 그들이 가까이 모여 산다는 황성의 황량한 야외로 데려갔다.

그 교외의 민가 근방에는 불유림(不幽林)이라 불리는 거대한 숲이 있었다. 대신들은 여기에 구역을 정해 잠시 '환자들'을 수용할 생각이었다. 그러나 그 숲으로 들어서자, 다들 임시 주거지를 세우느라 바쁜 반면에 사련은 걸을수록 마음속에 불길함이 감돌았다. 물론 풍신과 모정도 알아차렸다. 풍신이 먼저 말을 꺼냈다.

"전하, 여기는 혹시 낭영이……."

사련이 뒷짐을 지며 안색을 굳혔다.

"그래. 여기야."

이 불유림은, 바로 낭영이 손수 구덩이를 파고 아들의 시신을 묻었던 곳이 아닌가!

세 사람은 이 사실을 깨닫고 서로를 흘긋 쳐다보았다. 확실하게 말할 수는 없었지만 어렴풋한 추측이 있었다. 세 사람이 약속이나 한 듯이 그날 낭영이 시신을 파묻었던 곳을 찾아 헤매기 시작했다. 그러나 벌써 몇 달이 지난 일이다. 하물며 불유림에 나무가 이렇게나 많은데, 당시 그 아이가 어떤 나무 밑에 묻혔는지 기억이나 나겠는가?

바로 이때, 이루 말할 수 없는 악취가 풍겨 왔다.

이 악취는 시체가 썩어 문드러지는 냄새와 비슷했으나 그보다도 훨씬 숨이 막혔다. 한 모금만 들이마셔도 졸도할 것만 같았다. 다른 사람들도 냄새를 맡자 잇따라 물러서며 코를 막고 연신 손부채질을 했다.

"저기 뭐가 있는 거지?"

"어찌 된 일이야! 십 년 묵힌 장독 냄새보다도 지독하구먼……."

사련은 걸음을 재촉해 그 끔찍한 냄새를 따라 달려갔다. 아니나 다를까, 비스듬히 기울어진 익숙한 나무 한 그루가 눈앞에 나타났다. 나무 아래의 땅은 조금 부풀어 올라 완만한 언덕이 되어 있었다. 병사들이 검을 들고 그를 보호하러 모여들었다. 사련은 손을 들어 그들을 저지하고 가라앉은 목소리로 말했다.

"조심해. 보통 사람은 다가오지 마라."

보통 사람이 아닌 풍신은 닥치는 대로 삽을 낚아채 앞으로 다가섰다. 삽으로 몇 번 뜨자 언덕은 금세 구덩이로 변했다. 역겨운 악취가 한층 짙어지면서 풍신의 삽질도 조심스러워졌다. 계속해서 삽으로 뜨자 흙 아래로 거무스레한 무언가가 섞여 나왔다. 그것은 희미하게 꿈틀거리고 있는 것 같았다.

풍신이 움직임을 늦추자 병사들은 적군을 마주한 듯이 긴장을 곤두세웠다. 갑자기 지면이 높이 솟구치나 싶더니, 혹처럼 부풀어 오른 거대한 형체가 흙을 뚫고 나와 횃불을 든 사람들의 눈앞에 모습을 드러냈다.

순간 엄청난 악취가 밀어닥쳤다. 여러 사람이 그 자리에서 우욱, 소리를 내며 토악질을 했다. 사련의 동공도 바짝 조여들었다.

이 형체는 이미 '사람'이라고 형용할 수 없었다. 무슨 물건을 비교해도 이보다는 사람 같을 터였다. 거의 '방대하다'고 해도 좋을 이 시신은, 한때 그저 여위기만 했던 어린아이였다!

속이 울렁거리며 신물이 목까지 치밀어 오르자 사련은 한쪽으로 시선을 돌렸다. 풍신과 모정도 넋이 나가선 한마디씩 내뱉었다.

"이게 뭐야?"

"저주인가, 아니면 단순히 시신이 부패한 건가?"

이 정체가 무엇이든, 사련은 지금 당장 무슨 일을 해야 할지 알고 있었다.

"전부 물러서! 최대한 멀리! 이걸 깨끗하게 태울 것이다!"

그는 말을 마치자마자 손을 뻗어 맹렬한 불길을 쏘았다. 불기둥이 솟구치고 매캐한 연기가 피어오른 순간, 저 멀리 성루에서 날카로운 호각 소리가 다급하게 재촉하듯 울려 퍼졌다.

세 사람은 동시에 고개를 쳐들고 시선을 옮겼다. 이는 적군이 쳐들어왔다는 신호였다. 풍신이 욕을 뱉었다.

"제기랄, 하필 이럴 때 쳐들어와!"

모정이 얼굴을 굳혔다. 불빛에 비친 그의 표정이 미묘했다.

"어쩌면 의도된 게 아닐까?"

사련은 단호하게 명령했다.

"모정은 남아서 여기를 처리해. 풍신은 나를 따라와. 우선 저들을 물리친다. 저들에게 일말의 허점도 들켜선 안 된다는 걸 명심해!"

이날 밤, 두 사람은 황급히 성을 빠져나가 정신없이 전투를 치렀다.

준비할 틈도 없이 닥친 전투였지만 그래도 승리를 거두었다. 그러나 다시 한번 찾아온 승리였음에도 사련을 포함한 모든 선락인들은 조금도 기쁘지 않았다.

갑자기 생겨난 '괴상한 병'은 '인면역'이라는 이름을 달고 선락 황성에 걷잡을 수 없이 번져 나가 민심을 흉흉하게 만들었다.

국주도 소문을 막으려 했으나, 첫 번째 감염자가 거리로 뛰쳐나온 탓에 목격자가 한둘이 아니었던지라 시도조차 할 수 없었다. 게다가 인면역은 확산도 발작도 몹시 빨랐다. 불과 엿새 만에 50여 명의 사람들이 의심스러운 증상을 보였다.

아울러 영안도 빈번하게 공격을 감행해 왔다. 사련은 사방으로 협공을 당하느라 영안에 비를 내리러 갈 틈이 나지 않았다. 본디 비를 내릴 때 쓰던 법력과 기력도 대부분 황성의 격리 구역에 쏟아부어야 했다.

서늘한 불유림에는 천막과 판잣집이 큼직큼직하게 세워졌다. 사련은 환자들 사이를 누비고 다녔다. 스무 명 남짓을 수용했던 격리 구역은 이제 백여 명의 규모로 몸집을 부풀렸다. 사련은 날마다 틈만 나면 이곳을 찾아와 환자들의 끔찍한 증상을 법력으로 누그러뜨렸다. 그러나 그건 임시방편일 뿐이었다. 사람들이 바라는 건 사련이 자신을 완치해 주는 것이었다. 한참을 돌아다니던 그때, 바닥에 누운 한 청년이 번쩍 손을 들고 사련의 옷자락을 붙잡았다.

"전하, 저는 죽지 않는 거지요? 그렇지요?"

입을 달싹이던 사련은 이 청년이 조금 낯익다는 느낌을 받았다. 가만 보니 그가 선락국에 물이 부족하다는 사실을 알게 된 날, 황성에 비가 쏟아졌을 때 우산을 건네준 그 행인이 아닌가?

그날 내렸던 그 비, 그 우산을 떠올리자 사련의 마음속에 온기가 감돌았다. 그는 자리에 앉아 청년의 손등을 다독이며 진지하게 말했다.

"기필코 최선을 다하겠습니다."

그 청년은 삶의 희망을 얻은 것처럼 기쁜 표정으로 눈을 빛내더니 다행이다, 거듭 되뇌며 다시 자리에 누웠다. 이 사람들의 간절한 눈빛 속에는 사련이 해낼 수 있다는 굳은 믿음이 담겨 있었다. 그래서 그는 이런 눈빛을 받을 때마다 마음 깊이 자책감을 느끼며 한시라도 빨리 해결책을 찾고 싶었다.

사련은 격리 구역을 한 바퀴 돌아본 후 자리에 앉았다. 모정이 모닥불을 피웠고, 그는 깊은 생각에 잠겼다. 멀리서 잡역부 몇 사람이 들것을 나르며 저들끼리 귓속말을 소곤거렸다. 그 목소리가 사련의 귀에 잡혔다는 것은 모르는 듯했다.

"이게 몇 번째야?"

"네 번째였나, 다섯 번째였나."

들것 위에는 불유림에서 죽은 환자가 실려 있었다. 사실, 인면역에 걸린 사람은 쉽게 죽지 않는다. 그러나 죽지 않는다는 것이야말로 끔찍했다. 죽지 않는다는 것은 즉 앞으로 평생 몸에 이런 얼굴을 달고 살아야 한다는 뜻이니, 상상만으로도 살아갈 용기를 빼앗겼다. 특히나 용모를 애지중지하는 젊은 여인들은 얼굴처럼 중요한 곳에 이런 인면이 자란다면 마지막에는 십중팔구 죽음을 택할 터였다.

한 사람이 한숨을 지었다.

"에휴! 언제쯤에야 끝이 나려나."

다른 사람이 대답했다.

"태자 전하가 계신데 전쟁에서 질 리 없잖아. 안심하게."

먼저 운을 뗀 그 사람은 조금 원망스러운 투로 대꾸했다.

"지는 걸 걱정하지는 않았네. 하지만 지금 이 판국에 전쟁에서 지든 말든 무슨 소용이라고? 우리 같은 백성들은 그래도 먹고살기 힘들잖아. 휴…… 됐네, 됐어. 불평하려던 건 아냐. 없던 말로 해 주게."

만약 풍신이 있었다면 당장 저들을 쫓아가 욕을 퍼부었을 것이다. 하지만 모정은 사련을 흘긋 쳐다보고는, 계속해서 묵묵히 불씨를 살폈다. 그는 두 사람이 완전히 멀어지고서야 싸늘하게 입을 열었다.

"무지한 백성들은 늘 남 탓만 하는군요. 설마 무신이 혼자서 만물을 떠안아야 한다고 생각하는 건 아니겠죠?"

하지만 사련은 고개를 가로저었다. 그 사람의 말도 일리가 있었다. 무신인 그가 속한 군대는 전장에 나서면 반드시 이긴다. 그러나 지금 상황에 전쟁에서 승리하는 것이 다 무슨 소용인가?

군대란 백성을 보호하기 위해 만들어진 것인데, 뒤에 숨긴 백성들이 역병의 기습을 받는다면 본래의 승리마저 웃음거리가 되지 않겠는가?

이때 모닥불이 일렁이더니 누군가가 사련의 옆에 앉았다. 풍신이 돌아온 것이다. 사련이 재빨리 물었다.

"어때?"

풍신이 고개를 내저으며 대답했다.

"지난번에 전하께서 정찰하신 결과 그대로입니다. 배자 언덕에서는 낭영을 아예 찾을 수 없었고 그 하얀 옷의 괴인도 보이지 않았습니다. 어디로 숨었는지 모르니, 계략을 꾸몄는지 아닌지 알아낼 방도가 없습니다. 그리고 영안인들은 예상대로 아주 잘 지냅니다. 인면역에 걸린 자는 하나도 없어요."

모정이 불을 뒤적이며 말했다.

"황성과 배자 언덕이 이렇게 가까운데 한 명도 감염되지 않았을 리가 없습니다. 뻔합니다. 그들이 꾸민 짓이 확실해요."

수많은 사람들이 속으로 이렇게 생각하고 있었다. 확실히 일리가 있는 생각이었다. 그러나 설령 영안인, 더 명확하게는 낭영이 꾸민 짓임을 알아냈다 한들, 상대방이 깊숙이 숨어 있는데 어떻게 덜미를 잡을 수 있겠는가.

그들은 인면역이 저주에서 비롯된 것으로 추측했다. 낭영이 묻은 아들의 시체가 바로 그 저주의 근원이리라. 하지만 만약 저주가 맞는다면 뒤처리가 너무도 깔끔했다. 실마리를 뒤쫓을 만한 어떤 흔적도 남지 않은 지금, 과연 이 추측을 증명해 낼 수 있을까? 불가능하다. 하물며 인면역이 그저 자연적으로 발생한 새로운 역병일지도 모르는 노릇 아닌가? 용의자를 붙잡아야 인면역의 확실한 정체를 밝힐 수 있을 터였다.

사련은 서둘러 상천정에 자신의 추측을 알렸다. 그러나 앞서 말했듯, 사련은 규율을 어기고 속세로 내려온 것이라 상황이 예전 같지 않았다. 과거에는 통보할 소식이 있으면 직접 신무전에 들이닥쳐 군오의 귀에 대고 시원하게 외치면 그만이었지만, 지금은 관례를 따라야 했다. 관례란 무엇일까. 운이 좋으면 무리해서 쏟아부은 공덕만으로도 신관에게 목소리가 전해지는 것. 운이 나쁘면 아주 까다롭고 복잡한 격식에 가로막혀 밑도 끝도 없이 미루어지는 것. 행여나 목소리가 전해져도 담당 신관을 내려보낼 뿐인데, 사련 본인이 바로 그 신관이었다. 군오를 제외한다면 상천정에는 그보다 법력이 더 나은 신관이 존재하지 않았다. 그렇기에 파견된 신관이 그보다 강하리란 보장이 없었다. 하지만 군오는 중책을 짊어진 몸이다. 인간계의 말을 빌리자면 '공사다망'한 셈이라 직접 내려와 그를 도울 수도 없었다. 따라서 이건 그저 형식적인 통보일 뿐, 정말로 무슨 희망을 품었던 것은 아니었다.

다만, 지금 사련은 이런 문제가 아닌 또 다른 문제를 고민하고 있었다.

"만약 영안이 황성을 함락할 생각으로 저주를 내린 거라면 가장 효과적인 목표물은 군대여야 맞아. 군대를 물리치기만 하면 성문이 활짝 열리는 거나 마찬가지잖아? 하지만 사실상 군대에는 인면역이 전혀 번지지 않았어."

군대 안에 인면역 환자가 없는 것은 아니었으나 서너 명 정도로 그 수가 현저하게 적었다. 또한 격리 구역으로 보내면 상황이 통제되니 더 전염되지도 않았다. 풍신은 늘 그래 왔듯 생각나는 대로 아무 말이나 했다.

"아마 군대를 쳐부숴도 전하가 계시면 질 게 뻔하다고 생각해서, 아예 군대에서 민간인으로 목표를 바꾼 걸지도 모릅니다."

이 말을 들은 모정이 바람 빠지는 소리를 내며 웃었다. 풍신이 물었다.

"왜 웃어?"

모정이 대답했다.

"아무것도 아냐. 너는 항상 굉장히 논리적인 의견을 내놓지. 딱히 이의는 없어."

풍신은 속으로는 빈정거리면서 말로는 점잖은 체하는 모정의 이런 태도를 가장 싫어했던지라, 그를 대놓고 무시하며 말했다.

"정말 놈들이 한 짓이라면 같잖아 못 봐 주겠네요. 그런 능력은 전장에서나 보여 줄 것이지, 음흉한 수작으로 무고한 백성을 해치는 법이 어디 있습니까?"

사련은 그 말에 깊이 공감하며 한숨을 내쉬었다.

"요 며칠 동안 대체 어떤 이유로 전염되는 걸까, 계속 고민해 봤어. 먼저 어떻게 전염되는지를 알아야 제대로 수습할 수 있으니."

풍신이 말했다.

"그야 뻔하지 않습니까? 가까이 지내고, 자주 접촉하고, 같이 먹고, 마시고, 자거나 하면 옮는 겁니다."

사련은 미간을 문지르며 대답했다.

"겉보기에는 맞는 말이야. 하지만 군대를 생각해 봐. 군대 안의 병사들도 함께 먹고 마시고 잠들지. 평범한 사람들보다 더 가깝게 지내면서 자주 접촉하고. 하지만 전염된 병사들은 소수잖아?"

모정이 굳어진 표정으로 말했다.

"그러니까, 같은 조건 속에서도 체질이 달라 누군가는 전염이 되고 누군가는 되지 않는다는 말씀이군요. 전하께선 대체 어떤 체질이어야 인면역을 물리칠 수 있을지가 궁금하신 거겠죠."

사련이 고개를 들며 대답했다.

"모정이 잘 아는구나. 바로 그거야. 그걸 찾아낸다면 인면역의 확산을 막을 방법이 생길 거야."

모정이 까딱 고개를 끄덕였다.

"좋습니다. 그럼 거꾸로 짚어 보죠. 어떤 사람들이 인면역에 걸릴 가능성이 클까요. 불유림 환자들 중에 어떤 사람이 가장 많습니까?"

사련은 며칠 동안 불유림의 격리 구역을 수없이 오가느라 눈을 감고도 대답할 수 있었다. 그가 재깍 입을 열었다.

"부녀자, 어린아이, 소년, 노인, 체격이 그리 크지 않은 젊은 남자."

풍신이 미심쩍은 투로 말했다.

"설마 몸이 허약하면 감염되는 건가? 국주께 부탁해서 황성 사람들 모두에게 열심히 몸을 단련하라는 명을 내려야 하는 것 아닙니까?"

"……."

"……."

사련과 모정은 그를 흘끔 쳐다보고 말았다. 아무래도 말을 잇고 싶지 않은 눈치였다. 잠시 뒤, 풍신이 알아서 한마디를 덧붙였다.

"아니군."

당연히 아니다. 신무대로에 뛰쳐나온 최초의 인면역 환자는 체격이 건장한 사내였으니, 설득력이 부족했다.

인면역을 앓는 병사들과 다른 병사들은 대체 어디가 다를까. 사련은 여러 가능성을 염두에 두고 확인해 보았다. 하지만 이 모저모 따져 보아도 그들과 다른 사람 사이에는 뚜렷한 차이점이 없었다. 전염된 사람들은 외모, 체격, 하다못해 신분이나 성격까지 죄다 가지각색이라 일정한 규칙을 도출해 낼 수 없었다. 설마 이 전염성은 정말로 운에 달렸을 뿐인가?

사련은 입속말로 중얼거렸다.

"대체 병사들은 뭘 했기에 인면역의 확산을 막을 수 있었지? 그러니까 평민은 적게 하고 병사들은 많이 하는 일이라면……."

여기까지 말한 그는 돌연히 눈을 크게 떴다. 얼굴에도 핏기가 가셨다. 그의 목소리가 뚝 멎자 풍신이 물었다.

"왜 그러십니까, 전하? 뭔가 생각나셨습니까?"

그 말대로 그는 무언가를 떠올렸다. 합리적이면서도 무서운 추측이었다.

그는 자리를 박차고 일어나 경황없이 외쳤다.

"그럴 리 없어! 아냐, 아냐, 그건 아니겠지. 있을 수 없는 일이야."

풍신과 모정도 벌떡 일어났다.

"무슨 일입니까?"

사련은 이마를 짚고 몇 걸음 서성이다가 손을 치켜들며 말했다.

"잠깐만. 나, 말도 안 되는 추측을 하나 했는데, 물론 진짜는 아니겠지만 시험해 봐야겠어."

모정이 물었다.

"대체 무슨 추측인데요? 시험을 하시겠다고요? 그럼 시험할 대상을 데려올까요?"

사련이 곧바로 고개를 저었다.

"안 돼. 산 사람을 가지고 시험할 수는 없어. 혹시라도 내 추측이 빗나가면 어떡해?"

내심 자신의 추측이 틀렸기를, 완전히 잘못 짚은 것이기를 바라는 말처럼 들렸다. 모정이 미간을 찌푸렸다.

"전하. 전하의 추측이 맞는지 알아내시려면 필히 산 사람을 써서 시험하셔야 합니다. 그게 가장 확실한 방법입니다. 이리

근심하셔도 아무 쓸모 없어요."

그 말에 풍신도 미간을 찌푸렸다.

"전하께서 괴로워하시는 거 안 보여? 이 와중에 그딴 말 하지 마라."

모정은 고개를 돌리며 대꾸했다.

"희한하네. 내가 뭐라고 했나? 내 말은 사실이잖아? 여기까지 와서 망설이고 고민해 봤자 무슨 쓸모가 있는데?"

풍신이 꺼림칙한 목소리로 말했다.

"넌 여기 있는 사람들을 쓸모를 기준으로 판단하냐? 다들 살아 있는 사람인데 어째 망설이는 법이 없어? 너무 냉정한 거 아니냐."

"냉정? 지금 나한테 냉혈한이라고 하고 싶은 건가?"

사련도 예전처럼 두 사람 사이를 부드럽게 중재할 인내심이 없었다.

"너희 둘, 겨우 말 한마디로 싸우는 게 말이 돼? 일 주향 동안 여기 서 있어. 그동안은 아무도 못 움직여. 옛날 규칙대로."

"……."

"……."

'옛날 규칙'이라는 네 글자에 풍신과 모정의 안색이 미묘하게 변했다. 사련이 손짓하며 말했다.

"천관사복. 시작."

한참 뒤, 풍신이 이를 갈며 운을 뗐다.

"······복성고조[#2]."

모정도 이를 갈며 받아쳤다.

"······조본선과[#3]."

풍신은 힘겹게 입을 달싹였다.

"과······ 과······."

그렇게 그는 어떻게 끝말을 이어야 할지 한참 고심했다. 빙글 돌아선 사련은 병에 걸린 병사 셋을 찾으러 불유림으로 들어갔다.

이른바 '옛날 규칙'이란, 두 사람의 주의를 돌리기 위해 사련이 고안해 낸 방법이었다. 풍신과 모정은 허구한 날 서로에게 시비를 걸었다. 시작은 늘 미적지근한 입씨름이었다. 처음에는 두 사람을 일 주향 동안 가만히 세워 놓고, 머리를 식히기 전까지는 상대방에게 말을 걸지 못하게 했다. 하지만 효과는 아주 미미했다. 그래서 나중에는 끝말잇기로 승부를 가리는 방법으로 바꾸었다. 이렇게 하면 두 사람은 방금까지의 입씨름을 까맣게 잊고 머리를 쥐어짜서라도 끝말을 이으며 서로를 이기려 들었다. 이 훌륭한 방법을 발견한 뒤로 사련은 세상이 평화로워진 느낌에 마음이 흐뭇했다. 지금 다시 옛날 규칙을 꺼낸 것도 모두의 편안함을 지키기 위한 임시방편이었다.

그러나 이 편안함은 오래가지 못했다. 일 주향 뒤, 사련이 돌아왔다. 그는 몹시 어두운 안색으로 두 사람에게 분부했다.

#2 **복성고조** 福星高照. 신의 가호가 함께하다.
#3 **조본선과** 照本宣科. 경전을 보고 그대로 읊다.

"병에 걸린 병사들과 함께 생활했던 같은 병영의 병사들을 불러 모아 줘. 물어볼 게 있어."

풍신과 모정은 이미 몇 번이고 말문이 막혀 서로 승패를 주고받은 참이었다. 드디어 끝말잇기에서 해방된 두 사람은 나란히 한숨을 돌렸다. 모정이 말했다.

"그리하겠습니다. 하지만 이렇게 에둘러서 증거를 찾으면 정확한 결과를 기대하기는 어려울지도 모릅니다."

풍신이 명령대로 자리를 뜨려는데 사련이 그를 다시 불러 세웠다.

"잠깐! 밤이 깊었잖아. 지금 묻기에는 움직임이 너무 커. 눈에 띌 테니 한 번에 여러 사람을 부를 수는 없어. 내 질문이 밖으로 흘러나가면 안 돼. 그랬다간 사람들에게 들키고 말 거야."

풍신이 뒤를 돌아보며 물었다.

"그럼 어찌합니까? 전하가 계신 곳으로 한 명씩 데려와서 몰래 물어보시려고요?"

"그럴 수밖에 없겠어. 우선 내일 병에 걸린 병사들과 가까이 지냈던 병사들을 한 사람씩 따로 내 방에 데려와. 질문을 받았다는 사실은 서로 모르게 해. 절대 다른 사람에게 말하면 안 된다는 명령도 잊지 말고. 그렇지 않으면……."

사련은 숨을 깊이 들이마시고 한숨을 내쉬며 말했다.

"됐다, 그냥 네가 위협하는 게 낫겠어. 만약 소문이 나면 가차없이 죽일 거라고 말해. 최대한 무섭게."

모정이 물었다.

"한 사람씩 물어보려면 대체 언제까지 물어봐야 합니까?"

"시간이 얼마나 걸리든 끝까지 물어봐야지. 한 사람이라도 더 물어봐야 확신도 굳어질 테니까. 이 일은…… 확실하게 짚고 넘어가야겠어. 조금의 착오도 있어서는 안 돼."

그리하여 이튿날, 사련은 성루에 임시로 마련한 방에서 친히 3백 명 남짓한 병사들을 심문했다.

질문을 받은 병사들은 전부 똑같은 답을 내놓았다. 한 사람을 거칠 때마다 사련의 얼굴도 조금씩 가라앉았다. 일이 마무리되자 풍신과 모정이 방에 들어섰다. 사련은 탁자 옆에 앉아 한 손으로 이마를 괸 채 말이 없었다. 한참이 지난 뒤에야 그가 천천히 입을 열었다.

"너희는 성문을 지켜. 난 태창산에 좀 다녀올게."

풍신이 머뭇머뭇 물었다.

"전하, 뭔가 알아내셨습니까? 정말 저주가 맞는지, 아니면……?"

사련은 고개를 끄덕였다.

"알아냈어. 이건 저주야."

모정이 심각한 얼굴로 물었다.

"확실합니까?"

사련이 대답했다.

"의심할 바 없이 확실해. 그리고 어떤 사람이 전염되고 어떤 사람이 전염되지 않는지도 알아냈어."

말은 그렇게 하면서도 마침내 수수께끼를 풀었다는 기쁨은 조금도 보이지 않았다. 풍신과 모정은 내막이 그리 단순하지 않다는 것을 깨달았다. 하지만 사련이 먼저 말하지 않는 이상 수하 신분으로는 더 캐묻기가 어려웠다. 두 사람도 덩달아 마음이 가라앉았다.

태창산 황극관의 최고봉에 위치한 신무전. 국사가 가물가물한 연기 속에서 향을 올리고 있었다. 사련은 대전에 들어서자마자 단도직입적으로 말했다.

"국사, 제군을 뵈어야겠습니다."

국사는 향을 다 올리고서야 뒤를 돌아보았다.

"전하, 천계의 대문은 이제 전하에겐 열리지 않습니다."

"압니다. 하지만 제가 밝혀낸 사실이 있습니다. 지금 선락국은 유례없는 저주와 악한 기운의 습격을 받고 있어요. 이는 천재지변이 아닙니다. 인간이 아닌 존재가 이 안에서 작간을 부리고 있습니다. 부디 제가 이 사실을 직접 고할 수 있도록 제군께 강령을 청해 주세요. 제군께서는 이 사태의 근원이 무엇인지 아실지도 모릅니다. 어쩌면 전환점을 찾으실 수 있을지도 모르고요."

인간계에 돌아온 뒤로 사련이 신무전에 통보하러 온 것은 모두 세 번이었다. 그러나 지난 두 번은 단지 형식적인 관례를 따랐을 뿐, 도움을 청할 뜻은 없었다. 하지만 이번에는 진심으로 도움이 필요했다. 국사는 의자에 앉아 입을 열었다.

"제가 돕고 싶지 않은 게 아닙니다, 전하. 단지 이러실 필요가 없어서 그렇습니다. 설령 제가 미력한 힘을 보태 제군을 제 몸에 모신다 해도, 제군과의 대화로 얻게 될 답은 분명 전하를 실망시킬 겁니다."

사련의 안색이 얼핏 변했다.

"국사께선 뭔가 알고 계십니까? 그 울고 웃는 가면에 흰옷을 걸친 자가 대체 뭔지, 아십니까?"

"전하, 제가 했던 말을 기억하십니까? 이 천하의 운수는, 좋든 나쁘든 모두 정해진 양이 있습니다."

사련은 섣불리 입을 떼지 못했다. 국사가 다시 말했다.

"이미 죽어 가고 있던 수많은 영안인에게, 전하께서 물을 옮기고 비를 내리시어 숨을 불어넣어 주셨습니다. 그러나 가뭄을 완전히 구제하고 앞날을 마련해 주시지는 못했지요. 그리하여 지금, 그들은 배자 언덕에 영안군으로 숨어들어 저들의 앞날을 쟁취하고 있습니다."

국사가 말을 이었다.

"황성은 이미 퇴락하고 있었으나, 전하께서 친히 속세에 내려오시어 그 힘으로 순식간에 국면을 뒤집고 숨을 불어넣으셨습니다. 그러나 전하께서는 영안 반군을 가차 없이 몰살해 뿌리를 뽑지 않으시고, 오히려 그들이 오늘날까지 살아남도록 놔두셨습니다. 이제는 마치 바퀴벌레들처럼 싸울수록 강해지고 있지요."

국사는 궁금하다는 투로 물었다.

"전하, 지금 대체 뭘 하고 계신 겁니까? 설마 아직도 서로가 뉘우치고 개과천선해서, 사이좋게 같은 나라로 돌아가기를 기다리고 계십니까?"

사련은 왠지 모르게 부끄러워졌다. 그러나 그 감정은 이내 혼란으로 바뀌었다. 그는 속으로 생각했다.

'이상하다. 내가 사람들을 구하고 지킨 건, 그들이 죽을죄를 짓지 않은 무고한 백성이기 때문이었어. 분명 전부 진지하게 생각하고 고민해서 선택한 일인데, 왜 다른 사람 입에서 나오니 이리 우습게 들리지? 왜 내가 마치 아무것도 해내지 못한 것처럼, 이렇게…… 실패한 것처럼 들리지?'

머릿속에서 튀어나온 '실패'라는 단어를 사련은 재빨리 짙은 먹으로 지워 버렸다. 국사가 다시 입을 열었다.

"전하는 천신의 몸으로 인간 세상의 일에 간섭하셨습니다. 선락국의 정해진 운수는 전하의 손에 엉망으로 뒤집혔어요. 자연은 균형을 맞추기 위해 다른 무언가를 낳고 전하가 기울여 놓은 궤도를 되돌릴 겁니다. 그게 무엇인지는 모릅니다. 하오나, 저는 확신할 수 있습니다. 그 존재는 전하로 인해 태어난 겁니다."

"……."

사련의 몸이 휘청였다. 국사가 계속해서 말했다.

"그리고 또 한 가지. 신무대제를 만나도 분명 같은 말씀을 하실 겁니다. 이것이 바로 당초 제군께서 전하를 내려가지 못하게 했던 이유니까요. 하지만 그때 제군께서 말씀하셨더라도 전하는 십중팔구 내려오셨겠지요. 십 대들은 원래 이런 식입니다.

충고를 무시하고, 넘어지기 전까지는 자기가 걸을 줄 모른다는 걸 믿지 않아요."

사련은 믿을 수 없다는 듯 말했다.

"국사 말씀은, 이 인면역의 원인이 결국 저라는 뜻입니까? 그러니까 소위 정해진 운수대로라면 그 울지도 웃지도 않는 것이 무슨 짓을 하든 전부 제 탓이라고요? 그래서 상천정은 이 일에 아예 관여할 수 없는 겁니까?"

국사가 대답했다.

"그렇게 볼 수도 있고, 아니라고 볼 수도 있습니다. 정말 그리 따진다면 전하의 부황과 모후를 책망할 수도 있겠지요. 그분들이 전하를 낳지 않으셨다면 전하도 선경에 오르지 않았을 테고, 이리 속세에 내려오지도 않았을 테니. 이런 식으로 따지고 올라가면 선락의 조상 대대를 책망해도 좋을 겁니다. 그러니 누가 원인인지 논하는 것은 무의미한 일입니다."

그가 말을 덧붙였다.

"마지막 질문에 대답하자면, 그렇습니다. 상천정은 관여할 수 없습니다. 선락국은 필연적으로 망해야 하는데, 전하의 손이 이 장기판을 어지러뜨리지 않았습니까. 그러니 다른 손을 빌려서라도 전하께서 쓰러뜨린 장기짝을 제자리로 돌려놓아야 하겠지요."

사련은 숨을 깊이 들이마셨다. 국사와 선락국이 필연적으로 망하느니 마느니 하는 문제를 논하고 싶지는 않았다. 그는 잠시 눈을 감았다.

"그럼 제가 지금 사라지면, 그것도 저를 따라 사라지겠습니까?"

국사가 대답했다.

"그렇진 않을 겁니다. 신을 모시기는 쉬워도 보내기는 어렵지요. 귀신이나 요괴도 별반 다르지 않습니다."

사련은 고개를 끄덕이며 굳어진 어조로 말했다.

"알겠습니다. 가르침 감사합니다."

더 이상의 말은 무의미했다. 이제 의지할 수 있는 것은 자기 자신뿐이다. 그리 생각한 사련은 국사에게 예를 올리고 인사를 건넨 뒤, 떠날 채비를 했다. 이때 등 뒤에서 국사의 목소리가 들려왔다.

"전하! 앞으로의 길, 어떻게 나아가실 생각입니까?"

사련은 고개를 숙인 채 대답했다.

"제가 지금 사라져도 아무 소용이 없다면, 그것과 끝까지 맞서는 것이 바로 제 유일한 길입니다."

짧은 침묵 끝에, 그는 고개를 들고 한 글자씩 잇새로 짓이겼다.

"그게 다른 손이든 뭐든 상관없습니다. 하지만 제가 지키는 이 사람들이 그자의 장기짝이 되게 두진 않을 겁니다."

───────◉───────

보름 뒤. 낭영은 영안군을 이끌고 다시 습격해 왔다.

장장 수개월에 걸쳐 크고 작은 전투를 수없이 치른 끝에 지금의 영안군은 마침내 군대라고 부를 만한 존재가 되었다. 더 이상 도적도 유랑민도 아닌, 제대로 된 규모와 실력을 갖춘 군대였다!

낭영은 오랫동안 세상에서 증발해 버린 것 같았다. 그리고 사련은 이번 전장에서 이 사내를 다시 만났다. 오래 기다렸던 사련은 곧장 사람들의 머리 위로 도약해 낭영의 앞에 내려섰다. 검을 휘두르며 그가 소리쳤다.

"그 흰옷의 사람은 어디 있지?"

낭영이 그의 검을 받아쳤다. 그는 묵묵부답으로 진지하게 반격해 왔다. 사련은 걸음마다 낭영을 바짝 몰아붙였다.

"누굴 말하는 건지 알 텐데. 내 인내심에는 한계가 있어!"

그를 빤히 응시하던 낭영이 갑자기 물었다.

"태자 전하. 영안에 계속 비가 올 거라고 하지 않았나?"

사련은 예상치 못한 질문에 흠칫 놀라 말문이 막혔다.

"나는……."

그는 확실히 낭영에게 영안에 비가 내릴 것이라고 약속했었다. 하지만 그동안 황성에서 인면역에 감염된 사람이 몇 곱절씩이나 늘어났다. 이제는 거의 5백 명에 육박하는 수준이었다. 5백 명이 격리 구역인 불유림에 몰려들어 꽉 들어차자, 관리들은 더 멀고 넓은 곳으로 옮겨 갈 계획을 상의하기 시작했다. 사련은 법력 대부분을 이 5백여 명의 병세를 호전시키는 데 쓰고 있었으므로 영안에 계속 비를 내릴 수가 없었다. 우사림을 쓰지 못하게 된 이상, 다른 사람의 중요한 법보를 계속 차지하고 있기도 송구스러웠다. 사련은 부득이하게 우사국에 풍신을 보내 우사에게 우사립을 돌려주고 감사의 말을 전하게 했다.

사련은 검을 내찌르며 고함쳤다.

"그 비는 내가 내리던 것이다. 비가 무엇 때문에 그쳤는지 정녕 모르겠느냐!"

그가 분노할수록 낭영은 차분해졌다.

"내가 알 바 아니다. 하지만 이것만큼은 알아. 인면역이 일어나지 않았어도 당신의 법력은 오래 가지 못했겠지. 당신이 비를 내렸어도 실제로 영안에서 살아남은 사람이 얼마 없었던 것처럼. 다 헛수고일 뿐이야. 태자 전하, 당신은 어떻게 본인이 마음 먹은 일은 뭐든 해낼 수 있다고 생각하지? 나는 내 운명을 남에게 맡기기보다는, 나 자신에게 맡기는 편을 택할 거다."

어떤 말이 정곡을 찔렀던 것일까. 문득 사련의 마음에 살의가 일었다.

사련은 검날을 살짝 비틀고 왼쪽 손바닥을 조용히 들어 올렸다. 마음속에서 어떤 목소리가 사납게 아우성쳤다. 이자를 죽이면, 영안의 패잔병 따위는 두려워할 것도 못 된다!

낭영을 만난 이래 처음으로, 사련은 정말 그를 죽이기로 작심했다. 그런데 예상 밖의 일이 일어났다. 일격에 가슴을 맞은 낭영은 울컥 피를 토했으나 그의 심장은 뚫리지 않았다. 오히려 사련의 손바닥이 진동하며 튕겨 나왔다.

떨림을 느낀 사련은 현실을 믿지 못하고 몇 걸음 뒤로 물러섰다.

"당신……?"

자신을 내친 것이 무엇인지 사련은 너무도 잘 알았다.

군왕이나 귀재, 의인 같은 인간 세상의 유능한 자들은 위기를 만나면 몸을 보호하는 기운이 생겨나 이들이 다치지 않도록 막아 준다. 이런 사람은 대부분 선경에 오를 잠재력을 지닌 자들이었다. 그런데 일개 떠돌이 백성에 불과한 낭영에게 이런 영기가 생겨났다. 그것도 무척 보기 드문 종류인, 군왕의 기운!

사련은 이게 대체 무슨 의미인지 곱씹어 볼 엄두가 나지 않았다. 문득 가슴께가 서늘해졌다. 낭영의 검이 그의 가슴을 꿰뚫은 것이다.

이 전투에서 양쪽은 승패를 가리지 못했다.

쳐들어온 영안 측은 예전처럼 많은 사망자가 나왔다. 그러나 이번에는 선락 황성 측도 상황이 나빴다. 사실 다른 사람이었다면 악전고투 끝에 이겼다고 볼 수도 있었다. 하지만 사련에게 있어서 이것은, 절대적인 패배였다.

사련이 처음 맛보는 패배였다. 낭영은 사련의 공세에 끝내 부상을 입고 후퇴했으나, 낭영이 그를 찌르는 장면을 수많은 사람이 목격했다. 사련은 지금 군에서 얼마나 많은 병사들이 뒷공론을 벌이고 있을지 짐작이 갔다. 전하는 무신인데 어떻게 칼에 맞을 수 있지? 우리는 천신의 군대가 아닌가? 왜 이번에는 예전처럼 대승을 거두지 못했지? 그러나 그는 이런 시답잖은 소리에 신경 쓸 겨를 따위 없었다. 모정이 오늘 불유림에 백여 명의 인면역 환자가 추가로 들어왔다고 알린 탓이었다.

이 짧은 하루 사이에 백여 명이 늘었다.

이제, 초기에 인면역에 감염된 환자들은 병세가 심각하게 악화되었다. 온몸 한 구석이라도 차마 봐 줄 수가 없어 두꺼운 천으로 덮어 놓아야 했다. 그렇지 않으면 시선이 닿기만 해도 소름이 끼쳤다. 하지만 그 흰 천 너머로는 여전히 울퉁불퉁하게 솟은 윤곽이 비쳐 보였다.

사련은 사방을 돌며 응급처치를 했다. 간신히 한 바퀴를 다 돌자 풍신이 그를 한쪽으로 끌고 가면서 조용히 물었다.

"전하, 오늘 전장에선 대체 어떻게 된 겁니까? 어쩌다 그 촌놈에게 찔리셨어요? 나중에는 몇 번이나 공격하셨으면서 왜 놈을 죽이지 않으셨습니까?"

낭영의 몸에 신관도 거스를 수 없는 군왕의 기운이 떠돈다, 차마 그렇게 말하고 싶지 않았던 사련은 맥없이 쓴웃음만 지었다. 죽이고 싶지 않았던 게 아니라 아예 죽일 수가 없었다. 법력을 담은 공격은 군왕의 기운 앞에 모조리 흩어져 낭영에게 가닿지 않았다. 그는 이 사실을 깨닫자마자 과감하게 법력을 포기하고 무기만으로 전투에 임했다. 하지만 낭영은 살가죽이 거칠고 근육도 두꺼워 사련의 공격을 끄떡없이 견뎌 냈다.

바로 이때, 멀리서 누군가가 목 놓아 울부짖기 시작했다.

"전하, 살려 주세요!"

사련은 풍신이 건넨 물그릇을 받아 들고 막 한 모금을 넘기던 참이었다. 이 목소리에 덜컥 사레가 들린 그는 한숨 돌릴 새도 없이 자리를 박차고 달려갔다. 목소리의 주인공은 예전에 그에게 우산을 주었던 청년이었다. 사련은 그를 유달리 따뜻하게 대했던지라 이 청년이 그에게 살려 달라 외치는 일도 유달리 잦았다. 이 청년에게 처음 인면이 생겨난 부위는 무릎이었다. 사련은 역독(疫毒)이 퍼지지 않도록 법력으로 이를 억눌렀다. 그래서 그는 온몸 중에 왼쪽 다리에만 인면이 자라 있었는데, 지금 그 다리를 휘두르며 죽기 살기로 버둥거리고 있었다. 사련은 그를 누르며 달랬다.

"움직이지 말아요! 제가 왔습니다!"

청년은 두려움에 떨며 그를 붙잡고 외쳤다.

"전하! 전하, 살려 주세요! 방금 다리가 무슨 풀에 찔리는 것처럼 가렵다는 느낌이 들어서, 그래서, 그래서 아래를 살펴봤는데, 저것들이…… 저 얼굴들이 입을 뻐끔거리면서 움직, 움직였어요! 풀을 먹고 있었어요! 저것들이 살아 있다고요!"

사련은 모골이 송연해졌다. 고개를 숙여 살펴보자, 정말 이 청년의 왼쪽 다리에 빼곡하게 들어찬 수십 개의 인면이 입에 풀잎을 물고 있었다. 어떤 것은 아직도 굶주린 것처럼 풀을 되씹고 있었다.

환자들이 여기저기서 비명을 질렀다. 사람들은 끊임없이 술렁거렸다. 풍신과 모정, 병사들은 폭동이 일어나지 않도록 애써 환자들을 제압해야 했다. 사련은 한 손으로 그 청년을 누른 채 옆에 있던 사람에게 물었다.

"이 다리는 아직 쓸 수 있습니까?"

불유림의 간병인들은 모두 완전 무장을 했고, 붕대와 피풍의로 온몸을 빈틈없이 감싸고 있어 모습을 알아볼 수 없었다. 옆에서 일하던 사람이 대답했다. 목소리를 들어 보니 소년인 것 같았다.

"전하, 쓸 수 없습니다! 이자의 다리는 이미 불구가 되었습니다. 안에 뭐가 더 자랐는지는 몰라도 납덩이처럼 무거워서 꿈쩍도 하지 않습니다. 게다가 역독이 계속 위로 기어오르고 있습니다. 곧 다리를 지나 허리까지 퍼질 것 같습니다."

사련은 전력을 다해 법력으로 응급처치를 해 왔다. 그러나 이 청년의 다리는 이미 정상적인 감각을 거의 잃어 가망이 없는 수준이었다. 이때 한 의원이 작은 목소리로 말했다.

"전하. 아무래도 인면이 자라난 부위를 절단해 역독의 반응을 살피는 것이, 지금 남은 유일한 방법이 아닐까 싶사옵니다……."

사련이 떠올릴 수 있는 방법도 이것뿐이었다.

"그럼 절단하십시오!"

청년이 다급하게 외쳤다.

"안 됩니다!"

그는 정말로 다리가 잘려 나가면 어쩌나 기겁하면서도 기형이 된 자신의 다리를 끌어안을 엄두도 내지 못하고 고통에 몸부림치며 외쳤다.

"내 다리는 아직 망가지지 않았습니다! 나을지도 모른다고요……. 전하! 절…… 절 치료할 다른 방법은 없는 겁니까?"

사련은 이제 '최선을 다하겠다', '노력하겠다' 같은 대답은 하고 싶지 않았다. 눈앞이 캄캄해졌다.

"미안합니다. 없어요."

태자 전하의 입에서 이런 말이 나온 건 이번이 처음이었다. 자리에 있던 수많은 사람들은 경악을 금치 못했다. 순간 누군가가 이성을 잃고 고함쳤다.

"없다고? 당신은 태자 전하이고, 신이잖습니까! 어떻게 방법이 없어요? 우리는 전하가 방법을 찾을 때까지 여기서 며칠을 기다렸는데! 어찌 방법이 없을 수가 있습니까!"

이 말을 꺼낸 사람은 누군가의 손길에 재깍 입을 다물었다. 다만 풍신과 모정이 저지한 것은 아니었다. 모정은 가만히 미간을 찌푸리고 있었다. 사련이 방금 한 말이 사람들을 달래기에는 너무 솔직하다고 생각하는 모양이었다. 한편 풍신은 저 멀리서 유독 소란스러운 환자들을 말리는 중이었다. 사련은 연일 골머리를 앓느라 정신이 없어 장검을 검집에 넣지도 않고 허리춤에 매달고 있었다. 검날이 청년의 다리에 아슬아슬하게 가까워지자 '인면' 하나가 삼엄한 검기를 느꼈는지, 풀을 씹다 말고 갑자기 입을 벌려 새된 비명을 내질렀다.

이제는 소리까지 지르다니!

비록 가냘픈 목소리였으나 이 다리에서 난 소리임은 의심할 여지가 없었다. 기함할 듯이 소스라친 청년은 사련을 꽉 껴안고 연거푸 말했다.

"전하, 살려 주세요! 살려 주세요!"

그 말과 동시에 청년의 다리와 가까운 허리 부근에 오목한 홈 세 개가 패었다. 의원이 놀란 목소리로 외쳤다.

"전하, 퍼졌습니다, 퍼졌어요! 역독이 다리 밖으로 번졌습니다!"

그 많은 법력을 쏟아붓고도 결국 이 청년의 병세를 억누르지 못했다. 머지않아 이 끔찍한 것들이 청년의 온몸에 번질 일만 남았다. 한번 번지기 시작하면 다시는 돌이킬 수 없을 것이다. 설마 이렇게 가만히 앉아서 죽음을 기다려야 한단 말인가?

사련은 이를 악물었다.

"하나 묻겠습니다. 이 다리, 정말 필요합니까? 다리가 없어진 뒤에 어떻게 변할지는 저도 장담할 수 없습니다. 만약 필요 없다면 고개를 끄덕이세요. 그럼 즉시 잘라 내겠습니다. 그래도 필요하다면 다시 상황을 지켜볼 테니, 고개를 끄덕이지 말아요!"

청년이 거친 숨을 몰아쉬었다. 겁에 질린 두 눈은 텅 비었다. 고개를 끄덕이는 듯 가로젓는 듯, 이성을 반쯤 잃은 모습이었다. 왼쪽 다리에 자리 잡은 인면들이 꼬리에 꼬리를 물고 비명을 지르기 시작했다. 마치 새로 합류한 '동료'를 반기는 것만 같았다. 옹알거리는 아우성 속, 심지어 기뻐하는 표정과 아주 작고 새빨간 혀가 떨리는 것까지 보였다. 이 청년의 다리 속이 대체 어떤 모습일지, 무엇이 기생하는 곳으로 변했을지 상상도 가지 않았다.

더는 지체할 수 없었다. 사련은 의원에게 말했다.

"자르세요."

하지만 그 의원은 연신 손을 내저었다.

"전하, 용서하십시오! 소인도 자신이 없습니다. 이런 곳에서 어찌 칼을 대겠습니까! 혹여나 절단해도 효과가 없다면…… 역시 위험을 무릅쓸 수는 없습니다!"

그 의원은 아까 쓸데없는 말을 한 스스로를 속으로 욕했다. 모난 돌이 정을 맞는다고, 괜히 나섰다가 자칫 소름 끼치는 일을 떠맡을 뻔했다. 그는 조용히 사람들 속으로 도망쳤다. 청년이 되뇌었다.

"전하, 살려 주세요. 살려 주세요!"

사련은 머릿속이 온통 새하애졌다. 그의 마음속에서도 절망적으로 되뇌는 목소리가 들려왔다.

'—누가 나 좀 구해 줘……!'

아수라장이 된 사방에서 온갖 소리가 쏟아졌다. 일그러진 인면들도 옹기종기 모여 날카롭게 비명을 질렀다. 한순간, 사련은 자신이 지옥을 본 것 같았다.

그는 이 지옥을 뚫어지게 쏘아보는 듯, 한편으론 아무것도 보고 있지 않은 듯, 식은땀을 흘리며 두 눈을 부릅뜨고 팔을 쳐들었다.

검을 쥔 손이 아래로 떨어지자, 피가 거세게 솟구쳤다.

"아아아아악—!"

인사불성으로 넋을 놓고 실성했던 청년은 사련이 자신의 다리를 자르자 번뜩 정신을 차리고 마구잡이로 고함쳤다.

"내 다리! 내 다리!"

질척한 피바다 위에 꿇어앉은 사련의 흰옷이 피로 얼룩졌다. 그는 있는 힘껏 청년을 억누르며 외쳤다.

"괜찮습니다! 의원, 지혈하세요!"

의원들이 우왕좌왕 움직였다. 지켜보던 모정은 결국 입을 열었다.

"정신 놓지 마라."

그는 앞으로 다가와 작은 약병 하나를 꺼냈다. 희끄무레한 연기가 흘러나오자 피가 점차 멎었다. 사련도 영광으로 청년의 상처를 한 겹 감쌌다. 한편 잘려 나간 다리는 땅바닥에 덩그러니 누워 있다가 살짝 굽어지더니, 몸에서 떨어져 나간 뒤에도 살아 있는 생물처럼 경련하며 꿈틀거렸다. 사련은 손을 쳐들고 불길을 일으켰다. 화염에 휩싸인 그 다리는 시커먼 숯덩이가 되어버렸다. 청년이 비명을 질렀다.

"내 다리!"

사련은 청년의 허리를 살펴보았다. 인면의 흔적이 보이지 않자 그가 두 눈을 빛내며 기쁜 목소리로 말했다.

"됐어요, 멎었습니다. 더 번지지 않았어요!"

청년은 비로소 눈물을 멈추고 눈을 뜨며 말했다.

"진짜요? 정말로 나았습니까?"

사람들이 흭, 숨을 들이켜며 술렁거렸다. 서로 한참을 머뭇거린 끝에 누군가가 소리쳤다.

"전하, 저도 치료해 주십시오!"

그런데 멀지 않은 곳에서 어느 소년이 크게 외쳤다.

"섣불리 움직이지 마세요! 아직 모르는 일입니다. 만약 시간이 지나고 나서 다시 병이 도지면요?"

이 목소리가 일깨워 준 덕분에 사련도 냉정을 되찾았다.

"맞습니다. 아직은 확실하지 않으니 좀 더 지켜봐야 합니다."

누군가가 두려움에 떨며 말했다.

"얼마나 더 지켜봐야 하는데요……. 난 못 기다려요. 여기서……여기서 더 기다렸다간 이게 얼굴까지 번질 거라고요!"

또 다른 누군가가 결연한 목소리로 말했다.

"위험이라면 기꺼이 감수하겠습니다!"

이윽고 불유림에 모인 수백 명이 소란스레 끓어올랐다.

"전하, 제발 저희의 고난을 해결해 주세요!"

사람들은 앞다투어 그에게 무릎을 꿇고 절을 올리기 시작했다. 한가운데서 공양을 받느라 난감해진 사련은 차마 건성으로 대꾸할 수가 없었다.

"여러분, 일단 다들 일어나세요. 한동안 시간이 지나도 이 사람의 병이 재발하지 않으면, 반드시 최선을 다해 여러분을 치료하겠습니다…….”

가까스로 군중들을 달래고, 갖가지 약속을 하고, 다리가 잘린 청년을 다른 구역으로 옮겨 눕혔다. 사련은 그러고 나서야 나무 아래에 앉았다. 모정은 주위를 슬쩍 둘러보고는 목소리를 낮추어 말했다.

“어찌 그자의 다리를 직접 자르실 수가 있습니까? 이런 일은 본인이 간청한 게 아니라면 굳이 책임지지 마세요. 혹 전하께서 그자의 다리를 자르고도 별 소용이 없다면, 그때 그자가 원망하는 사람은 전하가 될 겁니다.”

사련의 심장은 아직도 정신없이 널뛰고 있었다. 그는 한 손으로 얼굴을 감싸고 잠긴 목소리로 입을 열었다.

“……아까 같은 상황에서 어떻게 더 기다려. 그 사람은 대답이 없고, 의원도 감히 손을 대지 못하고. 그렇다고 역독이 퍼지는 걸 가만히 보고만 있을 수는 없잖아. 적어도 누군가는 나서서 결정을 내려야 했어. 난 정말…….”

풍신의 얼굴에는 보기 드문 근심이 묻어 있었다.

“전하, 아무래도 잠시 쉬시는 게 좋겠습니다. 안색이 정말 나쁘십니다. 이쪽은 우선 저희에게 맡기세요.”

사련도 더는 버틸 수 없을 것 같은 기분에 천천히 고개를 끄덕였다.

“그래, 여기서 잠깐 쉬고 있을게. 금방 돌아갈 테니 너무 멀리 가지는 말고.”

때마침 숲속에서 누군가가 또 울부짖기 시작했다. 풍신과 모정은 무슨 일인지 확인하러 갔고, 사련은 잠시 넋을 놓고 바닥에 몸을 뉘었다.

예전이었다면 아늑한 막사나 상아 침상을 마련하지 않는 이상, 절대 이렇게 황량한 야외의 진흙 바닥에 눕지 않았을 것이다. 하지만 지금은 이런 시답잖은 일로 남들을 들볶을 기력이 없었다. 그는 옷에 묻은 흙먼지와 핏자국도 털어 내지 못한 채 지쳐 곯아떨어졌다.

얼마나 지났을까, 잠결에 풍신이 자신을 부르는 소리가 들렸다. 화들짝 놀라 깨어난 사련은 몸을 뒤척이며 일어났다. 그런데 몸에서 무언가가 미끄러지는 느낌이 들었다. 고개를 숙여 보니 누덕누덕 헝겊을 기운 낡은 담요였다. 그가 자고 있을 때 누군가가 덮어 준 모양이었다. 사련은 미간을 문지르며 다가오는 풍신에게 말했다.

"난 이런 거 필요 없어. 환자들에게 가져다줘."

그 말에 풍신은 어리둥절한 얼굴로 말했다.

"예? 뭐라고 하셨습니까? 이 담요 말씀입니까? 이건 제가 덮어 드린 게 아닙니다. 전 이제 막 돌아왔는데요."

사련은 한쪽을 돌아보았다.

"모정이야?"

모정이 대답했다.

"저도 아닙니다. 격리 구역에 사는 어느 신도가 전하께 바친 거겠죠."

사련은 주변을 둘러보았다. 눈길을 끌 만한 그림자는 보이지 않았다. 그는 고개를 내저으며 생각했다.

'누가 다가오는 낌새도 눈치채지 못하다니. 상태가 말이 아니네.'

그는 담요를 잘 개어 바닥에 내려놓고 몸을 일으켰다.

"가자."

그는 무거운 마음으로 돌아갔다. 그리고 머지않아 그가 걱정하던 일이 일어났다.

고작 이틀 뒤, 다시 불유림에 방문한 사련에게 의원들이 고해왔다. 밤에 인면역 환자 십여 명이 경고를 무시하고 몰래 빠져나갔다는 것이다. 어떤 자는 불로 환부를 태우고 어떤 자는 살을 도려내었다. 그리고 그중 여럿이 서투른 실수로 심한 출혈을 겪었다. 그들은 사람들에게 들킬까 봐 소리도 내지 못하고 담요 속에 웅크리고 있다가 기척도 없이 조용하게 죽었다.

사련은 막 전투를 마치자마자 이 부고를 듣게 되었다. 그는 수백 사람들 사이에 서서, 바닥에 누워 피를 흘리며 고통스럽게 울부짖는 환자들을 보고는 기어이 화를 냈다.

"왜 충고를 듣지 않습니까? 당장은 이런 방법이 역독을 완전히 제거할 수 있을지 확실치 않다, 내 그리 말하지 않았습니까? 어찌 이리 막무가내일 수 있습니까!"

그가 이 많은 신도의 눈앞에서 이렇게 노발대발한 것은 처음이었다. 다들 말없이 고개를 푹 숙이고 늦가을 매미처럼 입을 다물었다. 진심으로 화가 치민 사련은 참지 못하고 몇 마디를 덧붙였다. 한참 말을 이어 가는데, 누군가가 불쑥 끼어들었다.

"태자 전하께서는 어떤 독도 이겨 내는 분 아니십니까. 하물며 병은 우리가 걸렸지 전하께서 걸리신 것도 아니니 당연히 우리가 막무가내처럼 보이시겠죠. 하지만 우리는 병세가 너무 위급해서 지푸라기라도 잡자는 심정으로 그런 건데, 무슨 방도가 더 있었겠습니까?"

이 사람은 대놓고 사련에게 반기를 든 것은 아니었지만, 말투에는 은근히 가시가 돋쳐 있었다. 사련은 그 말에 머리로 피가 반쯤 솟구쳤다.

"지금 뭐라고 했습니까?"

그 사람은 말을 끝내자마자 숨어들어 찾아낼 수가 없었다. 풍신은 멀리 떨어져 있던 탓에 미처 듣지 못했다. 만약 들었다면 곧장 욕을 퍼부었을 것이다. 모정은 군중들의 낌새가 심상치 않자 신중을 기해 상황을 자극하지 않는 편을 택했다. 사련이 대답하지 못하는 모습에 다시 누군가가 입을 열었다.

"태자 전하. 전하께서 저희를 구하지 못하신다면, 저희 스스로 자신을 구해야지 어쩌겠습니까. 안심하시지요. 전하의 영약과 법력을 낭비하지는 않을 테니까요."

사련은 방금까지 피가 끓어올랐다면, 지금은 얼음 구덩이에 떨어진 듯한 심정이었다. 그는 속으로 중얼거렸다.

'……이게 무슨 소리야? 설마 내가 영약이나 법력을 아까워하겠어? 난 분명 팔다리를 잘라도 효과가 없을까 봐 걱정돼서 막은 건데, 왜 내가 남의 사정도 모르면서 떠들고 있다는 식으로 얘기하지? 물론 난 저들의 고통을 모르지. 그래도 내가 진심으로 모두를 구할 마음이 없었으면, 멀쩡한 신관까지 그만두고 내려와서 사서 고생을 했겠어?'

그는 한평생 이런 비난을 받은 적도, 이런 수모를 당한 적도 없었다. 마음속에는 할 말이 넘쳐 났지만 입으로는 한 마디도 꺼내지 못했다. 그도 잘 알고 있었다. 지금껏 인면역을 완치할 방법을 찾아내지 못했으니 신도들도 서서히 인내심을 잃은 것이다. 이 백성들이 겪는 고초는 자신보다 백배는 더 견디기 어려울 터였다. 그는 하릴없이 두 주먹만 꽉 쥐었다. 뼈마디가 우두둑 울렸다. 잠시 뒤, 옆쪽에 있던 나무에 난데없이 주먹이 들이꽂혔다.

그 나무는 콰직, 소리와 함께 부러졌다. 사람들이 화들짝 기겁했다. 수군거리던 소리도 조용히 그쳤다. 멀리 떨어져 있던 풍신은 그제야 이쪽에 문제가 생겼다는 걸 알아채고 황급히 달려왔다.

"전하!"

사련은 나무에 주먹을 내지르자 분한 마음이 누그러지면서 이성이 조금 돌아왔다. 그러나 쥐 죽은 듯한 적막을 깨고 누군가가 다시 입을 열었다.

"태자 전하. 전하께선 이렇게 화를 내지 않으셔도 됩니다. 이

자리에 있는 사람들은 다들 환자입니다. 모두 전하의 신도라고요. 이 중 누구도 전하에게 빚지지 않았습니다."

이 말이 나오자 여러 사람이 남몰래 고개를 끄덕였다. 바짝 낮춘 목소리였으나 사련은 오감이 예민해 모든 소리를 똑똑히 들을 수 있었다. 사람들이 곳곳에서 수군거렸다.

"드디어 용기 있게 진실을 말하는 사람이 나왔네. 난 말할 엄두도 못 내고 마냥 참았는데……."

"예전엔 태자 전하가 무척 온화하다고 들었는데…… 사실 이런 사람이었을 줄은……."

파도처럼 밀려오는 목소리 속에서 사련은 무심코 한 발자국 뒤로 물러섰다. 그는 이십 년 동안 어떤 적 앞에서도 겁먹은 적이 없었다. 한평생 두려움을 몰랐다. 그러나 지금, 두려움과 비슷한 어떤 감각이 마음속을 휩쓸었다. 이때, 또 누군가가 중얼거리는 소리가 들렸다.

"이런 신력이 있으면 적한테 가서 화풀이할 것이지. 그럼 괜히 고생스럽게 싸울 필요도 없잖아!"

그 말을 들은 사련은 더 이상 이곳에 서 있을 수 없었다.

그가 어찌 모르겠는가. 지금의 자신은, 신대 위에서 검을 들고 꽃을 쥔 채 흔들림 없이 미소 짓는 무신과는 전혀 달랐다.

사련은 홱 뒤돌아 도망치듯 불유림을 뛰쳐나갔다. 풍신과 모정이 뒤에서 외쳤다.

"전하! 어디 가십니까!"

군중들 사이에서도 난데없이 소란이 벌어졌다. 어떤 어린 간병인이 다짜고짜 환자 몇 명에게 주먹을 날리나 싶더니, 한데 엉겨 붙어 싸움판을 벌인 모양이었다. 하지만 풍신과 모정은 그들을 신경 쓸 겨를이 없었다. 둘은 병사들을 현장으로 보내고 사련을 뒤쫓아 사라졌다.

사련이 정신없이 내달린 방향은 배자 언덕이었다. 단숨에 몇 장을 뛰어넘은 사련은 머지않아 초목이 무성한 언덕 정상에 도착했다. 사련은 붉어진 눈으로 숲속을 향해 고함쳤다.

"나와!"

풍신이 외쳤다.

"전하! 여긴 뭐 하러 오신 겁니까!"

사련은 하늘을 향해 소리쳤다.

"여기 있는 거 다 알아! 당장 나와!"

모정이 말했다.

"전하께서 부른다고 나올 것 같았으면 이렇게까지……."

말끝이 떨어지기도 전에 모정의 목소리가 뚝 멎었다. 세 사람의 등 뒤에서 삐걱거리는 소리가 들려온 탓이었다. 고개를 홱 돌려 보니, 누군가 나무 덩굴에 앉아 그들을 내려다보고 있었다. 바로 왼쪽 얼굴은 웃고 오른쪽 얼굴은 우는 그 흰옷의 괴인이 아닌가?

정말로 한번 불렀다고 나오다니!

사련은 그를 보자마자 이성을 잃고 앞으로 뛰어들며 부르짖었다.

"죽여 버리겠어!"

그 흰옷의 사람은 사뿐하게 몸을 피했다. 널따랗고 흰 소맷자락이 나부끼는 나비의 날개처럼 우아하고 눈부셨다. 사련을 도우려던 풍신과 모정은 동시에 엇, 하고 외마디 소리를 흘리더니 무언가 이상한 낌새를 깨닫고 움직임을 멈추었다. 두 사람 모두 경악한 얼굴이었다. 하지만 분노로 이성을 잃은 사련은 아무것도 모른 채 검집에서 장검을 뽑았다. 풍신이 소리쳤다.

"전하! 모르시겠습니까? 그 사람은……."

사련은 이미 한 손으로 그 사람의 목을 조른 채였다. 다른 손으로 쳐든 검 끝이 그 사람의 가슴에 닿았다. 흰옷의 사람은 사련의 손아귀에 꼼짝없이 잡혔는데도 하핫, 웃음을 터뜨렸다.

마치 소년처럼 맑고 부드러운 웃음소리였다. 누군가를 닮은 듯 익숙한 음성이었으나 사련은 격분한 나머지 속으로 잠시 의심했을 뿐, 누구의 목소리인지는 떠올리지 못했다. 이윽고 그 흰옷의 사람이 한숨을 내쉬었다.

"사련, 사련. 아무리 발버둥 쳐도 소용없어. 넌 질 거야. 선락국은 끝장이라고!"

격한 분노에 휩싸인 사련은 그의 뺨을 올려붙였다.

"네가 뭐라도 되는 줄 알아? 입 열라고 한 적 없으니 당장 닥쳐!"

사련으로서는 실로 거친 행동이 아닐 수 없었다. 뺨을 맞아 고개가 한쪽으로 돌아간 그 사람은 얼굴을 제자리로 되돌리며 말했다.

"정말로 내가 닥치기를 바라나? 그래, 좋아. 그런데 사실 아직 방법이 하나 남았어. 너희들의 패배를 승리로 뒤집을 수 있는 방법. 쓸지 말지는 네 마음에 달렸지만."

만약 그가 마지막 한마디를 덧붙이지 않았다면 사련은 틀림없이 그를 무시했을 터였다. 그러나 그 한마디를 듣자 그 사람의 말이 사실일지도 모른다는 생각이 들었다. 방법은 있다. 다만 자신에게 무거운 대가를 치르게 할지도. 사련은 거친 숨을 들이마시고 가라앉은 목소리로 말했다.

"무슨 방법이지? 나한테 원하는 게 있으면 똑바로 말해. 쓸데없는 소리 하지 말고!"

흰옷의 사람이 말했다.

"이리 가까이 와 봐. 그럼 말해 줄게."

"좋아."

풍신이 소리쳤다.

"전하! 설마 정말 모르시는……."

하지만 사련의 검이 그 사람의 가슴을 꿰뚫은 뒤였다. 사련은 몸을 숙이며 그 사람에게 말을 덧붙였다.

"말해."

흰옷의 사람은 몹시 나직한 목소리로 사련에게 한동안 귓속말을 속삭였다. 다른 사람들은 무슨 말인지 제대로 들을 수 없었다. 하지만 말이 길어질수록 사련의 두 눈이 커졌다. 한참 듣고만 있던 사련은 인내심이 바닥난 듯 다시 그의 뺨을 후려치며 소리쳤다.

"누가 그런 말을 듣고 싶댔어? 내가 원하는 건 해결 방법이야! 해결 방법!"

흰옷의 사람이 대답했다.

"난 다 말했어. 이게 바로 그 방법이야. 쓸지 말지는 네 마음에 달렸고."

사련의 얼굴이 콱 일그러졌다.

"……대체 뭘 하고 싶은 거지? 넌 대체 정체가 뭐야?"

흰옷의 사람은 웃음을 흘리며 대꾸했다.

"내 정체는, 가면을 벗기고 네가 직접 확인해 보지 그래?"

진작부터 그럴 생각이었던 사련은 반쪽은 울고 반쪽은 웃는 가면을 벗겨 냈다. 다음 순간, 사련의 온몸이 얼어붙었다.

가면 뒤에서 눈처럼 희고 준수한 소년의 얼굴이 그를 향해 미소 짓고 있었다. 두 눈엔 생기가 감돌고 입가에는 웃음기를 머금었다. 한없이 부드럽고 겸손한 표정이었다.

그건 사련 자신의 얼굴이었다.

40장 금을 입힌 신상, 무너지는 하늘을 지탱하다

　악에 받친 사련이 그의 가슴에서 검을 뽑아 다시 한번 찌르려던 순간이었다. 문득 깨닫고 보니 검에 핏자국이 하나도 묻어 있지 않았다. 찰나 머릿속이 환하게 트였다. 그는 검날을 돌려 흰옷을 입은 소년의 머리를 단칼에 베었다. 베는 것쯤은 어렵지 않았다. 다만 둘로 나뉜 머리와 몸은 빠르게 쪼그라들더니 납작한 가죽 주머니로 변했다.

　이 몸뚱이는 빈 껍데기였다!

　이 존재는 사련과 마주친 두 번 모두 가짜 몸을 썼고 본모습은 한 번도 드러낸 적이 없었다. 썩 놀라운 일은 아니었으나, 분노가 가시지 않은 사련은 검으로 그 뭉그러진 머리와 몸을 난도질했다. 예리한 검기로 가죽 주머니를 산산이 조각내고도 그는 분이 풀리지 않았다. 풍신이 보다 못해 그를 말렸다.

"전하! 이건 껍데기일 뿐입니다."

하지만 이 껍데기는 사련의 소년 시절 모습과 완전히 똑같았다. 그래서일까, 마치 사련이 자기 자신을 잔인하게 도륙한 것 같아 다소 보기가 불편했다. 사련은 거친 숨을 몇 차례 몰아쉬고는 검을 내던지며 바닥 한쪽에 주저앉았다.

"나도 알아! 하지만 감히 내 얼굴을 쓰다니!"

그는 진심으로 분노에 속이 뒤집혔다. 두 사람은 그의 앞에 쪼그리고 앉았다. 잠시 침묵을 지키던 풍신이 입을 열었다.

"전하, 좀 나아지셨습니까? 놈의 헛소리를 곧이곧대로 듣지 마십시오. 사람을 갖고 노는 겁니다."

그러나 사련은 뜻밖의 대답을 내놓았다.

"아니야. 그냥 이런저런 일을 얘기했지, 나를 갖고 놀지는 않았어. 다만⋯⋯."

덜컥 놀란 풍신이 물었다.

"정말로 전하께 저주를 푸는 방법을 알려 준 겁니까?"

사련은 오른손으로 머리카락을 헤집으며 말을 이었다.

"인면역을 해결하는 방법이 아니야. 그자가 내게 알려 준 건⋯⋯ 인면역을 만드는 방법이었어!"

두 사람은 나란히 경악했다.

"만든다고요?"

사련은 가만히 고개를 끄덕이고 사방의 들판을 둘러보았다. 배자 언덕에 더 머무르지 않는 편이 좋겠다는 생각이 들어 우선 자리를 뜨기로 했다. 그는 지금 자신을 은근히 피하는 병사들의 눈빛을 보고 싶지 않았고, 환자들의 통곡과 불평도 듣고 싶지 않았다. 그래서 오랫동안 비워 두었던 황궁의 태자 침전으로 돌아갔다.

사련은 문을 닫고 나서야 어렵사리 평정을 되찾고 자리에 앉았다. 그가 가라앉은 목소리로 운을 뗐다.

"사람의 몸에 자라나는 '인면'은 전부 영안인의 망혼이야. 일부는 전쟁터에서 죽은 망혼들. 그리고 대부분은, 가뭄으로 죽은 망혼들."

모정은 담담한 기색이었다.

"영안인들이 인면역에 걸리지 않은 이유가 있었네요. 당연히 같은 편 사람들을 공격하진 않았겠죠."

풍신은 얼굴을 찌푸리며 말했다.

"가뭄으로 죽은 사람들은 황성 사람이 죽인 게 아닙니다. 아무리 원념이 있어도 이쪽을 공격하는 법이 어디 있습니까?"

사련은 한숨을 내쉬었다.

"말은 그렇게 해도, 다들 알잖아. 사람이 죽고 나면 혼백이 혼돈기를 겪는다는 거."

사람이 죽고 생겨난 혼백은 한동안 갓 태어난 아이처럼 어리숙하고 몽롱한 상태가 된다. 자신이 누구인지, 어디에 있는지, 무엇을 하는지도 자각하지 못한다. 이 기간은 혼백 각자의 운명에 따라 길어지거나 짧아진다. 이러한 상태를 '혼돈기'라고 부른다.

또한, 생전의 가족이나 연인은 이 시기에 망혼을 인도하거나 그들에게 특정한 영향을 미칠 수 있다. 민간의 칠일제 같은 풍습이 바로 이런 개념에서 비롯된 것이다.

"그 사람…… 말로는, 영안의 병사들은 황성에 강한 원념과 적개심을 품고 있었고, 그들의 부모와 아내, 아이들 대부분이 가뭄으로 죽었다고 했어."

잠시 침묵한 사련이 말을 이었다.

"의지할 곳 없는 이 망혼들은 가족들의 감정에 영향을 받지. 같은 방식으로, 그자는 남은 병사들의 확고한 의지를 이용해서 망혼들에게 황성 선락인에 대한 적의를 불어넣었어. 그렇게 사람의 육체에 기생해 살아 있는 사람의 양분을 빼앗도록 부추긴 거지. 이 혼돈기의 망혼들에게 이런 생각을 반복적으로 주입했거든. '저들이 없었다면 너희들은 살 수 있었을 것이다.'"

풍신이 말했다.

"이 무슨 말 같지도 않은 생각이랍니까? 누구는 살아야 하고 누구는 죽어야 한다고?"

사련은 이마를 감싼 채 말을 덧붙였다.

"예전에 낭영이 무심코 황성에 묻었던 아들의 시신이 주술의 근원이었어. 난 그에게 해결 방법을 말하라고 했지. 그런데 오히려 한참이나 주술을 거는 방법을 알려 주더라. 대체 무슨 의도였을까?"

술법을 안다고 해서 저주를 풀 수 있는 것은 아니지 않은가.

풍신이 이를 갈았다.

"전하를 농락한 겁니다. 이게 무슨 개수작이야, 제기랄!"

하지만 모정의 생각은 달랐다.

"그는 전하를 농락하지 않았습니다. 정말로 전하께 방법을 알려 줬어요."

사련이 고개를 든 동시에 풍신도 모정에게로 고개를 돌렸다.

"무슨 방법?"

모정이 대답했다.

"해결 방법이요!"

그는 무슨 비밀이라도 발견한 것처럼 두 눈을 빛냈다.

"영안의 저주가 효력을 발휘한 건 선락에 대한 원념이 있었기 때문이죠. 그런 식이면 우리 선락은 영안에게 원념이 없겠습니까?"

사련의 눈이 살짝 커졌다. 숨이 어렴풋이 멎은 것도 같았다. 모정이 다시 말했다.

"그는 저주를 거는 방법을 전하께 알려 주었습니다. 그렇다면 전하도 똑같은 방법을 쓸 수 있어요. 눈에는 눈, 이에는 이로, 영안인에게만 감염되는 인면역을 만드는 겁니다! 생각해 보세요. 인면역의 저주는 반드시 산 사람만을 제물로 합니다. 그들이 역병에 걸리면 자기 몸 건사하느라 바빠지겠죠. 더욱이 산 사람이 전부 죽어 버리면 우리가 공격하기도 전에 알아서 자멸하는 셈 아니겠습니까?"

사련은 이런 방법을 난생 생각해 본 적도 없었다. 모정이 당당하게 늘어놓은 말에 그는 한순간 경악을 금치 못했다. 한참 뒤에야 그가 버럭 소리쳤다.

"절대 안 돼!"

"왜 안 됩니까? 잊으셨나 본데, 먼저 저주를 건 사람들은 그 자들입니다."

사련이 자리를 박차고 일어났다.

"안 된다면 안 돼. 그리고 네 말은 틀렸어. 영안의 병사들을 인면역에 감염시키기는 어려울 거야. 선락의 병사들과 똑같아. 왜냐고는 묻지 마. 난……."

모정이 재빨리 끼어들었다.

"그렇다면 평민만 감염시켜도 좋습니다! 그들은 황성과 달리 방호 시설이나 일손이 부족할 겁니다. 일단 인면역이 터지면 역병은 순식간에 번질 테고 그리되면 반격할 힘도 사라지겠죠! 우리도 마찬가지로, 영안군이 보호하는 평민의 안위를 인질 삼아서 저주를 멈추고 투항하게 하면 됩니다. 그들은 황성만큼 오래 버티지 못할 겁니다!"

사련은 모정의 말을 단호하게 잘라 냈다.

"그건 더 안 돼! 영안이 황성의 죄 없는 평민들을 공격했을 때 우리가 뭐라고 했었는지 잊었어? 비열하다고 했지. 그들과 똑같은 짓을 하면 우리도 그 비열한 놈이 되는 거 아니야? 이래서야 그 사람들과 뭐가 달라?"

모정은 흥분한 기색을 가라앉혔다.

"전하. 전하를 온유향으로 꾀어 죽이려던 사람이 누구였는지 잊으셨습니까. 바로 전하께서 말씀하시는 '죄 없는 평민'이었습니다."

그 말에 사련은 잠시 멈칫했다.

솔직히 그날 일을 마음속에서 떨쳐 내기란 불가능했다. 그래도 사련은 끝내 말을 꺼냈다.

"그래, 확실히 그런 사람이 있었지. 하지만 복수심이 끓어오른 사람들은 원래 가장 열정적으로 맨 앞에서 돌격해 오잖아. 그래서 그런 사람들만 네 눈에 띈 거지. 하지만 실제로는 아무것도 모르는 평민들이 훨씬 많아. 너도 배자 언덕에 자주 가 보면 알겠지만, 사람들 대부분은 왜 싸워야 하는지도 이해하지 못해. 먹을 것이 있는 곳을 찾아 목숨을 부지하고 있을 뿐이지. 모정. 넌 지금 나에게 죄 없는 사람들을 구하기 위해 다른 죄 없는 사람들을 죽여라, 그렇게 조언하고 있는 거야. 나는……."

사련은 한숨을 지으며 한마디 덧붙였다.

"다른 방법을 생각해 보자."

모정은 말투를 바꾸어 다소 비꼬는 투로 받아쳤다.

"제가 왜 배자 언덕까지 가서 적의 백성들이 어떻게 생활하는지 관심을 가져야 합니까. 됐습니다. 태자 전하. 전하께서 이렇게 남들을 생각해도 남들이 전하를 생각해 준 적은 없죠. 이게 봉이 아니면 뭡니까?"

가슴이 턱 막히는 기분이었다. 사련은 고개를 떨군 채 입을 다물었다. 머릿속에는 인면으로 가득 찬, 잘려 나가고도 경련을 일으키며 꿈틀거리던 다리가 떠올랐다. 긴 망설임 끝에 그는 고개를 저으며 말했다.

"짧게 말할게. 나는 지금 남을 생각하는 게 아니야. 우리 자신만을 생각하더라도 그래. 저주는 그 자체가 양날의 검이잖아. 다른 사람을 해치면 자신도 다치게 돼. 남을 저주하려면 살아 있는 사람은 뼈저린 원한을 품어야 하고, 죽은 백성들도 편히 잠들 수 없어. 생전에 그렇게 고통받았는데 죽어서도 다른 사람의 육체에 기생하는 괴물이 되어야 해. 너도 그날 그 청년의 다리에 있던 걸 봤잖아. 그렇게 목숨을 연명하는 '인면'이 감염된 사람보다 나으면 얼마나 낫겠어? 저주란 건 늘 언젠가 되돌아와. 비극을 겪게 될 거야."

사련이 거듭 부정하자, 모정도 인내심의 한계에 부딪혔다.

"그자들이 비극을 겪기 전에 우리가 먼저 겪게 생겼습니다! 세 번째 길도 없고 두 번째 물잔도 찾을 수 없다고요. 전하, 정신 차리세요! 이제는 시간이 없습니다!"

사련은 머리가 뜨거워지는 기분에 눈을 감으며 말했다.

"……일단 그만 얘기해. 좀 더 생각해 볼게."

"……."

마침내 인내심이 바닥난 모정이 욕을 늘어놓기 시작했다.

"당신이란 사람은 정말이지…… 힘겹게 고민하는 것도 당신이고, 방법이 눈앞에 다 차려져 있는데 내치는 것도 당신이군요. 당신이란 사람은 정말…… 이 밑도 끝도 없이 덜떨어진 모습을 보는 것도 이젠 지겹습니다. 당신의 신도들은 참 재수도 더럽게 없네요!"

뾰족한 수가 없었던 풍신은 여태 두 사람의 언쟁에 끼어들지 않고 잠자코 듣고만 있었다. 그런데 이때 그가 갑자기 손을 날리며 일갈했다.

"적당히 좀 하지?"

모정은 그의 손바닥에 얻어맞아 뒤로 몇 걸음 밀려났다. 사련이 그를 불렀다.

"풍신?"

"전하, 저는 신경 쓰지 마십쇼!"

짧게 대답한 풍신이 다시 모정에게 말했다.

"뭐가 짜증 나는데? 말 좀 해 봐라. 넌 대체 뭐가 그렇게 불만이냐? 오랫동안 참고 넘어갔는데 오늘은 안 되겠다. 네놈이 지랄하는 꼴, 아니꼬워서 못 봐 주겠다고. 전하께서 등용하지 않았으면 어디서 굴러먹고 있었을지도 모를 부장 주제에 왜 항상 네가 제일 똑똑하고, 제일 날카롭고, 전하보다 잘난 것처럼 구는 거냐? 진짜 그렇게 능력이 좋으면 왜 전하는 선경에 오르고 너는 못 올랐는데?"

"나는……!"

사련이 풍신을 잡아끌었다.

"그만해, 풍신. 모정도 상황이 상황인지라 조급해져서……."

풍신이 말허리를 잘랐다.

"조급하기는 개뿔! 전하, 저놈은 전하를 가르칠 기회를 찾고 싶을 뿐입니다. 전하보다 대단한 모습을 뽐낼 기회라면 그게 뭐든 절대 놓치지 않겠죠! 왜냐, 진심으로 자기가 더 능력 있다고 생각하니까요! 평소에도 선락국을 아낄 줄 모르던 야박한 놈이 이제 와서 마음이 조급해진다고요?"

말을 마친 그는 다시 모정을 돌아보았다.

"네가 속으로 전하를 바보라고 깔보는 걸 내가 모를 줄 알았냐? 평소에 음침하게 눈을 까뒤집는 것도 참았고, 지금껏 상천정에서 어울리지도 않는 자리에 서 있는 꼴도 참았다. 뽐내는 게 그렇게 좋은 모양인데, 어차피 이번이 처음도 아니니 그래, 뽐내 봐라. 어차피 네까짓 힘으로는 하늘을 뒤집지도 못할 테니까. 전하께서 널 나무라지 않으신다면 나도 네놈 따위 신경 쓰고 싶지도 않아. 하지만 이런 식으로 기어오르면 절대 가만 안 둬! 잘 들어. 나는 네가 그딴 비열한 수단을 좋아하는 거 놀랍지도 않아. 하지만 전하는 전하시다. 전하께서 뭘 하시든 너와 나는 존중해 드려야 한다고. 쓸데없이 참견하지 말고, 망할 네놈이 누구인지 자각 좀 해!"

풍신이 이 말을 하는 동안 사련은 여러 번을 말렸다. 하지만 풍신이 너무 오래 화를 삭였던 탓일까, 도저히 막을 수가 없었다. 풍신은 욕지거리를 시원하게 쏟아 냈다. 한 마디 한 마디 이어질 때마다 모정의 안색이 창백해졌다. 몸싸움을 벌일 작정이던 모정은, 마지막 말을 듣고는 입을 다물고 서늘한 눈으로 풍신을 노려보았다. 사련이 사납게 소리쳤다.

"말 다 했어? 내가 둘 다 걷어차야 정신 차릴래!"

풍신은 온 얼굴이 벌겋게 물들어 있었다. 얼핏 보기에도 머리 끝까지 피가 끓어오른 모습이었다. 그는 목에 힘을 주고 고집스레 말했다.

"걷어차려면 걷어차십쇼. 전 상관없습니다. 그깟 신관이 뭐라고! 전하께서 임명하지 않으셨으면 저도 하고 싶은 생각 추호도 없었습니다. 하지만 저는 전하께서 절 인간계로 걷어차서 평범한 인간으로 만드셔도 전하께 충성을 다할 겁니다. 전하께서 말씀만 하시면 가장 먼저 돌격할 수 있다고요. 배은망덕한 인간이 되는 건 질색이니까요! 하지만 이 자식은 전하의 덕을 봐서 신관이 되지 못했으면 달가운 마음으로 전하를 따르지 않았을 겁니다. 좋은 소리 따위는 한 마디도 안 했을 거라고요. 이제 말다 했습니다!"

입을 꾹 다문 채 말이 없던 모정은 한참을 인내한 끝에 견디지 못하고 되받아쳤다.

"덕 같은 소리 하네! 아주 자기 미화에 한 획을 긋는구나. 네놈이 뭘 알아!"

사련이 이성을 잃고 고함쳤다.

"전부 입 다물어! 입 다물라고!"

두 사람은 마지못해 입을 다물었다. 이번은 너무 큰 싸움이라

끝말잇기로도 수습할 수 없을 것 같았다. 가까스로 화를 가라앉힌 사련은 지끈대는 머리를 부여잡고 말했다.

"……아무튼, 저주는 절대로 안 돼."

모정은 냉소를 흘리면서도 꾸역꾸역 대답했다.

"그럼요, 결정권은 전하께 있으니까요."

풍신은 간단명료하게 말했다.

"전하의 뜻대로 하겠습니다."

모정은 이미 담담한 표정으로 돌아와 있었다.

"어떤 결과든, 전하께서 스스로 짊어지셔야 합니다."

풍신은 쳇, 소리를 내고는 아무 말도 하지 않았다. 사련이 대답했다.

"물론이야. 그건 나도 벌써 생각을…….."

바로 이때, 세 사람은 격렬한 진동을 느꼈다. 휘청거리는 와중에 사련이 놀란 목소리로 말했다.

"무슨 일이지?"

풍신이 가장 먼저 반응했다.

"지진입니다!"

지진이 일어났다면 분명 사상자가 나올 터였다. 사련이 소리쳤다.

"사람들을 구해야 돼!"

그런데 무슨 일인지, 세 사람이 막 뛰쳐나가려는 순간 침상 밑에서 누군가가 다급하게 굴러 나오더니 손을 뻗으며 외쳤다.

"표형! 표형, 나 빼놓고 가지 마! 나도 데려가!"

사련은 이 사람을 보고 한층 더 경악했다.

"척용, 네가 왜 내 궁에 있어?"

척용의 기상천외한 일상생활을 그가 어찌 이해할 수 있으랴. 척용은 하루가 멀다 하고 사방 곳곳에서 사련과 관련된 모든 것을 찾아 모았다. 언제부터 구석에 숨어 엿듣고 있었는지는 알수 없었으나 한시가 위급한 상황이라 물어볼 경황도 없었다. 사련은 척용을 붙잡고 달려가 넓은 공터에 던져 놓았다. 황궁 안은 온통 난장판이었다. 궁인들이 화려한 궁전에서 비명을 지르며 달려 나왔다. 사련이 목청을 높였다.

"다친 사람 없느냐! 갇힌 사람은 없느냐!"

다행히도 지진은 금방 멈추었다. 주변에 알아보니 사상자도 없는 듯했다. 그러나 사련은 여전히 마음이 놓이지 않았다. 그때 또다시 날카로운 비명이 울려 퍼졌다. 사람들이 손가락으로 그의 뒤편 하늘을 가리키고 있었다. 고개를 돌린 사련의 동공이 순식간에 조여들었다. 황궁의 한가운데, 거대하고 화려한 보탑이 한쪽으로 서서히 기울고 있었다.

천탑(天塔)이 무너지고 있다!

이 천탑의 정식 명칭은 '천인의 탑'으로, 수백 년 역사를 지닌 선락 황궁의 상징물이었다. 더불어 선락 황궁에서 가장 높은 건축물이자 황궁과 황성의 중심 지역에 뿌리를 내린 명승지였다. 이 탑이 무너지면 수많은 사상자가 나올 게 분명했다. 황궁 안의 궁인들과 황궁 밖 거리의 행인들은 도망가기에 여념이 없었다. 이를 본 사련은 오른손으로 빠르게 여러 가지 주문을 그리며 태창산 쪽을 향해 있는 힘껏 외쳤다.

"와라!"

계속해서 느릿하게 쓰러진 탑이 삼분의 일 남짓 기울어졌을 무렵, 사람들은 불현듯 또 다른 진동을 느꼈다.

역시나 땅에서 퍼져 나오는 진동이었다. 하지만 이 진동은 지진과는 달리 일정한 박자로 묵직하게 울렸다. 동시에 속도에 박차를 가하며 조금씩 가까워지고 있었다. 천탑이 한층 기울어졌을 때, 사람들은 마침내 그 진동이 무언가의 발소리였음을 깨닫게 되었다.

키가 다섯 장(丈)에 달하는 거대한 황금상이었다. 한 손에는 검을 들고 한 손에는 꽃을 쥔 금상이, 노을빛을 감싼 몸으로 황궁을 향해 성큼성큼 걸어왔다.

누군가가 깜짝 놀라 소리쳤다.

"저건 황극관 선락궁에 있는 태자상이잖아!"

과연, 알아보는 사람들이 점점 늘어났다.

"진짜다! 정말 그 금상이야! 봐 봐, 태창산에서 내려왔잖아!"

그 금상은 걸음걸음이 수 장에 달했으나 사람은 한 명도 밟지 않고 쿵, 쿵, 소리를 내며 빠르게 황궁으로 들어섰다. 그러고는 기울어 가던 천탑을 단번에 받쳐 멈춰 세웠다.

저무는 태양 아래로 금빛이 물결쳤다. 찬란한 금상은 두 손을 치켜들고 무너져 가던 거대한 탑을 혼자만의 힘으로 지탱했다. 참으로 신묘한 광경이었다. 아래에 있는 수많은 사람들이 입을 떡하니 벌리고 경탄을 금치 못했다. 사련은 느릿하게 손을 거두고 그 신상을 올려다보았다. 금으로 빚어진 준수하고 평온한 얼굴을 보자, 마음속에 희미한 혼란이 스쳤다.

41장 영원토록 가슴 깊이 기억하리

이것은 사람들이 사련을 위해 세운 최초의 신상이자, 가장 거대하고 장엄한 신상이었다.

이전에는 이런 '자신'의 모습을 태연하게 받아들였다. 달리 문제를 느낀 적도 없었다. 그러나 지금 이 순간, 사련은 이 금빛 찬란한 신상이 너무나도 낯설었다. 문득 저도 모르게 이런 생각이 들었다.

'이게 정말 나인가?'

한편 풍신과 모정은 아직 발견되지 못하고 갇혀 있는 사람들은 없는지 각자 둘러보고 있었다. 사련은 마음속 혼란을 빠르게 떠나보냈다. 차츰 안정되는 군중들의 모습에 그는 안도의 한숨을 내쉬었다.

그러나 그 숨을 시원하게 내쉬기도 전에 몸 위로 무거운 압력이 느껴졌다. 사련의 가슴이 바짝 조여들었다.

역시 이 탑은 너무나 높고, 무거웠다.

조금 버거웠는지 신상의 두 손이 희미하게 떨려 왔다. 발아래 땅이 움푹 내려앉았다. 거대한 금빛 몸도 탑의 무게를 못 견디고 살짝 휘어졌다. 그러나 그 미소만은 변함없이 여전했다. 이를 본 사련은 곧바로 주문을 되뇌었다. 다시 주문을 내뱉은 순간, 마음이 서늘해졌다. 금상은 몸을 일으키기는커녕, 곧 아슬아슬하게 쓰러질 것처럼 허리가 한층 휘어졌다.

사련의 두 손도 희미하게 떨리기 시작했다. 생전 처음 느껴 보는 감각이었다. 적어도 그가 아는 한, 어떤 산이든 자신이 손으로 내리치면 소리를 내며 무너져야 했다. 발을 구르면 원하는 대로 산천이 뒤흔들려야 했다. 그가 지금껏 느껴 보지 못한 이 감각은, 바로 '힘겹다'는 것이었다.

사련은 부득이한 심정으로 이를 악물고 허공으로 도약했다. 거대한 금상의 발치에 자리를 잡고 앉은 그는 다시 손을 쳐들고 주문을 되뇌었다. 아니나 다를까, 그가 친히 나서자 금상은 몸을 일으키며 머리를 힘껏 쳐들고는 기울어진 천탑을 다시 들어 올렸다!

가까스로 지탱했다고는 하나 사련의 등과 마음은 식은땀에 흠뻑 젖어 있었다. 황궁 안팎의 군중들은 그의 말 못 할 고통을 아는지 모르는지, 앞다투어 신묘한 금상에 절을 올리며 목청껏 외쳐 댔다.

"나라에 재난이 닥치니 태자 전하께서 신통력을 부리신다!"

"전하, 제발 저희를 구해 주세요!"

"백성을 구하십시오! 창생을 지켜 주십시오!"

사련은 한동안 이를 악물었다가 가까스로 입을 열었다.

"모두 일어나요. 물러나세요. 여기 모여 있지 말고 멀리 떨어져요. 저는……."

여기까지 말한 그는 놀랍게도 자신에게 기력이 부족하다는 것을 깨달았다. 그의 목소리는 밀물처럼 몰려온 커다란 외침에 휩쓸려 사라졌다. 목청을 높이려 할수록 자신의 미약함을 절감했다. 숨을 깊이 들이마시고 큰 소리로 외치려는 찰나, 난데없이 손 하나가 그의 발목을 낚아챘다. 내려다보니 뜻밖에도 척용이었다. 사련이 다급하게 말했다.

"척용, 어서 내려가서 사람들에게 이쪽으로 모이지 말라고 전해. 무너질지도 몰라!"

무심결에 튀어나온 말이었다. 자신이 무슨 말을 했는지 깨달은 사련은 불현듯 등줄기에 소름이 흘렀다.

예전의 그는 이런 말은 물론이고 이런 생각조차도 할 줄 몰랐다. 설령 정말로 하늘이 무너져 내리더라도 꿋꿋하게 버틸 수 있다고 믿었다. 그러나 지금 그는 아주 두려운 사실을 깨닫고 말았다. 믿음이 사라진 것이다.

사람들이 그를 믿지 못하는 데 이어, 자신까지도 스스로를 믿지 못하게 되었다.

그러거나 말거나 척용은 생각 없이 지껄였다.

"무너질 리 없어. 표형이 받치고 있잖아!"

이 말에 사련의 마음이 거듭 욱신거렸다. 하지만 척용은 창백하게 질린 그의 얼굴은 제대로 보지도 않고 눈을 푸르게 빛내며 말했다.

"표형, 내가 도와줄게."

순간 멍해진 사련이 물었다.

"나를 돕는다니? 네가 날 어떻게 도와?"

척용이 기다렸다는 듯 냉큼 대답했다.

"인면역을 만드는 방법을 알고 있다면서? 그 방법을 알려 주면 내가 표형 대신 영안인에게 저주를 내릴게. 내가 그들을 죽여 줄게!"

……역시 척용은 침상 밑에서 세 사람의 말을 전부 엿들은 모양이었다.

사련은 화가 치민 나머지 맥이 다 빠졌다.

"넌…… 막무가내도 정도가 있지! 저주가 뭔지는 알고 말하는 거야?"

척용은 아무렇지도 않게 대답했다.

"알지. 저주가 뭐 별건가? 있잖아, 표형. 난 이 방면에 꽤 소질이 있어. 항상 아버지를 저주했거든. 어쩌면 아버지는 내 저주로 죽었을지도 모르니까……."

"……."

사련은 더 이상 들어 주고 싶지 않았다.

"그만 가."

척용이 다급하게 말했다.

"아냐, 싫어! 알았어. 어떻게 저주하는지는 말 안 해도 되니까, 이거라도 알려 줘……. 대체 어떻게 해야 인면역을 피할 수 있어?"

사련의 가슴이 덜컥 내려앉았다. 척용이 다시 캐물었다.

"표형은 알지? 왜 병사들이 감염되지 않는지 아는 거지? 표형, 대체 이유가 뭔지 알려 줘. 응?"

지금도 여러 궁인들이 이 근처에 모여 있으니 얼마나 많은 귀가 듣고 있을지 몰랐다. 사련은 소문이 새어 나가면 무슨 일이 벌어질지 두려워 입을 다물었다. 아니나 다를까, 누군가가 참지 못하고 고개를 들며 물었다.

"태자 전하! 그게 사실입니까?"

"어떻게 해야 인면역이 낫는지 정말 아십니까?"

"그럼 어째서 말씀하지 않으신 겁니까?"

그 사람들의 눈에서는 척용처럼 푸른 안광이 뿜어져 나오고 있었다. 사련은 입을 굳게 다물고 잇새로 몇 글자를 끄집어냈다.

"아니요! 저는 모릅니다!"

군중들은 잠시 술렁였으나 난동을 부리지는 않았다. 이때 풍신이 돌아왔다. 그는 멀리서 사련의 곁에 엎드린 척용을 발견하고 벌컥 소리쳤다.

"뭐야, 무슨 짓입니까!"

사련은 재빨리 풍신에게 외쳤다.

"풍신, 척용을 데리고 가!"

짧게 대답한 풍신이 이쪽으로 다가왔다. 그러나 척용은 사련을 단단히 부여잡고 간절하게 소리쳤다.

"표형, 표형은 영안인들을 전부 물리칠 거지? 전부 내쫓아 버릴 거지? 표형은 우릴 지켜 줄 거잖아. 틀림없이 그럴 거잖아! 그렇지?"

몇 달 전이었다면, 사련은 뜨거운 피를 끓이며 소리 높여 '내가 모두를 지킬 것이다!' 하고 대답했을 것이다. 하지만 이제는 그럴 용기가 나지 않았다. 사련은 흥분한 척용의 표정을 보며 조금 혼란스러웠다. 척용은 분명 나라와 백성을 걱정하는 사람이 아니었다. 아무리 조국의 운명이 위태로워도 우는소리만 할 사람이 왜 이렇게 흥분했을까? 문득, 그는 한 가지 사실을 기억해 냈다. 그러고 보니 척용의 아버지도 영안인이었던 것 같았다.

그가 대답이 없자 갑자기 척용의 목소리가 날카로워졌다.

"태자 표형! 정말 이대로 손 놓을 건 아니지? 남들이 우리를 이렇게 능욕하고 업신여기게 내버려 둘 거야? 정말, 정말 우리에게는 아무런 방법도 없다는 거야?"

척용이 쏘아붙이자 사련은 문득 처량한 기분이 들었다. 척용의 말이 틀리지 않았다는 걸 깨달은 탓이었다. 지금 이 상황에서는, 정말로…… 아무런 방법이 없었다!

풍신이 말했다.

"국주께 다시 금족령을 내려 달라 청하겠습니다."

척용은 풍신에게 끌려가면서도 계속 버둥거리며 고함쳤다.

"꼭 버텨야 돼. 표형은 절대로 쓰러질 수 없어!"

쓰러질 수 없다.

사련도 알고 있다. 그는 쓰러질 수 없었다. 근처의 백성들이 모두 철수한대도 이 천탑은 무너져선 안 됐다. 탑이 무너지면 황궁의 역사적 유물이 하루아침에 사라지는 동시에 신무대로의 근간, 나아가 수많은 백성들의 집까지 폐허가 되어 버린다. 게다가 이 탑에는 역대 선인들이 남긴 진귀한 보물과 백년 묵은 고문헌이 봉인되어 있다. 지금 당장 옮길 방법이 없으니 천탑이 무너지면 전부 사라져 버릴 것이다. 그 유물들이 수호하던 선락국 왕도의 기개도 완전히 끊길 터였다.

하지만 그의 법력은 영안의 물줄기처럼 나날이 고갈되고 있는 것 같았다. 이 거대한 금상을 지탱하려면 당분간은 이곳을 뜰 수가 없었다. 그는 하는 수 없이 성을 지키는 일은 풍신과 모정에게 맡기고 제자리를 지키며 차분하게 좌선했다. 이 거대한 금상은 원래 태창산 황극관을 수호하던 신상이었다. 사련이 이 금상을 불러들이자 절을 올릴 신상이 사라진 신도들은 이쪽으로 몰려들어 길거리에서 복을 기원했다. 이곳은 황궁이니 외부인이 들어와서는 안 됐다. 하지만 지진으로 황궁을 둘러싼 담이 무너져 버렸고, 현재 선락국 황성의 정세가 너무도 혼란해 통제할 일손이 부족했다. 게다가 백성들의 심기를 건드렸다간 폭동이 터질지도 모르는 노릇이라 그들을 들일 수밖에 없었다.

사련은 한 곳에 자리를 마련해 정좌했다. 국주와 황후가 날마다 그를 만나러 왔다. 그는 혼몽하게 여러 날을 지새우며 전력으로 천탑을 떠받치는 한편, 밖으로 나갈 수 있도록 충분히 힘을 모았다. 국주도 그 못지않게 지쳐 보였다. 머리카락이 온통 하얗게 세, 장년의 나이임에도 반백 살이 넘은 사람 같았다. 다시 만난 두 부자는 서로를 말없이 바라보았다. 그럼에도 이전보다는 훨씬 화목했다.

사련이 어릴 적부터 성장하는 모습을 지켜본 황후는 지금껏 사랑하는 아들의 빼어난 천인의 자태만을 보아 왔다. 그런 그가 이제는 바람과 햇볕을 맞으며 힘겹게 앉아 있었다. 도움의 손길마저 마다하는 모습에 가슴이 미어졌다. 그녀는 친히 뙤약볕 아래로 양산을 펼쳐 햇빛을 가려 주었다. 얼마나 지났을까. 사련은 어머니가 오래 서 있느라 지쳤으면 어쩌나 싶어 입을 뗐다.

"모후, 돌아가세요. 전 괜찮습니다. 여기 가까이 오지 마시고, 다른 사람들도 가까이 못 오도록 물리세요. 그러다 자칫……."

그는 자신이 무슨 일을 걱정하고 있는지 끝끝내 말을 아꼈다. 자리에 모여든 신도들을 등진 채 한참을 견디던 황후는 결국 눈물을 쏟았다.

"황아, 이게 무슨 고생이니. 왜…… 어찌 네가 이런 고생을 해!"

초췌한 빛을 감추기 위해 덧바른 분이 흐르는 눈물과 함께 씻겨 내려가자, 그녀가 이미 청춘을 떠나보낸 사람임이 더욱 여실해졌다. 안타까운 아들을 위해 흐느끼면서도 뒤쪽에 모여든 백성들이 알아챌까 봐 큰 소리로 울지도 못했다. 국주가 그녀의 어깨를 부축했다. 사련은 멍하게 그녀를 바라보았다.

사람이 고통을 겪을 때 제일 먼저 떠올리는 것은 자신을 가장 아껴 주던 사람이다. 사련에게 있어 그런 사람은 단연코 그의 어머니였다. 말해도 소용없는 일이겠지만, 날마다 칼에 베이고 또 베이며 고달픔을 견뎌 온 지금, 그는 정말로 열 살배기 아이로 돌아가 어머니의 품에 뛰어들어 목청껏 울고 싶었다.

그러나 지금까지의 모든 길은 그가 스스로 선택한 것이다. 부모님은 가뜩이나 곤란한 처지가 되었다. 이 많은 백성들이 아래에서 간절한 눈빛을 보내고 있다. 결코 약한 모습을 보여서는 안 된다. 그마저 버티지 못한다면 누가 버텨 내겠는가?

그래서 사련은 마음과는 다른 말을 꺼냈다.

"모후, 염려 마세요. 전 괜찮아요. 소자는 조금도 고생스럽지 않습니다."

괴로운지 괴롭지 않은지는, 오직 그의 마음만이 알고 있었다.

궁인들의 부축을 받은 국주와 황후는 걸음마다 뒤를 돌아보며 자리를 떴다. 사련은 다시 이글거리는 뙤약볕을 맞으며 혼곤하게 눈을 감았다. 얼마나 지났을까, 그는 눈을 떴다. 하늘가에 땅거미가 내리고 석양이 저물어 가고 있었다. 아래쪽에는 몇 명 남지 않은 신도들이 드문드문 보였다.

살짝 내린 시선 속으로, 멀지 않은 한쪽에 덩그러니 놓인 작은 꽃송이가 들어왔다.

언제부터 있었던 꽃인지는 확실히 알 수 없었다. 그는 손을 뻗어 그 꽃을 주워 들었다.

아주 작은 꽃이었다. 꽃잎은 새하얗고, 꽃받침은 푸르고, 줄기는 가냘팠다. 살며시 맺힌 이슬이 마치 눈물방울 같아 퍽 가여운 모습이었다. 초라하지만, 어디선가 맡아 본 것도 같은 희미하고 그윽한 향기가 가슴 깊은 곳을 적셨다.

그는 무의식중에 그 꽃을 꼭 쥐고 가슴 가까이로 가져가 댔다.

바로 이때, 갑작스러운 피비린내가 이 맑은 꽃향기를 뒤덮었다. 사련은 고개를 들었다. 꽃으로 가득찬 시야 사이로 한 사람이 울부짖으며 달려들었다.

"어째서! 어째서!"

놀란 사련은 그 사람을 향해 소매를 뿌리치면서 가까스로 정신을 차렸다.

"누구냐!"

그 사람은 사련이 휘두른 소매에 떠밀려 바닥에 나뒹굴었다. 사련은 금상을 지탱해야 했기에 자리에서 일어서거나 가까이 다가갈 엄두를 내지 못했지만, 이 사람이 누구인지 단번에 알아보았다. 이 사람은 다리가 하나뿐이었다. 바로 그에게 우산을 주었으며, 그가 직접 다리를 잘랐던 그 청년이었다!

그 청년은 온몸이 피투성이였다. 두 손바닥도 붉게 물들었다. 손발을 다 써서 여기까지 기어 오느라 바닥에 섬뜩한 핏자국이 남아 있었다. 청년은 간신히 몸을 일으켜 앉았다. 사련이 아연 실색하며 물었다.

"어, 어떻게 나왔습니까? 당신은 불유림에서 요양하고 있지 않았습니까?"

청년은 대답하는 대신 손발을 내디뎌 그를 향해 기어 왔다. 다리가 한 짝밖에 없어 꼴이 몹시 흉측했다. 사련이 말끝을 흐렸다.

"당신……!"

청년은 마지막 남은 오른쪽 다리의 바지 자락을 홱 걷어 올리며 외쳤다.

"어째서!"

자세히 들여다보니 그의 오른쪽 다리에 일그러진 인면이 들어차 있었다.

사련이 가장 걱정했던 일 중 하나가 벌어지고 말았다. 진작에 앉아 있지 않았더라면 자리에서 주저앉았을지도 모른다. 그 청년은 바닥을 손으로 내리치며 크게 울부짖었다.

"어째서 내 다리를 잘랐어! 결국 또 번졌잖아! 이제 다리도 없는데! 대체 왜지? 내 다리 돌려내! 내 다리 돌려내라고!"

우산을 받은 그날, 이 청년이 우산을 자신의 손에 쥐여 주면서 보인 미소가 눈에 선했다. 그러나 지금은 마치 실성한 사람 같았다. 너무도 처참한 대비에, 사련의 머릿속이 엉망으로 혼란해졌다. 그의 목소리가 떨려 왔다.

"제가……."

그는 한참 뒤에야 정신을 차리고 말했다.

"제가…… 제가 돕겠습니다!"

사련은 말을 마치자마자 법술을 펼쳐 청년의 다리에 오른 역독과 사기를 억눌렀다. 그런데 예상치 못하게, 사방에서 처량한 울음소리가 메아리치더니 사람 서넛이 더 달려들었다. 다들 통곡하며 연신 외쳤다.

"전하, 살려 주십시오!"

"전하, 살려 주세요!"

"전하, 제 얼굴 좀 보세요. 얼굴의 반을 잘라 냈는데도 낫지를 않습니다. 대체 왜죠? 도대체 뭘 어떻게 해야 다 나을 수 있겠습니까?"

"전하, 절 보세요. 제가 어떤 꼴이 됐는지 보시란 말입니다!"

피로 물든 참혹한 장면이 거듭 이어지며 눈앞을 가로막았다. 사련은 두 눈에 초점을 잃고 멍하니 넋을 놓았다. 두 손을 어디로 뿌리쳐야 할지도 모른 채, 그가 중얼거렸다.

"안 봐, 난 안 봐, 안 볼 거라고!"

불유림의 인면역 환자들은 한꺼번에 병세가 도지자 끝내 폭동을 일으켜 간호하던 병사와 의원들을 뚫고 전부 그를 찾아 뛰쳐나온 것이었다.

환자들이 밖으로 뛰쳐나온 이상, 서둘러 역독을 억누르지 못하면 인면역이 훨씬 빠르게 퍼져 나갈 터였다. 사련은 눈을 감고 어렵사리 힘을 옮겼다. 이 환자들의 역독을 누르고 병세를 잠시 늦출 작정이었다. 그런데 한쪽을 억누르자마자 한층 많은 사람들이 그에게로 몰려들었다.

"전하! 저도요! 저도 도와주세요!"

환자 십수 명에게 둘러싸인 사련은 금상이 위태롭게 흔들리는 것을 어렴풋이 느꼈다. 순간 불안함이 피어올랐다.

"기다려요, 잠깐 기다리세요! 저는⋯⋯."

누군가가 참다못해 버럭 소리쳤다.

"못 기다려! 더는 기다리고 싶지 않아! 내가 얼마나 오래 기다렸는데!"

"전하, 저 사람은 치료해 주셨으면서 왜 저는 치료해 주지 않으십니까?"

주변을 둘러싼 목소리가 서서히 변했다.

"저 사람은 병세가 전부 사라졌는데 왜 저는 얼마 낫지도 않은 겁니까? 당신은 신이잖아요? 뭐가 이리 불공평해! 공평하게 치료해 달라고!"

사련이 항변했다.

"아니에요, 제가 불공평한 게 아닙니다. 이건 제 문제가 아니라 여러분들의 병세가 달라서⋯⋯."

"아예 돕지를 말든지, 도우려면 끝까지 도와주든지, 이제 와서 다 내팽개치겠다는 건 또 뭔데? 당신 마음대로 하겠다?"

사련은 숨을 쉬기가 버거워졌다.

"내팽개치려는 게 아닙니다. 전 그저…… 잠시 시간이……."

"이 병을 어떻게 치료하는지 알지?"

사련이 입을 달싹였다.

"저는……."

"알면서 왜 한사코 말을 안 해?"

사련은 두 손으로 머리를 감싸 쥐었다.

"정말 모릅니다!"

"거짓말! 벌써 다 들었어, 당신은 분명히 알아! 누가 모를 줄 알고? 다 우리가 이렇게 계속 기도하게 만들려고, 우리의 공양을 갈취하려고 끝까지 말 안 하는 거잖아! 사기꾼, 당신은 사기꾼이야!"

"대체 치료법이 뭐야! 빨리 말해, 당장 말하라니까!"

사련의 얼굴이 창백해졌다. 두 눈은 텅 비었다. 무수한 손들이 그를 이리저리 떠밀었다. 어떤 손은 표독스럽게 그의 목을 조르고 있었다. 곧이어, 참으로 우스운 장면이 펼쳐졌다. 천신인 사련의 마음 깊은 곳에서 미약한 목소리가 울려 퍼진 것이다.

'……살려 줘—.'

어쩐지 누군가가 이 손길을 힘껏 떼어 놓는 기분이 들었으나 확실하지는 않았다. 한 가지 확실한 것은, 피딱지가 가득 앉은 얼굴들과 팔다리가 없는 사람들이 그를 갈기갈기 찢어 나눠 먹으려는 것만 같다는 점이었다. 그렇게 얼마나 흘렀을까. 멀리서 귀신이 흐느끼는 듯한 호각 소리가 들려왔다. 사람들은 울며

불며 사련을 잡아 뜯느라 이 소리를 무시했지만, 사련은 불현듯 몸을 흠칫 떨었다. 그는 알고 있었다. 이는 영안인의 승전을 알리는 호각 소리였다!

이제 더 이상 앉아 있을 수도, 버틸 수도 없었다. 몸이 기우뚱 기울면서 그는 앞으로 무릎을 꿇었다. 동시에 그가 힘겹게 며칠을 지탱해 온 거대한 신상도 그와 똑같이 움직여, 한순간 생명을 잃은 것처럼 굉음을 내며 무너져 내렸다.

거대한 굉음을 따라, 높고 육중한 천탑이 아래로 쏟아지며 금상과 함께 참혹하게 무너져 내렸다.

신상은 본디 부서지지 않는다. 그러나 사련은 신상이 천탑을 지탱하기를 바라며 과도한 법력을 그 몸뚱이에 쏟아부었고, 그 탓에 이 신상은 일찌감치 극도로 연약해져 있었다. 불유림에서 도망친 환자들은 각자 도망칠 자는 도망치고, 죽을 자는 죽고, 다칠 자는 다쳤다. 황궁과 거리의 인파는 경황없이 달아났다. 누군가는 천탑의 잔해를 피했고, 누군가는 끔찍하기 그지없는 인면역 환자들을 피했다. 사련은 두 손으로 머리를 감싸 쥔 채 비틀거리며 황성의 대문을 향해 내달렸다.

불이 붙은 성루에 검은 연기가 자욱했다. 다급히 망루에 오른 사련은 뿔뿔이 후퇴하는 무수한 병사들을 지나쳤다. 성루 위로 올라와도 속수무책이었다. 그는 시커먼 재와 언제 흘렀는지도 모를 눈물을 뒤집어쓴 채, 아래쪽을 하릴없이 내려다보았다. 흐릿한 시야 사이로 시신이 나뒹구는 들판이 펼쳐졌다. 그리고 흰 그림자 하나가 널따란 소매를 나부끼며 전장 한가운데에 서 있었다. 그 모습은 소년이 아닌 청년이었다. 그는 멀찍이 고개를 돌려 사련을 바라보고는, 홀연히 떠나가려는 듯이 가볍게 손을 흔들었다.

그 모습을 본 사련이 날카롭게 외쳤다.

"가지 마!"

앞서 두 번 만났던 그는 모두 가짜 가죽을 썼다. 하지만 사련은 직감할 수 있었다. 이번에는 틀림없는 본모습이다! 그는 한 치의 망설임도 없이 성벽을 뛰어넘어 성루 아래로 몸을 던졌다.

한평생 까마득히 높은 곳에서 수없이 뛰어내린 그였다. 매번 드높은 법력과 뛰어난 무예 실력으로 평온하게 땅에 내려앉을 수 있었다. 그때마다 자랑스럽고 흡족했다. 그 모습은 언제나 신화 속 천인이 등장하는 장면의 본보기 그 자체였다. 그러나 이번에는, 더 이상 신화가 아니었다.

땅에 발을 디딘 순간, 그는 중심을 잃고 한쪽으로 휘청거렸다. 극렬한 고통이 삽시간에 다리를 타고 온몸으로 퍼져 나갔다.

다리가 부러진 것이다.

다리가 부러진 것쯤은 사실 아무것도 아니다. 금방 나을 수 있다. 다만, 그날을 기점으로 사련은 다른 사람으로 변한 것 같

았다.

그는 혼이 빠져나간 것처럼, 예전의 그 위엄 넘치던 신력을 잃었다. 첫 패배 이후로 두 번째, 세 번째……. 그는 검을 들고 싶지 않았다. 출전하고 싶지도 않았다. 그러나 그를 대신해 전선을 지킬 사람이 없었기에 억지로 전장에 나서야 했다. 물론 전장에 나가서는 몸을 사리지 않고 최선을 다했다. 하지만 무슨 영문이었을까. 실제 나이로 따지면 갓 스물에 들어선 몸이었음에도, 검을 잡은 손은 다 죽어 가는 노인처럼 떨리고 있었다.

두려움에 휩싸여 벌벌 떨면서도, 도대체 어떤 사람과 어떤 존재가 그를 두렵게 하는지는 본인조차 설명하기 어려웠다. 나중에는 그를 한껏 존경하던 장병들도 서서히 인내심을 잃어 갔다.

사람들 사이에서 이런 말이 돌기 시작했음을 사련은 알고 있었다.

'이게 뭐가 무신이야? 누가 봐도 역신이잖아!'

그러나 그는 아무것도 반박할 수 없었다. 내가 정말로 역신이 된 건 아닐까, 사련 자신도 의심스러웠기 때문이다.

이것만으로 끝났다면 그나마 다행이었을지도 몰랐다. 선락국에게 있어 진정으로 치명적인 재앙, 인면역은 결국 완전히 통제 불능이 되었다.

5백, 1천, 2천, 3천……. 그 뒤로 사련은 오늘 또 얼마나 많은 사람이 전염되었냐고 차마 묻지 못했다.

그에게 최후통첩이라도 내리듯, 이날 천계는 드디어 대문을 열고 전갈을 보내왔다.

'태자 전하, 이제 상천정으로 돌아오십시오.'

이번에 돌아가면 무엇이 그를 기다리고 있을지 너무도 자명했다. 풍신과 모정도 드물게 조금 불안해졌다. 반면에 사련은 다른 것이 마음에 걸렸다. 그가 두 사람에게 말했다.

"떠나기 전에, 다시 가 보고 싶은 곳이 있어."

풍신이 물었다.

"어디를요?"

"황극관."

짧은 침묵이 흘렀다. 풍신이 다시 입을 열었다.

"가지 마십시오."

하지만 사련은 아랑곳하지 않고 걸음을 옮겼다.

"전하!"

풍신이 외쳤으나, 그를 말릴 수가 없자 마지못해 모정과 함께 뒤를 따랐다.

세 사람은 산 위로 향했다.

황극관. 여기는 사련의 첫 신전이 세워진 곳이자, 그의 첫 신상을 완성해 세운 곳이기도 하다. 그러나 국사의 명이 떨어지면서 3천 명의 제자는 뿔뿔이 하산한 지 오래였다. 지금의 황극관은 그저 텅 빈 도관에 불과했다.

산 중턱에 다다랐을 무렵, 사련은 아래를 바라보았다. 황성 도처에 점점이 무리 지은 환한 불꽃이 온 하늘의 별빛을 아름답게 물들였다. 그러나 풍신은 분노로 치를 떨었다.

"저 미친놈들이!"

사련은 그 불꽃을 물끄러미 바라보았다. 풍신이 거듭 소리쳤다.

"보지 마세요! 뭐 대단한 볼거리라고!"

그동안 풍신은 수도 없이 사련에게 호통을 쳐 왔다. '전하는 고생을 자처하고 싶으신 겁니까, 아니면 뭘 어쩌고 싶으신 겁니까?' 사실, 사련도 자신이 뭘 어쩌고 싶은 건지 잘 몰랐다. 다만 한 가지만큼은 잘 알았다. 사람들이 그의 궁관을 태우고 부순다면, 기어코 그 장면을 제 눈으로 봐야 직성이 풀린다는 것. 보면서도 말을 꺼내지 못하고 저지하지도 못한 채, 제자리에 서서 멍하니 바라만 볼 뿐이겠지만. 대단한 볼거리인가? 그도 알 수가 없었다.

이때, 태자봉에서도 불꽃이 타올랐다. 풍신은 경악을 금치 못했다.

"감히 황극관에까지 손을 대? 조상 무덤을 도둑맞은 것도 아니면서……."

말이 채 끝나기도 전에 그는 입을 다물었다. 지금 선락국의 수많은 백성들이 겪는 고통은, '조상 무덤을 도둑맞는다'는 식의 농담보다 더 심하다는 생각이 들었기 때문이다.

규모가 크지 않았던 불꽃은 조금 타오르다 금세 꺼졌다. 누군가 불을 끈 모양이었다. 풍신은 내심 놀랐다. 요즘 들어서는 불을 지르면 질렀지, 불을 끄려는 사람은 없었기 때문이다.

불을 놓고 사당을 부수는 극악무도한 무리를 말리거나 막아서면, '역신'인 사련 본인과 똑같이 취급받아 흠씬 얻어맞을 터였다. 이런 연유로 세 사람은 더 이상 인간들의 눈앞에 현신하지 못하고 모습을 감춘 채로 지내고 있었다.

세 사람이 산에 오르는 내내 요란한 싸움 소리가 울려 퍼졌다. 태자봉에 도착하자, 역시나 선락궁은 사람들의 손에 엉망으로 헐려 대전의 골조와 사면을 감싼 벽만이 남아 있었다. 거대한 신대에 놓인 신상은 진작에 사라지고 없었다. 거기에다 사람들이 황폐한 대전 문어귀에서 정신없이 뒤엉켜 싸우고 있었다. 그들은 맞붙어 싸우면서 큰소리로 위협해 댔다.

"이 개잡놈! 망할 자식! 여기서 빌어먹을 네놈 마누라랑 첫날밤이라도 보냈냐? 아님 이 쓰레기 같은 도관이 네 좆이라도 되냐!"

얼핏 봐도 이 사람들은 분노로 그의 사당을 부수러 온 것이 아님을 알 수 있었다. 그저 세간에 불만이 많은 유랑민이거나, 불이 난 틈에 강도짓을 하려는 자들이거나, 단순히 재미로 사당을 태우러 온 사람들일 터였다. 바로 이때, 폭풍 같은 난투극 속에서 한 소년의 악에 받친 목소리가 밤하늘을 갈랐다.

"꺼져!"

가만히 들어 보니 이 소년은 혼자서 그 사람들과 몸싸움을 벌이고 있었다. 심지어는 열댓 살 남짓 되어 보이는 어리숙한 아이였는데도 전혀 약한 모습을 보이지 않았고, 열세에 몰리지도 않았다. 하지만 혼자서 여럿을 상대한 탓에 온 얼굴이 피투성이였다. 불그죽죽한 멍과 상처 때문에 원래의 얼굴이 잘 보이지 않았다. 풍신이 말했다.

"저 녀석, 나중에 크면 틀림없는 대장부가 되겠는데요!"

이때 한 사내가 교활하게 눈을 빛내더니 바닥에서 큰 돌을 집어 소년의 뒤통수를 향해 내리쳤다. 이를 본 사련은 손을 한번 흔들었다. 튕겨 나온 돌덩이에 얼굴을 찧은 사내는 고함을 내지르며 코피를 쏟았다. 순간 움찔한 소년은 뒤로 돌아 주먹을 쳐들고 다시 한번 그 사내를 가차 없이 두드려 팼다. 어른들마저 겁에 질려 도망칠 정도로 살벌한 기세였다. 그들은 도망치는 와중에도 소년을 삿대질하며 큰소리를 쳤다.

"제기랄! 기다리고 있어라! 이 몸이 사람들을 데려와서 널 손봐 줄 테니까!"

소년이 냉소하며 대꾸했다.

"겁도 없이 찾아왔다가는 네 목이 날아갈 줄 알아!"

그 말에 사람들은 지레 겁을 먹고 서둘러 꽁무니를 뺐다. 사람들을 쫓아낸 소년은 이미 꺼진 불더미에 달려들더니 힘껏 발을 굴러 불티 하나하나를 확실하게 밟아 껐다. 그러고 나서야 대전으로 들어가 바닥에서 종이 한 장을 주워 들었다. 소년은 조심스러운 손길로 종이를 반듯하게 펴서 신대 위에 걸었다. 그러곤 신대에 등을 대고 주저앉아 멍하니 넋을 놓았다.

앞으로 다가간 사련은 가볍게 신대를 스치고 올라섰다. 이 소년이 걸어 놓은 것은 그림이었다. 엉성한 붓놀림을 보니 그림을 배운 적 없는 사람의 솜씨가 분명했다. 그러나 성실하고 진중한 선으로 그려 낸 것은, 바로 어엿한 한 폭의 태자열신도였다. 사련이 소환했던 신상을 대신해 놓아둔 듯싶었다. 풍신이 감탄했다.

"아주 잘 그렸네요!"

정말 오랜만에 사련의 편에 선 사람을 만났다. 풍신은 방금 소년의 싸움을 거들어 주고 싶었을 정도로 감격했던 터라 이 소년을 좋게 볼 수밖에 없었다. 반면 모정은 눈을 내리깐 채 눈빛을 번득였다. 무언가 떠오른 듯한 모습이었지만 달리 말은 없었다. 사련은 손을 들고 그림을 가만히 어루만졌다.

산들바람이 스쳐 지나가는 듯 어렴풋한 손길이었다. 그런데 소년이 갑자기 두 무릎에 파묻은 머리를 홱 들어 올렸다. 상처투성이 얼굴이 순식간에 밝아지는 것 같았다.

"전하세요?"

풍신은 깜짝 놀랐다.

"이 녀석, 뭐 이리 눈치가 빨라?"

모정이 말을 더했다.

"가시죠."

고개를 끄덕인 사련이 뒤로 돌아서려는 찰나였다. 소년이 신대 가장자리로 달려들더니 조금 거칠어진 숨을 몰아쉬며 외쳤다.

"전하이신 거 알아요! 가지 마세요, 전하께 드릴 말씀이 있어요!"

이 말에 세 사람은 나란히 멍해졌다. 소년은 잔뜩 긴장한 것처럼 주먹을 그러쥐며 말했다.

"전하의 궁관은 불타 버렸지만, 그래도…… 슬퍼하지 마세요. 제가 앞으로 전하께 더 크고, 더 화려하고, 누구도 넘볼 수 없는 궁관을 훨씬 많이 만들어 드릴게요. 아무도 전하와 비길 수 없도록요. 꼭 그렇게 해 드릴게요!"

"……."

세 사람은 침묵에 빠졌다.

남루한 옷차림에 먼지투성이 얼굴. 흠씬 얻어맞은 꼬락서니가 참으로 형편없었다. 그런데도 이리 당당하게 호언장담을 하다니, 무어라 형언할 수 없는 기분이 들어 울지도 웃지도 못할 노릇이었다. 자신의 목소리가 제대로 들리지 않을까 걱정이라도 되는지, 소년은 두 손을 모아 입가에 대고 신대 위의 그림을 향해 목청껏 외쳤다.

"전하! 들리세요? 전하는 제 마음속 신이에요! 전하는 유일한 신이고, 진정한 신이에요! 듣고 계세요?"

목이 쉬도록 외치는 소리가 온 태창산에 메아리칠 정도였다.

─전하, 듣고 계세요?

사련은 느닷없이 하핫, 웃음을 터트렸다. 갑작스러운 웃음소리에 풍신과 모정이 화들짝 놀랐다. 사련은 웃으며 고개를 가로저었다. 물론 그 소년에게는 들리지 않았지만, 소년은 무언가를 느낀 듯 눈을 반짝이며 주변을 두리번거렸다. 문득, 얼음처럼 차가운 물방울 하나가 뺨 위로 떨어졌다. 소년은 두 눈을 크게 떴다. 찰나에 눈동자 위로 새하얀 그림자가 비쳤다. 다시 눈을 깜빡인 순간, 그 그림자는 자취를 감추었다.

사련이 한순간 모습을 드러내자 풍신이 입을 열었다.

"전하, 방금⋯⋯."

사련은 망연하게 말했다.

"방금? 아, 내 법력도 이제 못 쓰겠네. 방금은 잠깐 조절이 안 됐어."

눈을 깜박이는 사이에 사라진 그림자를 어떻게든 붙잡아 보려는 듯, 소년은 몸을 곧게 세우고 눈을 비볐다. 사련은 눈을 내리감았다. 짧은 침묵 끝에 그가 목소리를 냈다.

"잊어버리렴."

겨우 얻은 대답이란 게 고작 이 한마디였다. 눈을 환하게 빛내며 입가를 끌어 올린 소년은 금세 얼이 빠졌다. 입가의 호선도 서서히 아래로 늘어졌다.

"⋯⋯네? 뭘 잊어요?"

사련은 한숨을 짓고 온화한 목소리로 말했다.

"잊어버려."

소년은 멍하니 말이 없었다. 사련은 다시 혼잣말처럼 중얼거렸다.

"이제 됐다. 어차피 곧 있으면 아무도 기억 못 할 테니까."

그 한마디에 소년이 눈을 크게 떴다. 갑작스레 솟은 눈물이 뺨에 창백한 선을 그리며 조용히 흘러내렸다. 소년의 목울대가 꿈틀거렸다.

"저는……."

풍신은 더는 못 참겠다는 듯 입을 열었다.

"전하, 그만 말씀하세요. 또 금기를 어기셨습니다."

"응, 이제 안 해. 하지만 금기라면 벌써 많이 어겼는걸. 고작 몇 마디 정도야, 뭐."

지금 이 말은 소년에게 들리지 않았다. 세 사람은 신대에서 내려가 산산이 부서진 대전 바깥으로 걸어갔다. 밤바람이 끼쳐 왔다. 사련은 고개를 저었다.

그는 지금도 신관이다. 이치대로라면 신관은 '추위'를 느낄 수 없다. 그러나 지금, 그는 뼈를 파고드는 한기를 절절히 느꼈다.

그때였다. 등 뒤로 내치고 온 그 소년이 대전 안에서 불쑥 중얼거렸다.

"아니요."

분명 사련과 풍신, 모정이 보이지 않을 텐데도 소년은 정확한 방향을 찾아 뛰쳐나왔다. 그러고는 그들의 등을 향해 외쳤다.

"그러지 않을 거예요!"

세 사람은 뒤를 돌아보았다. 새카만 밤빛 속, 심금을 울리도록 드밝은 눈동자가 보였다. 상처투성이 얼굴은 분노한 것 같기도, 슬퍼하는 것 같기도 했다. 어쩌면 기뻐하는 것 같기도, 실성한 것 같기도 했다.

세차게 솟는 눈물과 함께 소년이 외쳤다.

"전 잊지 않을 거예요. 전 영원히 잊지 않을 거예요!"

42장 달밤의 중추연과 등불 구경

—카앙!

불꽃이 사방으로 튀어 올랐다.

검날이 돌바닥 사이로 깊숙이 파고들었다. 사련은 양손으로 검을 붙들고 이마를 칼자루에 바짝 붙였다. 악다문 이가 곧 부스러질 것만 같았다.

"폐물!"

척용이 시원하게 웃으며 운을 뗐다.

"이런 폐물! 역시 날 못 죽일 줄 알았다니까! 내가 아무리 널 모욕하고 죽도록 들볶아도, 다른 사람을 인질로 삼으면 날 건드리지도 못하지. 쓸모없는 겁쟁이 같으니. 이딴 식으로 신 노릇할 거면 뭐 하러 사냐!"

그러나 사련은 이미 냉정을 되찾은 뒤였다. 그는 고개를 들었다. 두 눈이 살을 에듯 서늘했다.

"기뻐하긴 일러. 내가 널 건드릴 순 없어도 누군가는 할 수 있겠지."

척용이 코웃음을 치며 말했다.

"또 군오의 허벅지에 매달려서 도와 달라고 빌어 보게? 꿈 깨시지. 그때 그놈이 널 거들떠나 봤나? 응? 아직도 염치없이 놈과 어울리다니, 이렇게 멍청할 수가 있나."

사련은 척용이 걸친 장중하고 화려한 열신복을 벗긴 뒤, 악야를 불러내 척용을 묶어 한쪽으로 내던졌다.

"적당히 지껄이고 입 다무는 게 좋을 텐데."

"난 네가 무섭지도 않은데 뭘 믿고 날 위협해?"

"그럼 화성은 무섭나?"

척용의 웃음기가 대번에 굳어졌다. 그 순간 사련이 작은 목소리로 말했다.

"미리 말해 두겠는데, 난 언제든 기분이 나빠지면 너를 화성에게 넘기고 조금 손봐 달라고 부탁할 거야. 그러니까 조심해. 알아들었어?"

이 말을 들은 척용은 전혀 웃음이 나오지 않았다. 그가 솜털을 곤두세우며 외쳤다.

"제기랄, 정말 악랄하네! 무슨 그딴 생각을 하냐! 차라리 낭천추한테 넘기든지!"

사련은 무릎을 꿇고 바닥과 관 아래에 쏟아진 거친 알갱이를 손으로 하나하나 줍기 시작했다. 사실 그는 당분간 척용을 상천정에 넘기지 않을 생각이었다. 낭천추가 그 이유다. 만약 상천정에 넘겨서 낭천추가 척용의 행방을 알게 된다면, 당장이라도 검을 뽑아 그를 죽이려고 달려들 터였다. 죽이게 둬야 할까, 말아야 할까? 골치 아픈 문제였다. 만약 죽인다면 그다음은 어떡하지? 역시나 골치 아픈 문제였다. 그러니 지금은 상천정에 넘길 수 없었다.

그러고 보면 화성에게 도움을 청하는 건 확실히 괜찮은 선택일지도 몰랐다. 하지만 그는 화성을 가지고 척용에게 겁을 주었을 뿐이었다. 화성에게라면 벌써 여러 차례 폐를 끼치지 않았던가. 무슨 일이 생길 때마다 화성을 먼저 떠올리자니 어쩐지 선을 넘는 것 같았다. 지금 그의 이름을 들먹이며 척용을 위협한 것만으로도 사련은 조금 민망스러웠다.

척용은 고개를 돌리고 한쪽에 피 섞인 침을 뱉었다. 아이가 애처롭게 손을 내밀어 그의 이마를 어루만졌다.

"아빠, 괜찮아? 맞은 데 많이 아파?"

척용은 이런 부자 놀이가 꽤 즐거운 것인지, 괴상야릇한 투로 대답했다.

"우리 착한 아들~ 아빠는 괜찮단다~. 하하하."

사련은 눈시울을 붉히며 그러모은 가루를 열신복 안으로 조심스레 집어넣었다. 그 아이는 슬그머니 기어 오더니 가루를 줍는 것을 도왔다. 고사리손을 발견한 사련이 고개를 들고 시선을 던지자, 아이가 기어드는 목소리로 말했다.

"형, 우리 아빠 때리지 말고 우리 풀어 주면 안 돼? 두 번 다시 형의 집 물건을 훔치지 않을게."

사련은 시큰거리는 가슴을 애써 억누르며 말했다.

"꼬마야, 이름이 뭐니?"

아이가 대답했다.

"곡자."

사련은 유골을 깨끗하게 거두어 옷으로 감싼 다음, 다시 관에 넣고 뚜껑을 닫았다. 그러고 나서야 천천히 말을 이었다.

"곡자야, 저기 있는 사람은 네 아버지가 아니라 다른 사람이야. 네 아버지는 귀신에 씌었어. 지금은 나쁜 사람이란다."

아이는 그의 말을 이해하지 못하고 아리송해하며 물었다.

"다른 사람? 아닌데. 내가 아는걸. 저 사람 우리 아빠 맞아."

"좋아, 좋아, 수지맞는 장사야. 헐값에 아들놈 하나를 주웠네! 하하하…… 악!"

사련은 헛소리를 늘어놓는 그를 냅다 걷어찼다.

어린 나이에 부친과 둘이서만 살아온 곡자는 척용이 빙의한 이 몸을 무척이나 의지해 도통 떨어질 생각을 하지 않았다. 그렇다고 당장 아이를 맡길 만한 곳도 없었다. 사련은 하는 수 없이 방심검을 메고 두 개의 관에 세 번 절을 올린 뒤, 왼손으로는 척용을 끌고 오른손으로는 곡자를 안은 채 태창산을 빠져나와 보제 마을로 달려갔다.

여러 날 만에 돌아온 곳이었다. 깊은 밤, 보제관의 문은 활짝 열려 있었다. 향연이 물씬 피어올랐다. 신대 위 향로에 한 아름 꽂힌 향이 보였다. 제상 위에도 공물이 조금 쌓여 있었다. 사련은 안으로 들어서서 주변을 한번 둘러보고는, 제상 위에서 두툼한 만두 두 개를 낚아채 하나는 곡자에게 주고 다른 하나는 척용의 입에 거칠게 욱여넣었다. 어쨌든 살아 있는 사람의 몸뚱이다. 적어도 척용을 끌어낼 방법을 알아내기 전까지는 잘 먹여야 했다. 척용은 만두를 퉤퉤 뱉으며 맛이 없다고 욕을 퍼붓더니 조금 불안한 눈치로 입을 열었다.

"야! 진짜로 날 화성에게 넘기려는 건 아니지?"

사련은 냉소하며 대답했다.

"그렇게 무서워?"

그는 척용의 헛소리를 무시하고 돌아서서 바닥에 무더기로 쌓인 채소절임 단지를 뒤적거렸다. 척용이 다시 나불거렸다.

"내가 무서울 게 뭐 있어? 무서워해야 할 건 너지. 신관씩이나 되는 놈이 '절'이랑 붙어먹다니. 너는…….."

말을 이어 가던 척용의 시선이 문득 한 곳에 붙박였다. 사련이 허리를 숙이면서 앞가슴 옷섶에서 무언가가 미끄러져 나왔기 때문이다.

그건 맑고 투명한 반지였다. 척용의 시선은 바로 그 반지에 붙박여 있었다.

사련은 그 시선을 알아채지 못했다. 척용은 그의 뒤편에서 의심스러운 표정을 지었다. 이윽고 그가 입을 열었다.

"태자 표형, 가슴에 있는 그건 뭐야?"

사련은 애초에 그를 상대해 줄 생각이 없었다. 하지만 공교롭게도 척용이 말한 이 반지는 그가 다소 마음에 두고 있던 물건이었다. 뒤돌아선 사련은 가느다란 은빛 사슬을 손가락에 걸어 올리며 물었다.

"이거? 이게 뭔지 알아?"

"가져와 봐. 보여 주면 알 거 같아."

그러자 사련이 대꾸했다.

"알면 말해. 말 안 할 거면 입 다물고."

척용은 분통을 터트렸다.

"넌 늘 자기랑 친한 사람들한테만 모질게 굴더라? 그렇게 잘 났으면 남들한테나 우쭐거릴 것이지."

사련은 은사슬을 다시 품에 숨기고 살갗에 잘 닿도록 매만졌다.

"자신 있으면 계속 지껄여 봐. 한마디 할 때마다 점수를 매겨 줄게. 점수가 올라갈수록 화성의 칼에 한 발자국 더 가까워지는 거야."

어느새 그는 아주 능숙하게 화성을 들먹이고 있었다. 척용이 픽 냉소했다.

"그놈으로 날 위협하지 마. 어느 날 그 칼에 죽는 게 네가 될지도 모른다고! 그 반지가 뭔지 궁금해? 사대해 중 하나인 이 몸이 알려 주지. 그건 저주받은 무기이자 불길한 물건이다! 후

딱 내버리지는 못할망정 함부로 몸에 지니고 다니다니. 요절하고 싶다는 거야, 뭐야?"

그 말에 사련이 자리를 박차고 일어나며 물었다.

"정말이야?"

"그걸 말이라고! 그걸 준 놈이 사람이든 귀신이든 절대 좋은 뜻으로 준 건 아니야."

사련은 다시 쪼그리고 앉았다.

"오."

"뭐가 '오'야?"

사련은 뒤도 돌아보지 않고 싸늘하게 말했다.

"네 말에 신빙성이 없단 뜻이지. 난 이걸 준 사람을 믿는 쪽을 택할래. 이건 계속 몸에 차고 다녀야겠다."

사련은 다른 사람에게 늘 온화하지만 척용에게는 유달리 냉혹했다. 분통이 터진 척용이 욕을 퍼붓거나 말거나, 사련은 아무것도 들리지 않는 척 무시했다. 아무리 뒤져도 반월을 담은 단지가 나오지 않자 그는 속으로 생각했다.

'혹시 풍사 대인이 오셔서 반월을 데려갔나?'

그런데 문득, 척용의 욕지거리를 듣고 있는 와중에 이상한 기분이 들었다.

정말 이상했다. 분명 화성을 까무러치도록 겁내는 주제에 왜 자꾸 지껄이면서 도발하는 걸까. 마치…… 마치 자신의 주의를 끌려고 기를 쓰는 것처럼!

여기까지 생각한 사련은 불시에 척용을 흘겨보았다. 역시나 그는 수상쩍게 눈을 번뜩이고 있었다. 막연한 직감이 사련의 시선을 위로 끌어당겼다. 고개를 들어 보니, 그다지 높지 않은 대들보 위에 검은 옷을 입은 사람이 천장에 등을 바짝 붙이고 거대한 박쥐처럼 숨어 있었다.

사련은 손을 꺾어 방심검을 위로 날렸다. 대들보에 붙어 있던 그 사람은 검을 피하느라 몸을 돌리는 바람에 순식간에 아래로 떨어졌다.

곡자가 겁을 확 집어먹고 만두를 떨어트리면서 와악, 소리쳤다. 덩달아 고함을 지르려던 척용은 약야가 입을 틀어막고 구석으로 끌고 가 포박했다. 사련은 처음에 이 사람이 척용이 심어 놓은 수하인 줄 알았다. 하지만 빠르게 몇 수를 겨뤄 보니 신속하고 거센 몸놀림이 어쩐지 친숙했다. 단언컨대 척용의 형편없는 능력으로는 이렇게 뛰어난 부하를 거느릴 수 없었다. 한편 그 사람은 다른 손으로 무언가를 끌어안고 있었다. 자세히 보니 까만 단지였다. 그건 바로 반월이 담겨 있는 그 단지였다!

풍사가 반월을 데려간 게 아니었다니? 사련은 순간 이 사람이 누구인지 눈치채고 불쑥 외쳤다.

"소배!"

알고 보니 배숙은 반월을 훔치러 왔다가 우연히 되돌아온 사련을 맞닥뜨리고 말았다. 마지못해 이 대들보에 몸을 숨겼는데, 약야에 묶여 바닥에 누워 있던 척용이 위에 숨어 있는 배숙을 발견했다. 그는 이 사람이 누구인지는 몰라도 사련에게 불리한 인물이라면 자신에게는 유리할 것이라 생각했다. 그래서 위쪽에 사람이 숨어 있다는 사실을 사련이 눈치챌세라 일부러 방해 공작을 펼쳤다. 그럼에도 사련에게 들킬 줄은 짐작도 하지 못했으리라. 사련은 두 개의 주가가 채워졌고 배숙은 유배를 당했으니 두 사람 모두 법력이 없었다. 그렇다면 맨손으로 맞설 수밖에 없다. 하지만 팔백 년 동안 맨몸으로 아득바득 분투해 온 사련을 배숙이 무슨 수로 감당하겠는가. 열 번 남짓 수를 겨룬 끝에 사련은 금세 그를 제압했다.

"단지를 돌려줘요!"

입에서 나오는 대로 내뱉은 소리였는데 뜻밖에도 배숙은 정말로 채소절임 단지를 던져 주었다. 돌려 달란다고 정말 돌려주다니, 이 소배 장군이란 사람도 참 시원시원하네. 보통은 불굴의 정신으로 오랫동안 엎치락뒤치락하지 않나. 당황한 사련은 속으로 그리 생각했다. 그러나 배숙은 단지를 던져 주며 나직한 목소리로 외쳤다.

"빨리 가십시오!"

초조한 기색이 역력한 말투였다. 사련이 손을 뻗어 허공에 머물러 있는 단지를 받으려는 순간이었다. 단지가 갑작스레 궤도를 벗어나 창밖으로 날아갔다. 다음 순간, 한 남자의 목소리가 멀찍이서 들려왔다.

"참으로 실망이 크구나."

배숙의 안색이 변했다.

"……장군!"

사련과 그는 보제관을 뛰쳐나갔다. 예상대로, 멀리 떨어진 집 지붕에 배명이 서 있었다. 훤칠한 체격의 그는 갑옷을 입지 않은 평상복 차림이었다. 흡사 떠오르는 아침 해처럼 비범하고 청아한 모습이었다. 그 단지는 배명의 곁으로 유유히 날아가 제자리에 가만히 떠 있었다. 그는 허리에 찬 패검을 짚고 아래쪽의 배숙을 향해 말했다.

"사내대장부는 정세를 중시하고 대업을 우선해야 하거늘, 큰일을 짊어질 사람이 지금 이게 무슨 짓이냐? 여자아이 하나를 위해 이리 설쳐? 네가 아직도 철부지 애송이인 줄 아는 게냐?"

배숙은 머리를 숙인 채 말이 없었다. 배명이 거듭 말했다.

"이백 년 만에 이 자리에 오르는 게 쉬운 줄 아느냐? 내가 길까지 다 깔아 주었거늘. 내려가는 건 쉬워도 올라오는 건 쉽지 않아!"

'높은 곳에 서면 추위를 견디기 어렵다'는 말이 있다. 그러나 속세에 내려온 천신은 보통 높은 곳을 골라 서곤 한다. 높을수록 아래의 중생들을 내려다보기가 편하기 때문이다. 사련도 옛날에는 이런 못된 버릇이 있었다. 물론 한번 나가떨어진 뒤로는 버릇이 단단히 고쳐져, 이제 높은 곳에만 서면 다리가 욱신거렸다. 이곳 보제 마을에서 가장 높은 건물은 촌장님 댁이다. 그 집은 소박하고 작은 기와집이니, 배 장군은 여지없이 자존심을 굽히고 그곳에 선 셈이었다.

그러나 지금 중요한 건 이게 아니었다. 중요한 것은 사련이 지금 이 상황을 한눈에 파악했다는 점이다. 지난번 배명은 반월에게 배숙의 죄를 뒤집어씌우고 사건을 무마할 작정이었다. 비록 군오 때문에 겉으로는 포기한 듯 보였으나 실상은 전혀 아니었다. 이번에 류금연 사건이 들추어지면서 사련은 궁지에 몰리고 평판도 크게 떨어졌다. 아마 배 장군은 바로 지금이 그 일을 재조명할 적기라고 생각한 모양이었다. 그래서 기존의 판결을 뒤집기 위해 배숙과 반월을 다시 상천정으로 데려가려는 것이다. 진정한 칠전팔기의 정신이었다. 하지만 배숙은 그다지 의욕적이지 않아 보였다. 그는 한숨을 내쉬며 말했다.

"장군, 이 일은 그냥…… 그만두십시오."

"네놈……!"

배명은 공든 탑이 무너지자 말문이 턱 막혔다. 사련이 앞에 있는데도 불구하고 이렇게 배숙을 꾸짖을 정도로 분노가 치밀었다. 잠시 뒤, 그가 불쑥 말했다.

"어떤 대단한 여인이 내 지극한 보살핌을 허사로 만들었는지 봐야겠다."

말을 마친 그가 단지를 깨뜨리려는 듯 손을 뻗었다. 원래라면 이렇게 단지를 연다고 문제될 것은 없었다. 다만 지금은 반월의 부상이 나았는지가 관건이었다. 만약 회복되지 않은 상태에서 단지가 깨져 버리면 큰일이었다. 사련은 안색을 굳히며 몸을 날렸다.

"깨면 안 됩니다!"

그런데 예상 밖의 일이 일어났다. 배명의 손이 닿기도 전에 단지가 펑, 하는 굉음과 함께 저절로 폭발했다.

그 순간, 사람의 정신을 무너뜨리는 절임 냄새가 온 하늘을 뒤덮었다.

단지 바로 코앞에 있던 배명은 불행히도 온몸에 채소절임을 뒤집어썼다. 비처럼 쏟아지는 짭짤한 공기와 채소 조각 속에서 그는 멍하니 넋을 놓았다. 곧이어 낭랑한 여인의 목소리가 허공에 울려 퍼졌다.

"배 장군은 참으로 공명정대하십니다!"

흰옷을 입은 사람이 자그마한 단지 안에서 튀어나왔다. 처음에는 주먹에 가까운 크기였으나, 공중제비를 넘을수록 몸집이 커졌다. 가만히 지켜보던 사련이 외쳤다.

"풍사 대인!"

채소절임 단지에 숨어 있던 것은 뜻밖에도 반월이 아니라 사청현이었다. 단지 안에 숨어 있다가 불시에 단지를 터뜨려 배명의 온몸에 채소절임을 들이부은 것이다. 그러면서도 본인은 여전히 흰 옷자락을 휘날리며 티끌 하나 묻히지 않은 모습으로 유유자적 땅에 내려앉아 불진을 획, 휘둘렀다.

"다행이네요. 제가 한발 먼저 그 낭자를 다른 분에게 보냈기에 망정이지, 하마터면 배 장군의 손에 붙잡힐 뻔했어요."

시종일관 풍류를 자랑하는 배명은 무슨 일을 하든 반드시 품위를 지켰다. 하지만 지금은 채소절임 냄새를 뒤집어썼으니, 설령 사청현이 여인의 모습을 하고 있어도 그 우아한 풍격을 구길 수밖에 없었다.

"청현, 꼭 이리 나와 맞서야겠느냐?"

다른 사람이었으면 진작에 호되게 쥐어패고도 남았으리라. 하지만 사청현의 형이 어떤 인물이던가. 애석하지만 배명은 채소절임을 깨끗하게 정리하고 머리를 매만지며 이를 갈 수밖에 없었다. 그가 고개를 절레절레 내저었다.

"……너 말이다, 그 여자애를 어디로 보냈는지 내게 비밀로 하는 편이 좋을 거다. 그렇지 않으면 내 필시 그곳을 친히 방문할 터이니."

그 말인즉, 반월을 받아 준 사람은 자신과 맞선 것이니 기필코 찾아가 소동을 벌이겠다는 뜻이었다. 하지만 사청현은 손뼉을 마주치며 말했다.

"뭘 그렇게까지야. 어디로 보냈는지 말해도 상관없어요. 감히 찾아가실 수 있을지 모르겠지만요. 잘 들으세요. 그 아가씨는 지금 우룡산(雨龍山)에 있는 우사 지반, 우사 대인의 아래에 있습니다! 찾아갈 수 있겠어요?"

아까 그리 자신만만하던 모습은 어디로 갔는지, 배명의 낯빛이 살짝 변했다. 그가 갑자기 표정을 굳히더니 무게를 잡고 풍사에게 말했다.

"청현, 너는 아직 어리다. 그래서 매사에 불의를 참지 못하는 게지. 훗날 나이가 들어서 지금 네 모습을 돌이켜 볼 때 후회하지 않길 바란다!"

말을 마친 그는 지붕에서 뛰어내려 홀연히 자취를 감추었다. 이렇게 서둘러 가 버리다니. 사련은 조금 놀랐다. 배명의 말에 뼈가 있다고 생각한 그가 사청현에게 물었다.

"풍사 대인, 배 장군의 마지막 말씀은……?"

하지만 사청현은 전혀 개의치 않았다.

"괜히 큰소리치는 것뿐이에요."

배숙은 사라지는 배명의 뒷모습을 한동안 지켜보고 난 뒤에야 두 사람에게 다가와 예를 올렸다.

"풍사 대인, 태자 전하."

사청현이 그의 어깨를 두드리며 말했다.

"소배야. 어째 너희 장군을 막으러 올 줄도 알고, 덕을 쌓았구나. 하계에서 잘 개과천선하고 있으면 내 기회를 봐서 상천정에 좋게 말해 줄 터이니 걱정 말아라!"

배숙이 짧은 침묵 끝에 대답했다.

"감사합니다, 대인. 하지만 예전부터 생각했는데, 아무래도 대인께서 조금 오해를 하시는 것 같습니다. 사실 배 장군께선 평소에는 이렇지 않으십니다. 예전 일 때문에 저를 지나치게 염려하고 계실 뿐입니다. 그리고 대인께서도 아시다시피, 우사 대인은……."

하지만 결국에는 자신이 쓸데없는 말을 했다고 생각했는지, 고개를 가로젓고는 두 손을 들어 공수했다.

"그럼 이만 물러가겠습니다."

두 사람은 떠나가는 뒷모습을 눈으로 배웅했다. 사련이 다시 입을 열었다.

"풍사 대인. 아까 말씀하신 우사 대인이, 혹시 우사황인가요?"

사청현이 빙글 돌아섰다.

"맞아요. 우사는 몇백 년 동안이나 바뀌지 않았죠. 왜요, 아는 사이? 옛 지인?"

사련은 고개를 젓고 부드러운 목소리로 대답했다.

"만나 뵐 수 있는 행운은 없었지만, 우사 대인께 은혜를 입은 적이 있거든요. 정말 감사한 분이에요."

사청현이 웃으며 말했다.

"그럼요. 우사 대인을 아는 사람은 드물어도, 아는 사람들은 우사 대인을 나쁘게 말하는 법이 없죠. 아, 배명은 제외."

"그 두 분 사이에 무슨 원한이라도 있나요?"

"원한이야 당연히 있죠. 상천정에서 오랜 세월 굴러먹은 사람이라면 원한이나 결탁이 조금은 있기 마련이니까요. 말씀드리자면, 우사 대인은 배명의 마음에 드리운 어두운 그림자라고나 할까요."

사련이 되뇌었다.

"……그림자?"

그가 상상한 우사 대인의 전반적인 분위기는 차라리 농사꾼에 가까웠다. 사청현이 말을 이었다.

"전하도 아시다시피 배명은 후손이 엄청 많잖아요. 사방 곳곳이 자손들이죠. 소배가 올라오기 전까지는 명광전을 보조하는 다른 부신(副神)이 있었는데, 그도 배명의 지명을 받아 등선한 후손이었어요."

사련은 신기해졌다.

"배 장군의 후손들은 참 인재가 많네요."

누가 뭐래도 '집안 내력'만으로 등선의 쾌거를 이룰 수는 없는 법이다. 그런데 사청현이 부채를 펼치며 말했다.

"인재라면 나름 인재였지만, 배명과 마찬가지로 실력도 대단하고 흠도 대단한 인물이었어요. 그 부신은 늘 남의 지반에서 사고를 치곤 했는데 배명의 권세를 등에 업었으니 다들 입도 벙긋하지 못했어요. 그러다 결국엔 우사국 옛터에서도 일을 저질렀죠."

사청현이 말을 이었다.

"평소 우사 대인은 거의 밖에 나오지 않고 깊은 산중에서 농사만 지어서 '깊은 산속 늙은 농부 우사황'이라는 별명도 있었어요. 그런데 그런 우사 대인이 밖에 나오자마자 배명의 그 후손을 다짜고짜 두들겨 패더니 상천정까지 끌고 간 거예요. 마지막엔 제군의 눈앞에 내던져서 유배형을 받게 했고요."

사련은 속으로 생각했다.

'왠지 익숙한 이야기인데?'

사청현이 계속해서 말을 이어 갔다.

"원래 배명은 까짓것 유배해라, 백 년 뒤에 다시 건져 올리면 되지, 그렇게 생각했어요. 하지만 인간계의 백 년이면 얼마나 많은 일이 일어나나요? 매년, 심지어는 날마다 새로운 기인이 사들이 주마등처럼 화려하게 나타나고 파도처럼 줄줄이 몰아치잖아요. 그래서 고작 십 년 만에 옛 신도들이 너도나도 다른 신관으로 개종해 버렸어요. 오십 년이 지나고서는 그 신관의 존재가 깨끗하게 잊혔고, 백 년을 채웠을 땐 아예 재기 불능이 됐어요. 젊고 전도유망하던 신관이 그런 식으로 폐위되어 사라졌죠. 소배가 나타난 다음에야 배명은 다시 마음에 드는 조수를 찾아낸 거고요."

어쩐지 배 장군이 수단 방법을 가리지 않고 소배를 건져 올리려고 안달이더라니. 알고 보니 전례가 있어 소배도 잃을까 봐 걱정한 것이었다. 물론 방법이 썩 올바르지는 않지만. 사련은 생각에 잠긴 듯 가볍게 한숨지었다.

"인간계."

사청현이 말을 보탰다.

"그래요, 인간계에 오래 머무르면 영기와 투지를 잃어버릴 만큼 닳게 되죠."

두 사람은 제각기 고개를 끄덕였다. 다만 다른 점이 있었다. 사련은 무의식중에 고개를 끄덕였고, 사청현은 의식적으로 과

장해서 고개를 끄덕였다는 것이다. 한참을 그리 끄덕거리던 사
련은 문득 아주 중요한 사람이 머릿속에 떠올랐다.

"……낭형! 그 아이!"

여러 일이 빠른 속도로 줄지어 덮쳐 오는 바람에 그는 지금껏
그 아이를 깜빡 잊고 있었다. 사청현이 말했다.

"극락방에서 데려온 그 애 말씀이시죠? 그 애는 제군에게도
보여 드렸어요. 지금은 제 궁에 있으니까 나중에 여기로 데려올
게요."

보제관에 가둬 놓은 척용과 아이를 다른 사람에게 보일 순 없
었다. 그리 생각한 사련이 대답했다.

"무슨 면목으로 그러겠어요. 제가 올라갈게요."

사청현은 선뜻 고개를 끄덕였다.

"좋아요. 마침 며칠만 지나면 중추연이네요. 일 년에 한 번인
데 놓칠 순 없죠. 올해는 제 형도 돌아올 테니까, 그때가 되면
제가 소개해 드릴게요."

자기 형에 대한 자부심이 가득한 말투라 사련은 저도 모르게
살짝 웃음을 흘렸다. 그러곤 다시 속으로 중얼거렸다.

'중추연이라…….'

매년 돌아오는 중추절, 제천의 신들은 중추연을 열어 축하하
고 인간계의 백성들이 흥겨워하는 모습을 즐거이 굽어보았다.
그 밖에도 연회에는 아주 중요한 놀이가 하나 있었다. 중추연의
마침표라고 할 수 있는 '투등(鬥燈)'이다.

복을 기원하는 장명등은 평범한 사람이 공양할 수 있는 물건이 아니다. 이 '투등'이란, 중추절 당일에 뭇 신관들이 자신의 대표 사당에서 신도들이 공양하는 기복 장명등을 얼마나 많이 받는지를 겨루는 것이다.

모두 말로는 '놀이일 뿐이다', '진지하게 받아들이지 마라', '심심풀이니 전혀 마음에 두지 않는다'고들 하지만, 실제로 마음에 두지 않는 사람이 몇이나 될까? 대부분은 속으로 이를 악물고 올해 신도들이 자신의 체면을 세워 주기만을 간절히 고대한다. 정말로 체면을 마다하는 분이라고 한다면, 그건 군오가 유일하다. 말할 것도 없이 매년 투등은 신무전이 완승하기 때문이다. 게다가 해가 지날수록 등의 개수가 많아졌다. 따라서 군오야말로 진정 이 놀이를 순수한 놀이로 즐기는 신관이었다. 나머지 신관들은 1등이 아닌 2등을 놓고 다투는 것이라 더없이 격렬한 불꽃을 튀겼다.

선락궁의 향불이 한창이었을 시절에는 중추연에서 둘도 없는 위풍을 자랑하며, 뭇 신관들을 멀찍이 따돌리고 신무전과 나란히 선두를 달렸었다. 하지만 지금이라면 못내 처참할 터다. 사련은 올해 장명등이 얼마나 날아올지 헤아려 보지 않아도 알 수 있었다. ─분명 한 개도 없을 것이다!

하지만 처참한 꼴을 보더라도 다녀오는 편이 좋다. 그는 우사처럼 옛날부터 몇백 년 동안 모습을 감춘 은둔파도 아니고, 지사처럼 비밀 임무를 맡은 것도 아니고, 수사처럼 유아독존으로 굴

수 있는 처지도 아니었다. 아무것도 아닌 사람이 자꾸 특별한 대우를 받고, 가기 싫다는 이유로 안 가고 버틴다면 남들도 불만을 품고 입방아를 찧을 터였다. 사련 본인은 괜찮아도 군오의 입장이 곤란해진다. 그래서 그는 사청현의 말을 바로 승낙했다.

"좋아요. 그날 꼭 참석할게요."

❦

며칠 동안 사련은 여러 방법을 시도해 보았지만 척용의 혼백과 이 사내의 몸을 떼어 내지 못했다. 그 바람에 척용만 한층 콧대가 높아졌다. 곡자가 제 '아버지'에게 싫은 내색 없이 꼬박꼬박 밥을 먹였기에 망정이지, 그게 아니었다면 사련은 정말이지 그 입에 아무것도 넣어 주지 않았을 것이다. 중추절 당일, 사련은 보제관 바깥에 진법을 치고 밖에서 문을 잠갔다. 약야를 남겨 척용을 묶어 둔 채 그는 선경에 올라 도착했다고 보고했다.

[천상 백옥경에 열두 탑과 다섯 성이 솟았구나. 신선은 내 머리 쓰다듬고 상투를 틀어 올려 장생을 내리시네.]

이 시에서 말하는 백옥경이 바로 선경이다. 풍요로운 중추절, 선경은 분위기를 새롭게 단장했다. 사련은 이외에도 대로, 회랑, 누각 근처에서 여러 호위들을 발견했다. 화성이 쳐들어온 뒤로 경계를 몇 곱절 강화한 모양이었다. 연회석은 노천의 달 앞에 마련되어 있었다. 향긋한 향연 속에 상서로운 구름이 흐르고 꽃이 눈발처럼 나부끼니, 연회를 한껏 즐기면서 달구경을 할 수 있었다. 인간계에서 달구경을 할 때 엄지손가락과 집게손가락을 동그랗게 모으면 달이 그 안에 꼭 들어맞는다. 그러나 선경에서 달구경을 하면, 그 둥근 달은 멀지 않은 곳에 옥으로 깎아 놓은 거대한 휘장처럼 휘영청 빛을 발한다. 몇 걸음만 걸으면 달을 따라잡을 수 있을 듯하니, 실로 인간 세상에서는 볼 수 없는 절경이었다.

연회석 상석은 당연히 군오의 차지였다. 하지만 나머지 사람들이 착석하는 방식에는 저마다 대단한 묘책이 숨겨져 있었다. 바로 순서와 위치를 전부 고려하는 것이다. 너무 높은 자리는 단연코 안 되고, 낮은 자리는 신관 본인도 사양하고 싶었다. 사련은 이런 것쯤이야 아무래도 좋았다. 하지만 중추연에는 정복을 입고 참석해야 했다. 즉, 인간계에 놓인 신상의 차림새로 연회에 참석하는 게 좋다는 말이다. 하지만 사련은 지금 신상이 아예 없는 터라 여전히 흰 도포에 삿갓을 맨 차림이었다. 초라해 보이지만 더 나은 옷도 없었다. 물론 이런 옷차림도 사람들의 눈에 띌 터였다. 사련은 아무래도 구석진 자리에 앉는 게 좋겠다고 생각했다.

그런데 누가 알았으랴. 그가 되는대로 구석을 찾아 앉고 고개를 들었을 때 풍신이 이쪽으로 걸어왔다. 두 사람은 잠깐 머뭇거리다가 서로에게 고개를 살짝 끄덕였다. 나름대로 인사를 건넨 셈이었다. 풍신은 몇 걸음 지나치다 말고 다시 돌아와서 사련에게 물었다.

"왜 여기 앉아 계십니까?"

사련은 자신이 잘못 앉은 줄 알고 자리에서 일어나며 말했다.

"아무 데나 앉아도 되는 줄 알았어."

풍신이 입을 달싹인 순간, 사련은 멀찍이서 자신을 향해 손짓하는 사청현을 발견했다. 지금의 사청현은 여상이었다. 뒤돌아 풍신을 바라보자, 그는 어둠의 그림자라도 본 것처럼 대경실색하더니 사련을 버리고 속히 자리를 떴다. 사청현이 다시 외쳤다.

"태자 전하, 여기!"

풍사는 상천정에서 인기를 누리는 인물이 아니던가. 그가 앉은 자리는 단연 명당인 데다 위치도 군오와 비교적 가까웠다. 사청현이 손을 흔들며 목소리를 높이자 여러 신관들의 시선이 날아들었다. 말없이 턱을 괴고 있던 군오도 사련을 보고 살짝 고개를 끄덕였다. 사련은 하는 수 없이 그쪽으로 건너갔다. 역시 걸음을 옮기는 내내 낭천추는 보이지 않았다. 듣자 하니 척용의 행방을 쫓기 위해 중추연은 일찌감치 사양했다고 했다. 사청현은 제 옆에 사련의 자리를 마련해 주었다. 풍수가 탁월한 자리였다. 사련은 자신과는 어울리지 않는다는 생각이 들었지만, 풍사의 성의를 거절하기는 어려웠다. 사청현이 그를 자리에 눌러 앉히고 말했다.

"이따가 연회가 끝나면 그 아이에게 데려다드릴게요. 좀 못생기긴 했어도 꽤 얌전하던데요."

이쯤 되면 감사하다는 말밖에 할 말이 없었다. 사련은 다시 옆을 돌아보았다. 두 사람 근처에 앉아 있는 사람은 명의였다. 그는 잠자코 옥 술잔을 만지작대고 있었다. 잔을 든 손이 술잔보다 더 희었다. 안색에 문제가 없는 것을 보니 지난번 귀시장에서 입은 부상은 벌써 회복한 모양이었다. 사련이 말문을 뗐다.

"지사 대인, 오랜만에 뵙습니다."

명의는 그다지 입을 열고 싶지 않았는지 고개를 한 번 까딱였다. 하지만 사청현은 그와 정반대였다. 전후좌우로 모르는 사람이 없었고 심지어는 십만 팔천 리 밖에서도 말을 섞었다. 사련은 그가 이렇게나 다양한 신관들의 이름을 기억한다는 것에 진심으로 감탄했다. 사련의 옆에는 열아홉 살쯤 되어 보이는 소년이 앉아 있었다. 콧대가 높고 눈은 깊었으며 까만 머리가 약간 곱슬거렸다. 서로를 모르는 두 사람은 한참 동안 어리둥절해하며 눈만 마주쳤다. 결국에는 사련이 되는대로 인사말을 건네며 정적을 끝맺었다. 그는 다시 주위를 둘러보았다. 풍신과 모정은 한없이 멀리 떨어져 있었다. 그리고 세 명의 신관이 그의 바로 맞은편에 앉아 친근하게 이야기를 나누고 있었다.

왼편에 앉은 검은 옷의 문관은 용모가 단정하고 분위기가 대범했다. 그는 대화를 나누는 내내 탁상을 다섯 손가락으로 가만히 두드렸다. 태연자약한 표정이 어딘가 낯이 익었다. 중간은 이미 너무나 잘 아는 배명. 오른편에는 백삼(白衫)을 입은 공자가 보였다. 그는 손에 쥔 부채를 가볍게 부치고 있었다. 부채의 정면에는 '수(水)'라는 글자가 쓰여 있고, 뒷면에는 흐르는 물결 세 줄기가 그려져 있었다. 용모는 사청현과 얼추 닮았지만 내리깐 시선 속에 오만불손한 태도가 넘쳐흘렀다. 고상해 보이지만 분명 그 눈은 모두를 업신여기고 있었다. 이런 인물이 그 '수횡천' 말고 누가 더 있을까?

사련은 문득 깨달았다.

'삼독류.'

그렇다면 저 검은 옷의 문관은 법력이 가장 강하다는 영문의 남상(男相)일 것이다. 과연 풍채가 늠름했다. 세 사람은 안부를 주고받으면서, 천지를 아울러 존재하는 온갖 찬사를 끌어모아 서로를 치켜세웠다. 이를 들은 사청현이 조용히 이죽거렸다.

"가식. 완전 가식이야."

하지만 사련은 꽤 재미있다고 생각했다. 이때, 연회석 앞쪽에 세워진 화려하고 작은 누각이 눈에 들어왔다. 사면은 붉은 휘장으로 가려진 채였다. 그가 사청현에게 물었다.

"저건 뭐죠?"

사청현이 웃으며 대답했다.

"오. 모르셨군요. 이것도 상천정에서 무척 인기 있는 놀이예요. 자자, 구경해 봐요. 이제 시작이에요!"

말이 끝나기 무섭게 하늘 밖에서 묵직한 천둥소리가 들려왔다. 군오는 하늘을 흘긋 바라보고는 술을 한 잔 따라서 건네주었다. 간간이 울려 퍼지는 천둥소리를 배경으로 연회석의 신관들이 웃고 떠들며 그 술잔을 돌리기 시작했다. 모두가 외쳤다.

"저한테 주지 마십시오! 주지 마시래도요!"

"저쪽으로 넘겨주시게!"

사람들이 노는 것만 보아도 규칙을 짐작할 수 있었다. 사련은 속으로 생각했다.

'술잔 돌리기였구나.'

신관들은 군오가 건넨 술잔을 서로 전달한다. 엎질러서는 안 되고, 누구에게나 전달할 수 있지만 받은 술잔을 되돌려 줄 수는 없다. 천둥이 멎었을 때 술잔을 든 사람을 웃음거리로 낙점한다. 다만 어떤 웃음거리인지는 모를 노릇이었다. 좌우간 사련이 즐길 만한 놀이는 아니었다. 누군가를 놀릴 목적으로 술잔을 건네는 것이니, 보통은 자신과 사이가 좋은 사람들을 고를 터다. 하지만 그는 친한 신관이 거의 없다시피 한데 어떻게 함부로 놀리겠는가? 기껏 건네도 풍사일 텐데, 풍사가 그에게 술잔을 주는 사람이 될지 또 누가 알겠는가?

사련은 생각했다.

'아무도 나한테 건네지 않으면 좋을 텐데. 하지만 괜한 기우일지도 모르겠네.'

그가 입을 열기도 전에 첫판이 끝났다. 모두의 기대를 한 몸에 받은 술잔은 배명의 손에서 멈추었다. 배명은 요란한 환호를 뒤로한 채 익숙한 듯 그 술잔을 비웠다. 신관들은 박수를 치며 들썩였다.

"올리시오! 올리시오!"

화려한 누각 사면을 둘러싼 휘장이 환호성을 받으며 서서히 올라갔다. 누대 위에는 훤칠한 장군이 호기롭고 위풍당당한 모습으로 서 있었다. 아래쪽의 신관들도, 누각 바깥의 기상천외한 절경도 보이지 않는 듯싶었다. 그는 걸음을 내딛더니 우렁찬 목소리로 창을 하기 시작했다.

그렇다. 이 누각은 술잔을 받은 신관의 희곡을 인간계에서 가져와 모두에게 보여 주는 것이다. 인간들은 엉터리 날조를 사랑해 마지않는다. 얼마나 자극적으로 엮어 낸 극이 걸릴지 모를 노릇이니, 무척 수치스럽고도 아슬아슬한 놀이인 셈이다. 하지만 그게 바로 묘미였다. 배 장군의 극은 언제 보아도 아주 근사했다. 이유는 여주인공이 매번 다르기 때문이었다. 어떤 때는 신선, 어떤 때는 요괴, 어떤 때는 규수. 여주인공들은 하나같이 미모가 눈부셨고 줄거리는 하나같이 지조가 없었다. 신관들은 흥미진진한 눈으로 여주인공의 등장을 목 빠지게 기다렸다. 과연, 머지않아 무대 위에 검은 옷을 입은 아가씨가 올라 꾀꼬리 같은 목소리로 창을 시작했다. 두 사람은 그렇게 서로 마주보며 노래를 이어 갔다. 가사와 곡조가 자못 도발적이고 대담했다. 이 두 사람을 지켜보던 신관들은 어쩐지 아리송해져서는 분분히 물었다.

"이 연극은 제목이 뭡니까?"

"이번에 배 장군이 꼬드긴 여인은 누구지요?"

이때, 무대 위의 '배 장군'이 말했다.

"걸 경(卿)—."

무대 아래의 배명과 영문이 술을 뿜었다.

걸 경이 누구겠는가. 영문의 본명이 남궁걸이다. 신관들은 경악했다. 어떻게 이 둘이 엮일 수가 있어?

영문은 손수건으로 입가를 닦으며 무심하게 말했다.

"볼 것도 없습니다. 지어낸 겁니다."

두 당사자는 조금 침울해지긴 했으나 그나마 낯가죽이 두꺼운 편이었다. 무대 아래에 있는 그들은 무대 위에서 펼쳐지는 아양 넘치는 연극을 못 본 체했다. 하지만 사무도는 웃는 얼굴로 부채를 한들거리며 두 사람을 걸고넘어졌다.

"참으로 훌륭한 연극이군. 두 분은 무슨 소감 없으신지?"

영문이 대꾸했다.

"소감이 있겠습니까. 이 연극은 무척 오래된 겁니다. 저 때 제 신상은 지금 같은 모습도 아니었어요. 민간 전설일 뿐입니다. 잘 생각해 보십시오. 민간 전설에 나오는 노배는 그저 여인이라면 몇 명이고 유혹하지 않던가요?"

모두가 마음속으로 깊이 공감했다. 배명이 말했다.

"어허, 무슨 말을 그리합니까. 민간 설화에 나오는 다른 사람들은 대부분 내가 유혹했던 게 맞습니다. 하지만 이번 건 정말 아닙니다. 생사람 잡지 마십시오."

영문이 말했다.

"그 말씀대로라면, 민간 설화에서는 제가 유혹한 남자 신관들이 훨씬 많습니다. 하지만 실제로는 한 번도 그런 적이 없으니 이 자리가 가시방석일 수밖에요."

영문이 지명을 받아 선경에 오른 뒤부터, 그녀가 어떤 신관과 정을 통했기 때문에 등선할 수 있었던 것이란 전설이 항간에 나돌았다. 이는 초창기 영문전의 향불이 초라하고 공양하는 신도가 없었던 이유 중 하나였다. 반대의 목소리가 드높았을 무렵에는 온갖 욕치레를 뒤집어써야 했고, 누군가 그녀의 공덕함에 속옷이나 월경대를 집어넣기 일쑤였다고도 했다. 하지만 남자 신관이 이런 소문에 휩싸인다면 오히려 풍류로 이름을 떨치며 즐거움을 누릴 수 있었을 것이다. 보다시피 비슷한 상황이어도 성별마다 차이가 있고, 뒤따르는 결과도 확연히 달랐다.

사련이 그리 생각하던 참에 다음 판이 재개됐다. 이번에는 방금까지 웃고 있던 사무도가 걸리고 말았다. 옆에 앉은 두 '독류'가 나란히 그에게 축하의 손짓을 했다.

"인과응보. 잘 받으시지요."

사무도는 미간을 설핏 구기면서 술을 마셨다. 휘장이 다시 느릿하게 올라갔다. 그런데 끝까지 올라가기도 전에 안에서 두 사람의 기다란 외침이 들려왔다.

"부인—."

"서방님—."

절절하고 애틋하게 얽히고설킨 목소리였다. 무대 아래의 사련은 사무도와 사청현의 몸 절반에 닭살이 오소소 돋는 것을 두 눈으로 목격했다.

사청현이 자리에서 튀어 올랐다.

"형! 빨리 끊어 버려!"

사무도가 버럭 소리쳤다.

"내려라! 당장 내리래도!"

안 봐도 훤했다. 이번에 걸려든 내용은 틀림없이 수사 대인과 풍사마마 '부부'에 관한 민간 전설일 터였다. 본디 애욕과 원한은 사람들이 가장 좋아하는 소재다. 그런 사실이 있는 게 가장 좋고, 없으면 더 좋다. 마음대로 날조할 수 있으니까. 이치대로라면 신관 본인이 실제로 한 일이 정통적인 신화다. 그러나 사람들이 날조해 낸 이야기를 보고 있자면 가끔은 이거야말로 진짜 신화라고 감탄하게 된다. 사무도가 벌컥 성을 내자 그 휘장은 정말로 홱 떨어졌다. 신관들은 차마 웃지 못하고 웃음을 삼키느라 애를 먹었다. 사련이 웃는 얼굴로 물었다.

"풍사 대인, 이 놀이에선 휘장을 내리라고 할 수도 있나 봐요?"

사청현은 여전히 소름이 끼치는지 몸서리를 치며 대답했다.

"그럼요. 별건 아니고, 십만 공덕을 기부하면 됩니다!"

"……."

사련이 할 말을 잃은 가운데, 세 번째 판이 시작되었다. 이번에는 천둥이 울리고 얼마 되지 않아 사련의 옆에 앉은 소년에게 술잔이 전해졌다.

이 결과를 본 신관들의 반응은 미묘했다. 썩 열렬하지도 않고, 그렇다고 싸늘하지도 않았다. 연극 내용이 궁금하지만 대놓고 표를 내고 싶지는 않은 것 같았다. 소년은 이 놀이에 별로 흥미가 없는 기색이었으나 잠자코 술을 들이켰다. 그가 술잔을 내려놓자 휘장이 다시 올라갔다.

무대 위에는 두 사람이 서 있었다. 한 사람은 젊은 장군으로, 돌사자의 갈기 같은 곱슬머리를 달고 있었다. 무척 과장되기는 했지만 나름대로 비범한 풍모를 보아 하니 이 소년 신관으로 분장한 것일 터였다. 무대 위를 뛰어다니는 다른 한 명은 입이 튀어나오고 볼이 홀쭉해 비열하게 생긴 광대 역이었다. 소년과 마주할 때는 점잖은 행세를 했지만, 너무 느끼한 나머지 혐오감을 자아냈다. 그 소년이 돌아서자, 광대는 등 뒤에서 이를 씩 드러내며 몰래 칼로 찌르려 했다. 겉 다르고 속 다른 비열한 소인배 역할임이 자명했다.

그 광대는 익살극을 펼치듯 열과 성을 다해 연기를 과장했다. 지켜보는 신관들의 반응은 제각기 엇갈렸다. 사련은 문득 깨달았다. 직위가 낮은 편인 신관들은 시원하게 폭소하는 반면, 사청현이나 사무도처럼 직위가 높은 신관들은 전혀 우습지 않다는 듯 말없이 표정을 굳히고 있었다. 동시에 옆에 앉은 소년의 손등 위로 핏대가 툭 불거졌다. 어쩐지 긴장감이 곤두섰다. 무대에서 펼쳐지는 공연이 무슨 내용인지는 이해할 수 없었지만 다른 누군가를 모욕하는 내용이라는 건 대충 짐작할 수 있었다. 그게 누구인지는 몰라도 이런 식의 연출 방식은 실로 보기가 불편했다. 소년은 곧 폭발하기 직전이었다. 사련은 상 위에 놓인 젓가락을 낚아채 휘장에 매달린 밧줄을 향해 던졌다.

날카롭지 않은 젓가락이었으나 옆을 스치고 지나간 순간 놀랍게도 밧줄이 잘려 나갔다. 휘장이 펄럭거리며 내려가자 신관들이 놀란 목소리로 외쳤다.

"이런 법이 어디 있소?"

"뭐 하는 겁니까!"

다들 분주하게 사련을 쳐다보았다. 어떤 사람은 자리에서 일어나기까지 했다. 사련이 입을 달싹이는 와중에, 무언가가 귓가에서 폭발했다. 그 소년이 백옥 술잔을 쥐어 깨뜨린 것이다.

그는 이 연극에 격노한 듯 술잔의 파편을 내던지고는 벌떡 일어나 술상을 밟고 도약했다. 그러곤 화살처럼 그 누각으로 뛰어올라 휘장 안으로 들어갔다. 신관 몇 명이 달려가 붉은 휘장을 들추었으나 안은 텅 비어 있었다. 신관들이 분주하게 떠들어 댔다.

"야단났네, 기영 전하가 또 사람을 때리러 내려갔어!"

'기영? 기영전? 서방의 무신 권일진?'

속으로 생각한 사련이 사청현에게 황급히 물었다.

"풍사 대인, 이게 무슨 일이죠? 기영 전하가 사람을 때린다는 건 또 뭐고요?"

사청현이 정신을 차리고 대답했다.

"사람을 때린다는 건…… 때린다는 거죠. 크흠, 믿기지 않으실지도 모르지만, 기영은 종종 자기 신도를 때려요."

"……"

겁도 없이 자기 신도를 폭행하는 신관이 있다는 말을 들어 본 건 처음이었다. 이는 신도들의 믿음을 한순간에 무너뜨리는 일이 아니던가. 더 자세히 물어보려는 순간, 아래쪽에 있던 신관이 언짢은 투로 말했다.

"권 씨도 참 철이 없습니다. 다들 한창 즐기고 있는데 어울릴 줄도 모르고. 여기 놀림 안 받은 사람이 누가 있습니까? 배 장군, 영문진군도 다 놀림받았잖아요? 하다못해 자기가 놀림받은 것도 아닌데 뭘 저리 열을 낸답니까?"

"그러게 말입니다. 정말이지 가볍게 넘어갈 줄을 몰라요. 아무리 심기가 불편해도 어떻게 이럴 때 화를 낼 수 있습니까? 누가 그 사람 눈치나 보자고 이 연회에 참석했나? 거참……."

"됐습니다, 됐어요. 애송이는 애송이지요. 어차피 가 버렸으니 더 즐겁게 놀 수 있겠어요."

이 말을 들은 사련은 가만히 생각에 잠겼다. 연회석에 일어난 소란은 오래가지 않았다. 영문이 곧장 권일진의 뒤를 처리할 사람을 내려보낸 것 같았다. 몇몇 신관이 나서서 사람들을 달랜 뒤에야 연회와 놀이가 이어졌다. 천둥소리와 함께 네 번째 술잔 돌리기가 시작됐다.

사련은 놀이에 끼지 않고 남들이 노는 것을 보고만 있었다. 남들이 자신을 찾지 않아 안심이었다. 그런데 그가 사청현과 말을 섞으려는 찰나, 갑자기 손 하나가 쑥 끼어들어 사련에게 백옥 술잔을 건넸다.

43장 천등관의 장명등 기나긴 밤 비추고

사련은 정말로 자신에게 술잔을 건네는 사람이 있으리라고는 꿈에도 생각지 못했다.

그는 워낙 반응이 민첩한지라 반사적으로 술잔을 건네받았지만, 이내 넋을 놓았다. 그런데 술잔을 건넨 사람을 바라보니, 덩달아 넋을 놓고 있었다. 뜻밖에도 명의였다.

알고 보니 방금 술잔을 건네받은 사청현이 일부러 재미 삼아 명의에게 술잔을 넘긴 모양이었다. 명의는 묵묵히 술을 마시고 음식을 먹느라 보지도 않고 잔을 곁에 있는 아무에게나 넘겼다. 그러고 나서야 무슨 일이 일어났는지 알아차리고 할 말을 잃은 것이다. 그 순간, 서로를 멀거니 쳐다보고 있는 두 사람을 남겨두고 천둥소리가 뚝 멎었다.

술잔을 받은 건 사련이지만, 사람들의 시선은 풍신과 모정에게 쏠렸다. 이유를 이해하기 어렵지는 않았다. 사련은 팔백 년 동안이나 감감무소식이었다. 물론 팔백 년 전에는 훈훈한 미담을 엮은 판본이 제법 있었으나 지금은 그 이야기들이 사라진 지 오래였다. 더구나 오늘 이 날에 맞춰 그를 위해 극을 상연하는 사람이 있을 리도 없었다. 그러니 '선락 태자'라는 인물이 등장하는 극을 찾아보려면 풍신이나 모정을 주인공으로 하는 연극을 골라야만 했다.

민간에서는 두 신관의 고사를 엮을 때 종종 사련을 가져다 쓰곤 했다. 대개 단역으로 들러리를 세웠는데, 심한 경우에는 극을 더 근사하게 꾸미기 위해 아예 사련을 악역으로 고치기도 했다. 의지할 곳 없는 모정을 괴롭힌다든가, 풍신의 사랑을 잔인하게 빼앗아 버린다든가 하는 역할이었다. 만약 중추연에서 정말 이런 극이 상연된다면, 이야기의 주인공들이 즐겁든 말든 나머지 관객들은 틀림없이 즐거울 터였다. 사련이 그 작은 술잔을 들고만 있자 신관 한 사람이 재촉하기 시작했다.

"태자 전하, 자자자, 술잔을 비우십시오!"

재촉하는 머릿수가 한층 늘어났다. 멀리서 풍신이 목소리를 냈다.

"태자 전하께서는 술을 못하십니다."

모두가 한목소리로 말했다.

"딱 한 잔이잖습니까! 괜찮겠지요."

이때, 내내 한 손으로 이마를 짚은 채 한 마디도 없던 군오가

할 말이 있는 듯 몸을 들썩였다. 옆에 앉은 사청현도 물었다.

"힘드시겠어요? 힘드시면 그만하세요. 제가 십만 공덕을 내서 휘장 내려 드릴게요."

"……."

사련은 그가 정말 충동적으로 십만 공덕을 뿌리면 어쩌나 싶어졌다. 아무리 성격이 호탕해도 이런 식은 안 됐다. 게다가 자신에 관한 연극이라면 뭐든 보아 온 터라 그다지 개의치도 않았다.

"아뇨, 괜찮아요. 한 잔은 괜찮을 거예요."

다급하게 대답한 사련은 술잔을 단숨에 비웠다.

잘 빚은 술이 목으로 넘어갔다. 술이 서늘하게 훑고 간 부분이 금세 화끈거렸다. 사련은 약간 머리가 어지러웠지만 잠시 기다리니 현기증은 금세 가라앉았다. 작은 누각을 두른 휘장이 천천히 올라갔다. 모두 시선을 돌리고 연극 관람에 빠져들 채비를 했다.

그런데 희한하게도 무대 위에는 두 사람만이 서 있었다. 흰옷을 걸친 한 사람은 얼굴이 분을 바른 듯 하얬다. 흙먼지를 잔뜩 뒤집어쓰고 삿갓을 메었으니 사련이 분명했다. 붉은 옷을 걸친 다른 한 사람은 머리카락이 칠흑처럼 새카맸고 용모가 준수하며 날렵했다. 주위를 둘러보는 모습에는 생기가 넘쳤다. 그의 팔에 감겨 있는 기다란 뱀을 '사련'이 재빨리 낚아챘다. 그러자 붉은 옷의 사람이 다시 그 뱀을 빠르게 낚아채 던져 버리더니 '사련'의 손을 꼭 붙잡은 채 놓지 않았다. 그 표정과 태도는, 마치 자기 심장이 칼에 처참하게 찔린 것처럼 절절했다.

이 장면이 나오자, 재미있는 볼거리를 기다리던 신관들은 얼이 빠졌다. 물론 사련도 얼떨떨하기는 마찬가지였다. 이때 연회석 상석에 앉은 군오가 웃으며 물었다.

"이건 무슨 판본이지? 어째 처음 보는 듯한데?"

영문은 곧장 사람을 보내 정보를 입수했다.

"이 연극은 〈반월국 여행기〉라고 하는 것 같습니다. 이번에 새로 엮은 것이라 그동안 보지 못했던 것인데, 오늘 밤 처음으로 인간계에서 상연했답니다."

사청현이 사련에게 말했다.

"그때 반월국에서 만났던 상인들이 돌아가서 대필을 맡겼나 봐요. 공덕 굳었네. 휘장을 내릴 필요는 없겠어요."

사련은 별다른 대답이 없었다. 인간계에서 반월국 사건을 알 만한 사람은 그 상인들뿐이다. 그러고 보니 상인 무리에 있던 천생이라는 소년이 사련에게 고마움을 표하며 그를 공양하겠다는 말을 하지 않았던가. 설마 이 연극은 천생이 돈을 내고 사람을 구해다 쓴 것일까? 하지만 그는 천생에게 자신의 이름을 알려 준 적이 없었다. 하물며 그 어린 소년이 이런 대단한 일을 해내기란 어려울 터였다.

무대 아래의 신관들은 자신들이 상상하던 연극을 구경하진 못했다. 그러나 지금 눈앞에 펼쳐진 연극은 그보다도 훨씬 흥미진진했다. 소문이 사실이라면, 저 붉은 옷을 입은 배역이 바로 화성일 테니까!

인간계에는 혈우탐화에 대한 이야기가 제법 많다. 하지만 보통은 〈붉은 옷의 귀신이 신관 서른셋의 사당을 불태우니 천계도 설설 긴다〉, 〈혈우탐화, 가뿐하게 한 손으로 문·무신을 매달아 패다〉 따위의, 천계의 인사들이 보면 잠자코 눈물만 흘릴 연극이었다. 그러니 이 판본이 또 어떤 내용일지 누가 알겠는가? 하지만 어차피 주인공은 사련이다. 다들 이분이 자신들과는 격이 맞지 않는다고 생각해 온 참이었다. 그를 천계의 '우리 편'이라는 범위에 넣은 적도 없으니 마음이 불편하지는 않을 터였다. 게다가 이 연극은 무대 연출이 정교했고 극 중 인물의 분장도 훌륭했다. 그야말로 양심적인 대작이었다. 다들 속으로 끝내준다고 외치고는 연극을 지켜보며 저마다 한마디씩 지껄였다.

"저게 진짜라고요? 지어낸 거겠지요. 화성이 어찌 남에게 저런 식으로 말하겠습니까!"

"엉터리네, 순 엉터리야!"

"이 극은 화성을 왜 저렇게 묘사한 겁니까? 정신 차려야지! 연애담도 아니면서 감히 이런 내용을 써?"

좌우간 자신을 주인공으로 쓴 극이었으니 사련도 진지하게 보았다. 솔직히 말하면, 이 극은 꽤 괜찮았다. 분장도 좋고 내용도 좋았다. 다만 그는 등장인물로서 아주 작은 이견이 있었다. 두 주인공이, 어쩐지 너무 다정한 것 같았다.

자신의 역을 맡은 분은 재주가 아주 출중했다. 그런데 입을 열고 '삼랑'을 외칠 때마다 사련은 그런 생각이 들었다. 말투가 구성지거나 애절하지는 않지만 아까 '풍사마마'가 '수사 대인'을 '낭군'이나 '서방님'이라고 부를 때보다 훨씬 더 미묘하지 않나, 싶었다. 거기에다 자질구레한 동작도 너무 많은 것 같았다. 손가락을 잡는다든지, 어깨를 끌어당긴다든지, 껴안는다든지. 자꾸만 어딘가 부적절하다는 생각이 들었다.

하지만 가만히 생각해 보면 자신은 실제로 화성을 저렇게 불렀다. 저런 동작들도 실제로 한 적이 있는 것 같았다. 당시에는 문제가 없다고 생각했다. 이치대로라면 지금 봐도 문제가 없어야 하는데, 뭔가 이상했다. 그는 다시 다른 신관들을 흘끔 쳐다보았다. 입으로는 헛소리라며 구시렁대면서도 눈을 떼지 못하고 흥미진진하게 관람하며 열광하는 모습에, 사련은 조용히 입을 다물었다. 연극이 이어지는 가운데, 사무도가 불쑥 물었다.

"저 뒤쪽의 어린 머슴들은 무슨 역할이지?"

'어린 머슴'이라는 말을 들은 풍신과 모정이 짧게 얼어붙었다. 영문이 대답했다.

"머슴이 아닙니다. 아마 중천정의 두 소무관일 겁니다. 당시 남양전과 현진전이 태자 전하의 조수로 파견했었습니다."

남양전과 현진전에서 사련에게 조수를 파견했다니, 참으로 놀라운 소식이었다. 마치 배명이 자신의 품에 뛰어든 절세 미녀를 단호하게 거절했다는 소리만큼이나 불가사의하게 들렸다. 신관들은 일제히 시선을 던졌다. 영문이 한마디를 덧붙였다.

"본인들이 자원해서 간 겁니다."

사련이 웃으며 말했다.

"묻는다는 걸 깜박했네. 남풍이랑 부요는 잘 지내? 어째 오늘은 놀러 나오지 않았네?"

풍신이 말을 더듬었다.

"남풍…… 은……."

모정이 담담하게 대답했다.

"부요는 금족령을 받아 폐관 중입니다."

그러자 풍신도 잽싸게 대답했다.

"남풍도 금족령을 받았습니다."

사련은 엇, 소리를 내며 말했다.

"둘 다 폐관이야? 너무 아쉽다."

이야기를 나누는 사이에 연극은 성황리에 막을 내렸다. 다들 무지한 신도의 망상이라고 생각했지만, 망상 속 화성은 확실히 끝내줬으므로 뜻밖에도 이 연극은 우렁찬 박수갈채를 받았다. 그러나 배숙은 이 반월관 사건으로 유배된 몸이었다. 실컷 연극을 감상한 신관들은 은근슬쩍 배명의 눈치를 봐야 했다. 사무도가 입을 열었다.

"배 장군, 소배는 지금 어떤가?"

배명은 제 술잔에 술을 따르며 고개를 내저었다.

"어떻기는요? 당장 중요한 일을 뒷전으로 생각하니, 저도 이젠 모르겠습니다."

사련 옆에서 듣고 있던 사청현이 참다못해 이죽거렸다.

"그래서 배 장군이 보시기엔 당장 중요한 일이 뭔가요? 소배의 앞날만 앞날이고 다른 아가씨의 앞날은 앞날도 아닙니까?"

그 불손한 말투를 들은 사무도가 엄한 눈빛을 끼얹었다.

"청현, 버릇없이 굴지 마라!"

따끔한 호통에 사청현은 머쓱한 듯 고개를 숙였다. 이를 본 배명이 호탕하게 웃었다.

"수사 형, 형의 아우도 참 대단한 인물입니다. 형이 아니면 누가 단속할 수 있을는지요. 지금 녀석이 저를 건드리는 건 괜찮습니다. 하나 훗날 건드려선 안 될 사람을 건드린다면 그 사람은 저처럼 수사 형 체면을 봐주진 않을 겁니다."

사무도는 부채를 펼치고 계속해서 동생을 훈계했다.

"배 장군이 하는 말 들었느냐? 그리고 이 모습으로 나돌아 다니지 말라고 내가 몇 번이나 얘기했는데 이게 무슨 꼬락서니냐. 네가 어떤 모습을 좋아하든 상관없다만, 밖에서는 반드시 본모습을 써라!"

여상을 누구보다도 사랑하는 사청현은 이 말을 따르고 싶지 않았지만 제 형에게 대들 용기는 없었다. 사련은 속으로 생각했다.

'자기 형이 무섭지 않다고 하시더니 꼭 그런 것 같지도 않네.'

그런데 사무도가 마지막에 예상 밖의 말을 덧붙였다.

"만에 하나 배 장군처럼 법력이 강하고 심보가 불측한 사람을 만나기라도 하면 어찌하려고!"

영문은 하하, 소리를 내며 비웃기 시작했다. 배명은 또다시 술을 뿜을 뻔했다.

"수사 형! 계속 이러시면 형과 말 안 섞을 겁니다."

술잔이 한 바퀴 돌고 술자리가 무르익은 가운데, 마지막 놀이인 투등의 순서가 다가왔다.

달빛을 제외한 선경의 모든 촛불과 빛이 전부 꺼지면서 사위가 캄캄해졌다. 연회는 호수 맞은편에서 열렸다. 호수 수면에 떠다니는 운무와 안개를 헤치면, 맑게 흐르는 호수 물 너머 아래로 심연처럼 어두운 인간 세상이 보였다.

투등. 구체적으로는 중추절 당일에 각 신관의 가장 규모가 크고 이름난 궁관에서 바치는 기복 장명등의 개수를 겨룬다. 하나를 구하는 데 천 금을 내도 모자란 기복 장명등은 오랫동안 꺼지지 않는다. 투등의 순서는 적은 것에서 많은 것 순으로 나열된다. 어느 신관의 차례가 되면, 그의 신도가 바친 장명등이 인간계에서 천계로 떠오르며 아득한 밤을 더없이 눈부시게 밝힐 것이다.

신무전은 올해 장명등이 9백 하고도 61개다. 천에 가까운 숫자는 역사상 전례가 없었다. 신관들은 내년에는 틀림없이 천 개를 돌파하리라고 예상했다. 하지만 이건 중요하지 않았다. 1등이 영원히 1등이라면 그 1등은 의미가 사라진다. 그래서 다들 투등 순서가 오면 일찌감치 신무전을 빼놓았다.

기가 막히게도, 투등의 막이 오르고 처음으로 순위에 오른 신관은 우사였다. 자그마한 장명등 하나가 비뚤배뚤 유유히 떠오른 뒤로 '우사전, 한 개!'라는 외침이 울려 퍼졌을 때, 사련은 자기가 사실 거나하게 취해서 술이 덜 깬 건 아닌지 의심했다. 아무리 그래도 딱 하나뿐일 리는 없지 않은가. 그는 자신이 정말 취했나 싶어서 사청현에게 물었다.

"잘못 알려 준 거 아니에요?"

사청현이 대답했다.

"아니에요. 정말 딱 하나예요. 그리고 이 한 개는 우사 대인 댁의 소가 체면치레 겸 스스로 공양하는 거고요."

본인이 스스로에게 공양한다니. 참으로 친근한 행동이었다. 우사는 비를 다스리므로 농사를 관장하는 신이기도 할 것이다. 잠시 생각해 본 사련이 한마디 넘겨짚었다.

"혹시 우사 대인의 신도들이 대부분 농민이어서 공양할 여유가 없는 건 아닐까요?"

사청현의 대답은 달랐다.

"전하, 농민에 대해 뭔가 오해가 있으시네요. 돈 많은 농민이 얼마나 많은데요. 사실 우사 대인께선 돈이 있으면 등을 바치지 말고 농사를 지으라고 하셨거든요. 그래서 신도들은 지금껏 신선한 과일과 채소를 공양해 왔죠."

이 말을 들은 사련은 부러운 마음을 감추지 못하고 속으로 생각했다.

'이렇게 멋진 일도 있구나.'

그런데 사청현이 말을 이었다.

"나중에 가서는 또 낭비하지 말라고 말씀하셨고요. 그래서 대체로 공물은 이틀만 놔두고 신도들이 가져가서 자기들이 먹어요."

"……."

투등의 앞 순서를 차지한 것은 전부 소신관들이라 등불이 드문드문했다. 몇 개에서 수십 개까지 제각각인 장명등에 다들 별흥미가 없었다. 하지만 뒤로 갈수록 등이 떠오를 때마다 빛무리가 환해졌다. 덩달아 신관들의 집중력도 높아졌다. 투등 사회를 맡은 신관이 아니고서야 빼곡하게 모여 날아오르는 등불을 한눈에 세기란 애초에 불가능했다. 아무것도 모르는 사련은 장명등이 칠흑같이 기나긴 밤을 비추는 장관을 감상하는 데 열중할 뿐, 구태여 말을 얹지 않았다. 그러는 김에 투등의 흐름을 분석하는 신관들의 말을 슬쩍 엿들었다. 물론 분석까지 할 일은 아닌 것 같다고 생각했지만. 대략 이 주향이 흐르고, 드디어 압권인 대목이 찾아왔다. 중추연 투등 최후의 10위 승부가 시작된 것이다.

사회를 맡은 신관이 10위의 끝을 차지한 주인공을 목청 높여 알렸다.

"기영전, 421개!"

권일진은 한참 전에 자리를 뜬 터라, 다른 신관들은 이 숫자를 듣고 노골적으로 혀를 찼다. 이 서방 무신은 나이는 어려도 기세가 불같았다. 그와 연차가 같은 신관은 장명등 2백 개도 많다고 보건만, 권일진의 장명등은 그 곱절을 넘었다. 권일진보다 조금 앞서 선경에 오른 낭천추의 장명등도 그보다 약간 적었으니 실로 대단한 저력이었다. 하지만 역시 이 소년은 상천정 사람들과 사이가 좋지 않은 모양이었다. 사련 본인과 사청현을 제외하면, 이 저력에 진심으로 경탄하는 이가 별로 없었기 때문이다.

다음은 지사전, 444개. 명의는 탕을 두 모금 더 마신 것 말고는 별다른 반응이 없었다. 오히려 사청현이 그보다 더 흥분해서는 거듭 중얼거렸다.

"적네, 적어."

다들 지사 대인과 친하지 않은 까닭에 예의상 축하의 박수를 보냈다. 이어서 사청현의 차례가 왔다. 풍사전, 523개.

누가 인기가 많은지는 한눈에 알아볼 수 있었다. 풍사전의 장명등 숫자가 알려지자, 사청현이 입을 열기도 전에 연회석의 박수 소리가 불현듯 커지더니 '축하합니다', '명실상부하십니다' 하는 축하가 사방에서 쏟아졌다. 어깨가 올라간 사청현은 자리에서 일어나 사방 곳곳에 인사를 건네고 사무도를 향해 외쳤다.

"형, 나 올해 여덟 번째야!"

그는 마치 스승님에게 칭찬받고 달려와 부모에게 상을 조르는 아이 같았다. 지켜보고 있던 사련은 저절로 웃음이 흘러나왔다. 반면 사무도는 그를 나무랐다.

"고작 여덟 번째면서 뭘 기뻐하고 있느냐!"

사실 굉장히 오만한 소리였다. 온 상천정을 통틀어 평범한 인물이 누구 하나 있던가? 5백여 개의 장명등과 여덟 번째 순위를 차지한 것이 사무도의 입에서는 '고작'이 되어 버렸으니, 그 여덟 번째 순위 뒤로 밀린 신관들은 '고작'보다도 못한 것 아닌가? 물론 그도 부적절한 표현이라는 건 잘 알았다. 그럼에도 이리 말한 것은 두려움이 없기 때문이었다. 사청현의 표정이 울적해지자, 사무도는 부채를 펄럭이더니 마지못해 한마디를 덧붙였다.

"하지만 작년보다는 등이 많아졌구나. 다음 해에는 더 많아져야 할 것이야."

이 말에 사청현은 다시 팔을 쭉 뻗고 시원하게 웃음을 터트렸다. 온 연회석에서 명의만이 무심하게 먹는 데만 몰두하느라 박수를 보내지 않았다. 사청현은 그를 툭툭 치면서 자신을 축하해 달라고 재촉했다. 명의는 그를 무시하고 계속해서 음식을 먹어 치웠다. 발끈한 사청현은 무슨 일이 있어도 박수를 받겠다며 윽박질렀다. 옆에서 듣고 있던 사련은 웃느라 옆구리가 아플 지경이라 말을 할 수가 없었다.

다음은 영문전, 536개.

영문은 문신 중에서 1등을 차지한 셈이었다. 하지만 문신들은 별반 호응이 없었다. 나서서 체면을 세워 준 쪽은 오히려 무신들이었다. 사련은 멀리서 축하 인사를 건넸다. 이쪽에서는 사무도와 배명이 영문에게 연회를 열고 한턱 쓰라며 소리쳤고, 저쪽에서는 신관들이 쑥덕거렸다. 영문은 남상으로 변했기 때문에 신도가 많은 것이다. 지금 무신들의 세력을 꿰뚫어 보고 열심히 아첨하느라 문신을 무시한다, 상천정에서 가장 손님 접대에 열심인 신관이다, 손님을 접대할 때 창기를 부른다는 소문도 있다, 등등. 사련은 고개를 내저었다. 머릿속에 떠오른 생각은 단 하나였다. 여자 신관은 정말 쉽지 않구나.

다음으로는 남양전과 현진전이었다. 각각 572개, 573개였다. 모정은 얼굴이 활짝 폈고, 풍신은 무덤덤한 기색으로 기뻐하지도 화를 내지도 않았다. 사련은 의아해졌다. 왜 하필 숫자가 이렇게 비슷하지? 이건 너무 공교롭지 않나? 그는 사청현에게 넌지시 물어보고서야 진상을 알게 되었다. 이 두 사람은 출신도 비슷하고, 영토도 비슷하고, 실력도 비슷하고, 게다가 서로 사이도 나쁘다. 그래서 오기가 생긴 양쪽 신도들은 상대방의 궁관에서 얼마나 많은 등을 공양하든 반드시 하나를 더 공양하겠다고 맹세했다. 1등을 바라는 게 아니다. 상대보다 높기만 하면 됐다. 그렇게 매년 전력을 쥐어짜 승부를 겨뤘다. 올해는 막판에 현진전이 등 하나를 더 올려 아슬아슬하게 남양전을 앞섰다. 지금쯤 현진전의 신도들은 마치 전쟁에서 이긴 것처럼 거하게 자축하고 있을 것이다. 이야기를 들은 사련은 자연스레 이런 생각이 들었다.

'상대방의 등 하나 때문에 바깥에서 피 터지게 싸우다니. 신도들도 집에 명절 쇠러 가야 하지 않나? 오늘은 중추절이잖아.'

이어서 명광전. 580개.

상당히 높은 숫자였다. 그러나 배명은 전혀 기뻐 보이지 않았다. 작년에 비하면 올해는 적은 개수였기 때문이다. 부신인 배숙이 사고를 치면서 타격을 받은 셈이었다. 올해는 장명등이 백여 개 가까이 줄었다. 배명의 기반이 튼튼하고 안정적이지 않았다면 더 줄어들었을지도 몰랐다. 사무도와 영문은 그에게 축하의 말을 건네는 대신 어깨를 두드려 주었다.

이로써 사련은 깨달았다. 이 신관들이 겨루는 장명등은 개수가 무척 조밀하다. 고작 몇 개에서 몇십 개밖에 차이가 나지 않으니 큰 차이를 벌리기는 힘들 것 같았다. 그 말인즉, 사실상 전부 도토리 키 재기라서 절대적인 승리는 없다는 뜻이다. 그리 생각하고 있는 와중에 사회를 맡은 신관이 외쳤다.

"수사전, 718개!"

연회석이 한바탕 들썩이더니 사방에서 경탄이 터져 나왔다.

정신을 차린 신관들이 경쟁하듯 축하의 말을 건넸다. 사무도는 자리에서 일어나지 않고 가만히 앉아 있었다. 너무도 당연한 일이라 그다지 오만한 표정을 짓지도 않았다. 어쩌면 이번이 지난 몇백 년 동안 2등을 차지한 신관과 신무전의 장명등 수가 가장 가까워진 때인지도 모른다. 물론 사련이 처음 선경에 올랐을 때는 너무 먼 옛날이라 기복 장명등이 훨씬 귀했으므로 지금의 장명등과 똑같이 취급할 수는 없다. 하지만 '사람은 재물을 탐하다 죽고 새는 먹이를 탐하다 죽는다'는 말이 있듯이, 부를 향한 사람들의 열망은 영원히 줄어들지 않는 법이다. 역시 재물의 신은 다르다!

사청현은 자신이 5백여 개의 등을 받았을 때보다 더 흥분해서는 힘껏 박수를 치며 사련에게 연신 말했다.

"우리 형! 우리 형이에요!"

사련이 웃으며 대답했다.

"알아요, 대인의 형님이에요!"

온 연회석에서 명의 한 사람만이 여전히 격에 맞지 않게 열심히 먹고만 있었다. 사실 사련은 먹기 위해 참석한 그야말로 이들 가운데서 '연회'에 가장 진지하게 임하는 사람이라고 생각했다. 마치 오랫동안 귀시장에 잠입해 있느라 곯았던 배를 오늘 밤에 본전만큼 채우려는 것 같았다. 귀시장 노점에서 어떤 음식을 팔았는지 돌이켜 보면 사련도 충분히 이해할 수 있었다. 그러다 문득 이런 생각이 들었다. 화성은 평소에 귀시장 길거리를 느긋하게 구경할까?

가장 흥미진진한 수수께끼의 답은 벌써 밝혀졌다. 오늘 밤, 연극도 실컷 감상하고 이야기도 충분히 나눈 신관들은 흡족한 마음으로 저마다 자리를 뜰 채비를 했다. 그런데 사무도가 돌연히 미간을 찌푸리고 부채를 접으며 말했다.

"잠깐."

다른 사람이 '잠깐'이라고 말했다면 이렇게까지 압도적이지는 않았을 것이다. 그러나 사무도라는 사람은 그의 별명인 '수횡천' 그 자체라, 타고난 것처럼 자연스러운 명령으로 남들이 저도 모르게 자기 말을 따르게끔 만들었다. 신관들은 다시 제자리에 앉으며 물었다.

"10위도 다 나왔는데, 대인께선 무슨 볼일이 더 있으십니까?"

사련은 속으로 생각했다.

'설마 저분도 공덕을 뿌리려는 건 아니겠지?'

사무도가 부채를 한들거렸다.

"10위가 다 나왔다?"

다들 이 반문이 무엇을 뜻하는지 이해하지 못했다. 이때 사청현이 소스라치며 말했다.

"……아냐. 아냐, 아니에요. 아직 다 안 나왔습니다! 신무전까지 포함해도 지금 발표된 건 아홉 명뿐입니다!"

깜짝 놀란 신선들이 어수선하게 떠들었다.

"아홉밖에 안 나왔다고?"

"정말이네요. 세어 봤는데 정말 아홉밖에 안 됩니다!"

"수사 대인 앞에 한 사람이 더 있다는 소리요?"

"뭐라고요? 누가 더 있을 수 있습니까? 떠오르는 사람이 없는데요?"

바로 이때, 새카만 밤 속에서 대낮처럼 밝은 빛줄기가 터져 나왔다.

그 빛은 등불이었다.

물고기가 떼 지어 강과 바다를 노닐듯, 무수한 등불이 느릿하게 떠올랐다.

그 등불들은 어두운 밤 속에서 찬란하게 반짝였다. 하늘을 떠도는 혼백처럼, 눈부신 꿈결처럼, 칠흑 같은 인간 세상을 한없이 웅장하게 비추었다. 말로 표현할 수 없는 기묘한 경치 앞에, 굳어진 호흡과 조각난 언어만이 남았다.

사련은 온 하늘을 뒤덮은 등불을 멍하니 바라보았다. 숨이 멎은 듯 아무 소리도 듣지 못한 채 한동안 넋을 잃었다. 한참이 지나고서야 그는 이상한 분위기를 알아차렸다.

연회에 참석한 모든 신관들의 시선이 그에게 쏟아지고 있었다. 사회를 맡은 신관이 손을 벌벌 떨며 그를 가리켰다.

사련은 멍하게 말했다.

"……왜 그러세요?"

아무도 대답하지 않았다. 사련은 다시 자신을 가리켰다.

"……저요?"

옆에 있던 사청현이 그의 어깨를 툭 쳤다.

"……그래요, 전하요."

"…….."

사련은 여전히 어리둥절한 기색이었다.

"제가 왜요? 제가 뭐 어떤데요?"

사회를 맡은 신관이 간신히 마른침을 삼키고 다시 입을 열었다.

연회에 참석한 백여 명의 신관들은 믿을 수 없다는 듯 떨려 오는 목소리를 들었다.

"천등관, 태자전, 3…… 3…… 3천 개!"

3천 개!

긴 침묵 끝에, 사방이 발칵 뒤집혔다.

태산처럼 굳건하게 수석을 지켜 온 신무전도 지금껏 중추연에서 하룻밤에 3천 장명등을 거둔 일이 없었다. 하다못해 이런 숫자는 누구도 생각해 본 적이 없었다. 천 개도 쉽지 않은 숫자인데 3천 개라니. 진정 역사상 전무후무한 기록이었다. 심지어 이전 순위에 오른 몇몇 신관들의 몫을 더한 것보다도 많았다!

당연하게도, 이 순간 모든 신관들이 현실을 받아들이지 못했다. 한 신관이 생각할 겨를도 없이 소리쳤다.

"착오가 있는 거겠지요!"

"잘못 센 거겠지……."

그러나 이 오랜 세월 중추연의 사회를 보며 투등을 세어 온 신관이 하필 오늘 실수를 했는지 아닌지는 둘째 치더라도, 빛으로 거대한 장막을 드리운 이 등불의 물결은 얼핏 훑어보기만 해도 알 수 있었다. 만 걸음 양보해서 정말 숫자에 착오가 있었던 셈 쳐도, 그 착오도 작으면 작았지 절대 크지는 않다는 것을. 그리하여 또 다른 신관이 말했다.

"저 등이 사실 진짜 기복 장명등이 아니라면요? 어쩌면 그저 평범한 등일 수도?"

사실 '조작된 거지?'라는 말이나 다름없었다. 다른 신관들도 그의 말에 맞장구쳤다. 하지만 사청현의 생각은 달랐다.

"평범한 등일 리 있겠습니까? 평범한 등과 기복 장명등은 양식이 전혀 달라서 하늘까지 날아오지도 못하는데 어찌 가짜일 수가 있겠어요?"

만약 이 말이 사련의 변론이었다면 사람들은 계속 캐물었을 것이다. 하지만 사청현이 말한 것인 데다 사무도도 자리에 있으니 캐물어 따지기가 어려웠다. 길이 막히자 그 신관은 다른 쪽으로 방향을 틀었다.

"여러분, 이 천등관이 어딥니까? 언제 세워졌지요? 누가 세운 거고요? 아시는 동료분 계십니까?"

사회를 맡은 신관이 대답했다.

"잘 모르겠습니다만……. 등에 '천등관'에서 올리는 것이라 적혀 있었습니다."

"하지만 천등관 같은 곳은 들어 본 적이 없는데요?"

"맞습니다, 저도 지금껏 한 번도 못 들어 봤습니다!"

겨우 충격의 공백에서 빠져나온 사련은 이 말을 듣고 진심으로 대답했다.

"여러분. 솔직히 말씀드리면, 여러분뿐만 아니라 저도 들어 본 적이 없습니다."

이것도 천생이 세웠을 리는 없지 않은가?

오늘 밤 신관들은 갑작스러운 날벼락에 얻어맞아 머리가 다 어지러웠다. 다들 이 상황이 믿기지 않는지 왁자지껄 끓어올랐다. '그냥 놀이일 뿐인데 다들 너무 진지하시네요.' 사련은 정말 이렇게 말하고 싶었다. 하지만 첫째, 많은 이들은 내심 이 '놀이'를 놀이로 여기지 않았다. 그리고 둘째, 이 '놀이'의 1등을 차지한 그가 이런 말을 했다간 매를 벌지 않겠는가? 한편 다른 신관들도 할 말이 없었다. 모두 그보다 순위가 낮으니, 마치 자신이 1등이 아니어도 개의치 않는다는 듯이 변명하기도 영 민망스러웠다. 이때, 배명이 웃으며 말했다.

"혈우탐화는 태자 전하를 괴롭히려고 데려간 게 아니다, 내 그리 말하지 않았습니까. 이전에는 다들 믿지 않으셨습니다만, 이제는 믿어지십니까?"

그가 일깨워 주고 나서야 사람들은 불현듯 깨달았다.

만약 화성이라면. 그렇다면, 손짓만으로 기복 장명등 3천 개를 올리는 것쯤은 불가능한 일도 아니다!

사련과 화성이 정말 아는 사이인지, 도대체 무슨 관계인지는 말 그대로 오리무중이었다. 그간 사람들은 화성이 악의를 품고 접근했다는 설에 무게를 두었다. 언제나 천계에 날을 세우던 화성이 갑자기 사련을 눈여겨볼 이유가 없기 때문이었다. 그러나 법도 하늘도 안중에 없는 화성이라면 갑자기 누군가에게 친절한 척을 할 이유도 전혀 없었다. 오늘 중추연이 끝나고 나면, '악의를 품고 접근했다'는 말은 이제 신빙성을 잃고 말 터였다. 좌우간 3천 개의 기복 장명등이다! 재운을 관장하는 수사라 해도 턱턱 내놓을 수 있는 숫자가 아니었다. 어수선한 와중에 연회석의 상석에서 여유로운 박수 소리가 들려왔다.

신들이 소리를 따라 시선을 돌렸다. 군오가 박수를 치면서 웃는 얼굴로 사련을 바라보고 있었다.

"선락, 축하한다."

군오는 지금 자신을 곤경에서 꺼내 주려는 것이다. 이 사실을 잘 아는 사련은 마음속으로 감사하며 고개를 숙였다. 군오가 다시 한마디 읊조렸다.

"넌 언제나 기적을 만들어 내는구나."

이 모습을 본 연회석은 서서히 고요해졌다. 신관들은 잠시 망설이다가, 결국 군오의 손길을 따라 들쭉날쭉 박수를 치며 축하 인사를 건네기 시작했다.

이쯤 되면, 아무리 충격적이어도 제천의 신들은 인정해야 했다. 이 태자 전하께서는 예로부터 기적을 낳았다. 과거에도 그랬고, 지금도 마찬가지로!

중추연이 막을 내리면서 내내 천둥을 울리던 뇌사(雷師)도 일을 마쳤다. 가장 열심히 축하해 준 사람은 물론 사청현이었다. 그는 누가 어떤 순위에 오르든 가장 먼저 박수를 치며 목소리를 높였다. 배명은 제외하고. 사련은 자신이 갑자기 끼어드는 바람에 2등에서 3등이 되어 버린 수사가 언짢아하지 않을까 싶었다. 하지만 사무도는 전혀 불쾌해 보이지 않았다. 배명과 영문도 그에게 축하 인사를 건넸다. 곧이어 세 사람은 누구 집 언덕의 온천에 가서 안마를 받을지 의논했다. 이를 들은 사청현이 물었다.

"형, 또 놀러 가려고?"

사무도가 부채를 접으며 대답했다.

"그래."

영문은 팔짱을 끼고 웃으며 말했다.

"풍사 대인도 같이 가시겠습니까?"

사청현이 대답했다.

"아니에요. 선약이 있어서요."

사무도가 미간을 찌푸렸다.

"형편없는 사람하고 약속 잡지 마라."

영문이 말을 보탰다.

"제아무리 형편없어도 배 장군보다 형편없으려고요?"

그러자 배명이 으름장을 놓았다.

"걸 경, 입 다무시지요."

두 형제가 대화를 마치자 사련은 사청현과 함께 연회장을 뜰 채비를 했다. 도중에 마주친 모정은 사련을 보고 있었는지는 몰라도 표정이 썩 좋아 보이지는 않았다. 그에 반해 풍신은 자리에서 일어나 먼저 말을 건넸다.

"축하드립니다."

사련도 고개를 까딱 숙이며 말했다.

"고마워."

———————●———————

낭형은 선경의 풍사 선부에 머무르고 있었다. 이제 말끔한 차림이었지만 여전히 낯을 가렸다. 사련이 그를 데리고 내려오는 동안에도 특별히 입을 열지 않았다. 사련은 우선 읍내로 가서 신선한 과일을 조금 사다가 낭형에게 먹였다. 그 뒤로는 곧장 보제 마을로 돌아가지 않고 작은 숲에 잠깐 들렀다.

예상대로 그 작은 숲은 아주 떠들썩했다. 웃통을 벗은 젊은 사내가 하얀 비단에 묶여 나무에 거꾸로 매달린 채 욕지거리를 된통 퍼붓고 있었다. 말끝마다 상스러운 소리가 쏟아졌다. 그리고 아이 하나가 바닥에 쪼그려 앉아 모기를 쫓아 주고 있었다. 사련은 낭형을 바깥에 세워 두고 혼자 유유히 앞으로 다가갔다. 사련을 발견한 그 젊은 사내가 노발대발했다.

"사련 이 개자식, 염병 떨지 말고 당장 이거 안 풀어? 죽어, 죽어, 나 죽는다고!"

하지만 사련은 상냥하게 말했다.

"분명 아주 오랫동안 모기에 물리지 않았을 텐데. 살아 있는 게 어떤 맛인지 다시 한번 느껴 보고 좋잖아?"

이 사내는 바로 척용이었다. 사련은 그가 얌전히 있지 않고 곡자에게 약야를 자르라고 부추길 것이라 예상했다. 그래서 혹시라도 그가 도망치면, 그를 이 작은 숲으로 끌고 가서 한껏 즐겁게 해 주라고 약야에게 미리 신신당부해 두었다. 타인의 육신을 두르고 있어 척용을 자주 때릴 수는 없었지만, 적어도 소소한 육체적 고통은 줄 수 있었다. 사련은 이 일대에서 땔감을 베고 고물을 주우면서 모기에 물리는 고통을 실컷 겪었다. 지금 척용도 역시나 모기떼에 뜯겨 온몸에 반점이 가득했다. 다 죽어

가는 꼴로 그가 지껄였다.

"설련화처럼 고결한 마음은 다 어디 갔어! 이럴 땐 왜 미적미적 좋은 사람인 척을 안 하냐고!"

곡자는 사련의 다리를 끌어안고 엉엉 울며 말했다.

"형, 우리 아빠 내려줘! 너무 오래 매달려 있었어!"

사련은 곡자의 머리를 쓰다듬어 주었다. 곧이어 척용이 아이고, 신음하더니 '쿵' 소리와 함께 땅에 떨어졌다.

보제 마을로 돌아가려면 그 단풍나무 숲을 지나야 했다. 사련은 웃통을 벗은 채 욕을 줄줄이 지껄이는 젊은 사내를 붙잡아 들었다. 두 아이가 그 뒤를 따랐다. 한 아이는 눈물 콧물을 훌쩍거렸고, 다른 한 아이는 잠자코 말이 없었다. 생각해 보면 참 기괴하기 짝이 없는 일행이었다. 언덕을 오를 무렵, 그는 뒤쪽의 두 아이에게 말했다.

"발밑 조심해. 여기는 넘어지기 쉬워."

이 말은 사실이었다. 사련은 읍내에서 늦은 시간까지 고물을 주울 때가 종종 있었다. 그의 운 나쁜 체질 때문일까, 어두운 밤에 이 길을 걷다가 몇 번이나 넘어졌는지 모른다. 이 말에 척용이 냅다 소리쳤다.

"하늘이여! 제발 지금 당장 이 인간이 냉큼 자빠져서 죽게 해다오!"

사련은 그 말이 가소롭기만 했다.

"귀신 주제에 무슨 하늘을 찾아?"

이때, 불현듯 하늘가에서 은은하게 비쳐 오는 따뜻한 빛이 느껴졌다. 칠흑처럼 어두운 길도 그 빛을 받아 조금 밝고 선명해진 것 같았다. 고개를 들어 바라보니, 역시 사련의 착각이 아니었다. 하늘가에는 정말로 빛이 있었다.

그 3천 장명등의 빛이었다.

밤하늘을 수놓은 등불이 끝 간 데 없이 흘러갔다. 그 빛은 찬란한 별빛과 달빛마저 집어삼켰다. 멍하니 하늘을 올려다본 사련은, 이윽고 작은 목소리로 읊조렸다.

"……고마워."

척용은 저 불빛이 뭔지도 모르고 이죽거렸다.

"고맙긴 뭐가 고마워? 다른 놈들이 저들끼리 등불 붙이고 노는 거잖아. 특별히 너한테 바친 것도 아닌데 설레발은."

빙긋 웃은 사련은 다른 말을 하지도, 반박하지도 않고 그저 이렇게 말했다.

"아름다운 것이 이 세상에 존재한다는 거, 그 자체만으로도 고마워."

마음속에 아름다운 풍경이 있으니, 풍경을 해치려는 잔혹한 손길은 이제 두렵지 않았다. 하늘가를 물들인 장명등의 빛을 빌려, 그는 앞으로 나아갔다.

44장 태아의 혼백, 파란을 일으키다

이틀도 안 되어 사련은 거대한 위기를 맞았다.

도관에 음식이 떨어졌다.

그 혼자서는 하루에 채소절임 한 접시를 곁들인 찐빵 몇 개에, 밭에서 오이를 몇 개 따다 먹으면 완벽하게 해결이 되었다. 보제 마을의 촌민들이 주는 공물 덕분에 넉넉한 생활을 누릴 수 있었다. 하지만 이제 도관에는 입이 세 개나 늘었다. 사람 둘과 살아 있는 귀신 하나가 비축해 둔 식량을 순식간에 거덜 냈다.

두 아이는 그나마 감당할 만했다. 하지만 귀신인 척용은 사내의 몸에 달라붙어 끝까지 버텼다. 사련에게 자신을 사람 취급도 안 하고 개밥 같은 음식만 먹인다고 욕을 퍼부으면서 그 누구보다도 많이 먹었다. 사련은 정말이지 솥 밑바닥에 눌은 찌꺼기를 싹싹 긁어 그의 입에 쑤셔 넣고 싶었다.

솥이 완전히 밑바닥을 드러내자, 사련은 두 아이를 데리고 장 터를 돌아다니기로 했다. 가능하다면 고물이라도 얻어다 아이들에게 맛있는 것을 사 먹일 생각이었다.

평소 사련의 운이 썩 나쁜 편이라고 한다면, 오늘 사련의 운은 특히나 나빴다. 읍내를 한 바퀴 돌았는데도 고물을 전혀 받지 못했다. 결국, 그는 사람들의 왕래가 잦은 큰길 어귀에 서서 한 가지 결정을 내렸다. 옛 본업으로 다시 복귀하자.

그리하여 그는 두 아이를 한쪽에 앉혀 두고 길거리에 떡하니 서서 우렁찬 목소리로 외쳤다.

"마을 어르신과 이웃 주민 여러분! 오늘 제가 이 귀한 곳에 처음 들렀습니다만, 주머니 사정이 어려운 처지입니다. 부끄러운 재주 몇 가지를 선보일까 하니 부디 성원을 부탁드리고, 양식과 여비를 보태 주신다면…….'

풍아한 자태로 소매를 나부끼면서 낭랑하고 기운 넘치는 목소리를 높이자, 거리를 지나던 한가한 사람들이 하나둘 이쪽으로 모여들었다.

"뭘 할 줄 아나? 구경이나 합세."

사련은 흔쾌히 대답했다.

"접시돌리기 어떠십니까?"

사람들이 손사래를 쳤다.

"그까짓 잔재주가 뭐 어렵다고! 다른 건 없소?"

사련이 다시 대답했다.

"가슴으로 바위 깨기는 어떠세요?"

"그건 너무 옛날 거잖아! 또 다른 건 없소?"

사련은 깨달았다. 거리에서 기예를 파는 것도 시대의 흐름에 따라 발전해야 하는데, 아무래도 한때 그가 자랑하던 특기는 한물이 지나 더 이상 볼거리가 못 되는 모양이었다. 구경꾼들이 흩어지려 하자 사련은 부득이하게 비장의 무기를 쓰기로 했다. 그는 소매에서 자신이 손수 만든 호신부 꾸러미를 꺼냈다.

"기예를 구경하시면 호신부를 드립니다. 수제품이에요. 여러분, 이 기회를 놓치시면 안 됩니다."

뭔가를 공짜로 준다는 말이 들리자 흩어지던 사람들이 벌 떼처럼 되돌아왔다.

"어떤 호신부지? 어느 도관에서 치성을 드린 거요? 신무대제인가?"

"재운을 지켜 주는 부적도 있나? 재물신의 호신부를 주면 고맙겠네!"

"거양진군의 부적을 받고 싶습니다! 내 것도 하나 남겨 줘요!"

사련이 대답했다.

"아닙니다, 아니에요. 선락 태자의 부적을 드립니다. 보제관에서 치성을 드린 부적이에요. 영험함은 보장합니다."

영험하고말고. 다른 신관들은 날마다 최소 몇천 명의 기원에 시달리니, 조금이라도 양이 많다 싶으면 휘하의 소신관을 대신 내려보내곤 한다. 반면에 사련은 많아 봐야 하루에 몇 사람의 기원을 듣는다. 그렇다면 과연 어느 쪽이 기원을 더 잘 들어주겠는가?

하지만 사람들은 모두 비웃으며 말했다.

"그게 무슨 이름이야, 들어 본 적도 없구먼!"

사련이 거듭 말했다.

"못 들어 봤어도 괜찮습니다. 보제관은 7리 밖 보제 마을에 있습니다. 언제든 참관하러 오세요. 꼭 향불을 지참하지 않아도……."

하지만 구경꾼들은 그의 말이 끝나기도 전에 우르르 흩어져 버렸다. 다들 하나둘 떠나가며 방금 앞다투어 받은 호신부를 내던졌다. 사련은 그 뒤에서 부적을 일일이 주워 깨끗하게 털고는 태연한 표정으로 소매 안에 집어넣었다. 그렇게 한참을 줍고 있는데, 헝겊신 한 켤레가 시야에 들어왔다.

사련은 고개를 들었다. 낭형이 붕대 틈새로 드러난 새까만 두 눈으로 그를 가만히 바라보고 있었다.

그가 부드러운 목소리로 말했다.

"왜 그러니? 저쪽에 가서 곡자랑 같이 앉아 있어. 잠깐만 기다리면 돼."

낭형은 잠자코 말이 없었다. 바로 이때, 큰길 너머에 있는 대저택의 대문이 부서질 듯 열리더니 사람 하나가 튀어나왔다. 곧이어 쩌렁쩌렁한 고함이 터져 나왔다.

"돌팔이!"

거리의 행인들이 서둘러 불구경을 하러 모여들었다. 수십 개의 발이 요란하게 지나가자, 미처 줍지 못한 호신부가 순식간에 짓밟혀 너덜너덜 더럽게 뭉그러졌다. 멍하니 할 말을 잃은 사련은 부적 줍기를 포기하고 낭형에게 곡자를 잘 보고 있으라고 당부한 다음 상황을 알아보러 향했다. 저택 문 앞에서 부유한 상인으로 보이는 남자가 의원처럼 보이는 노인과 언쟁을 벌이고 있었다. 그 상인이 길길이 날뛰며 외쳤다.

"어제 왔을 땐 뭐라고 했지? 아무 문제 없으니 걱정하지 말라면서? 한데 오늘은 대체 뭐야? 우리 안사람은 넘어진 적도 없고 상한 음식을 먹지도 않았는데 어찌 갑자기 이리될 수가 있어?"

그러자 의원은 억울해하며 말했다.

"어제 부인을 진맥했을 때는 정말 멀쩡했습니다! 이건 도사를 찾으셔야지 의원을 찾을 일은 아닌 듯합니다!"

발끈한 상인이 손을 허리에 짚고 의원에게 삿대질을 했다.

"내 아들이 잘못된 것도 아닌데 이 돌팔이가 어디서 악담이야! 관아에 고발해서 패가망신시킬 줄 알아!"

의원은 자신의 왕진 보따리를 끌어안으며 말했다.

"절 고발하셔도 소용없습니다. 무슨 맥인지 가려낼 수가 없다니까요! 내 평생 이런 맥은 처음 봅니다!"

구경꾼들이 소란스레 끼어들었다.

"의원을 바꾸시오!"

"아니면 그냥 도사를 찾아보든지!"

본능적으로 수상한 기운을 느낀 사련은 사람들 사이에서 손을 들며 말했다.

"여기 좀 보세요. 도사라면 여기 있습니다. 제가 도사예요."

사람들이 일제히 사련을 돌아보고는 어리둥절해하며 물었다.

"당신은 기예 파는 사람 아니었소?"

"말씀 감사합니다만, 그건 부업입니다."

깍듯하게 대답한 사련은 다시 앞으로 다가가 말했다.

"제가 살펴볼 테니 귀댁 안부인께 안내해 주실 수 있습니까?"

저택 안에서 이따금 새된 비명이 들려왔다. 부인 여럿이 혼비백산 외치는 소리 같았다. 새로 부른 의원이 오려면 한참 시간이 필요한 터라, 그 상인은 지푸라기라도 잡는 심정으로 정말로 사련을 집 안으로 끌고 들어갔다. 사련은 가는 김에 그 의원도 잡아 데려갔다. 들어선 안채 바닥은 온통 피투성이였다. 비단 휘장이 드리운 커다란 침상에 젊은 부인이 누워 있었다. 고통이 엄청난지, 그녀는 창백해진 얼굴로 배를 끌어안고 바닥을 뒹굴 지경이었다. 하지만 다행히도 몇몇 노부인과 시녀들이 그녀를 억눌러 함부로 움직이지 못하게 했다. 사련은 문간을 넘자마자 등의 솜털이 바짝 곤두서는 걸 느꼈다.

이 방 안은 음기가 무척 가득했다. 그리고 이 음기는 한 곳에서 흘러나오고 있었다.

저 부인의 배!

사련은 재빨리 뒤에 있던 사람들을 막아 세우며 외쳤다.

"움직이지 마십시오! 부인의 배 속에 뭔가 문제가 있습니다!"

상인은 질겁하며 물었다.

"애가 나오려는 거요?"

의원과 노부인들은 참고 들을 수가 없어서 버럭 대꾸했다.

"겨우 다섯 달인데 지금 애가 나오겠습니까!"

상인은 또 씩씩거리며 의원을 꾸짖었다.

"애가 나오는 것도 아니고 무슨 문제인지도 모른다니, 이 돌팔이! 맥도 제대로 못 짚고!"

혼절해 가는 부인의 모습에 사련이 외쳤다.

"조용히 하세요!"

그러고는 손을 뒤로 뻗어 방심검을 뽑았다. 그가 갑자기 몇 척에 달하는 길고 시커먼 흉기를 꺼내자 사람들이 화들짝 기겁했다.

"이게 무슨 짓이요!"

사련은 곧바로 손을 놓았다. 그러자 놀랍게도 그 검이 허공에 둥둥 떠올랐다!

이번에는 모두가 놀라서 얼이 빠졌다.

방심은 검 끝으로 부인의 솟아오른 배를 가리키며 떠 있었다. 검이 내뿜는 살기가 지극히 무거웠다. 사람들의 시선 속에서 부인의 배가 꿈틀거렸다. 불룩한 살덩어리가 배의 오른쪽으로 갔다가, 다시 왼쪽으로 옮겨 갔다. 그렇게 이리저리 움직이나 싶더니 부인이 별안간 격렬하게 기침을 토했다. 동시에 입 안에서 검은 연기가 뿜어져 나왔다.

오랫동안 기다린 방심이 단칼에 그 검은 연기를 베었다.

"내 아이!"

비명을 지른 부인은 그 자리에서 혼절하고 말았다.

사련은 그제야 검을 불러들여 등 뒤에 갈무리하고 의원에게 말했다.

"이제 됐습니다."

입을 떡하니 벌리고 있던 의원은 사련이 몇 번 손을 흔들자 비로소 머뭇거리며 부인에게 다가갔다. 상인은 들뜬 기색으로 물었다.

"내 아들은 무사한가?"

그러나 의원은 잠시 맥을 짚어 보더니 두려움에 떨며 대답했다.

"없어졌습니다……."

상인은 넋을 놓았다. 잠시 뒤 그가 버럭 고함쳤다.

"없어져? 이리 허무하게 유산됐다고?"

그러나 사련은 돌아서며 말했다.

"귀댁 부인의 아이는 유산된 것이 아니라, 없어진 것입니다. 무슨 말인지 아시겠습니까?"

"없어졌다는 게 곧 유산 아니오?"

"조금 다릅니다. 유산은 단지 유산입니다. '없어졌다'는 말은 이런 뜻입니다. 귀댁 부인의 배 속에는 원래 아이가 있었습니다. 그러나 지금은 이 아이가 보이지 않습니다."

과연, 아까까지만 해도 불룩하게 솟아 있었던 부인의 배가 지금은 아무런 외상이 없는데도 뚜렷하게 쪼그라들어 있었다. 게다가 홀쭉해진 모양도 몹시 부자연스러웠다. 상인이 거듭 물었다.

"……우리 아들은 방금까지 부인의 배 속에 있었잖소?"

"방금 안에 있던 것은 귀하의 아이가 아닙니다. 부인의 배를 부풀린 것은 그 검은 연기였습니다."

———◆———

의원이 부인은 그저 혼절했을 뿐 생명에는 지장이 없다고 확신하자 그들은 방을 나섰다. 상인이 물었다.

"도장님은 존함이 어찌 되십니까? 어느 도관에서 나오셨지요? 어느 진군을 모시고 계십니까?"

"존함이랄 것은 없고, 성은 사씨입니다."

짧게 대답한 사련은 이어서 '보제관'이라고 대답하려다가 저도 모르게 입가까지 나온 말을 바꾸었다.

"천등관에서 왔습니다."

천등관이라는 세 글자를 꺼내고 나자 사련은 어쩐지 얼굴이 조금 뜨거워졌다. 오, 하고 중얼거린 상인이 말했다.

"처음 들어 보네요. 멀리 있는 곳이지요?"

사련도 멀리 있는지 어떤지 모를 노릇이라 작은 목소리로 대답했다.

"네……."

몇 마디 인사치레를 마친 상인은 그제야 두려운 기색으로 질문을 쏟아 냈다.

"도장님! 아까 그건 대체 무슨 요괴랍니까? 여태껏 제 부인이 배 속에 품어 온 게…… 그거였습니까? 그 시커먼 연기?"

화제가 바뀌자 사련도 표정을 바로잡았다.

"내내 품어 온 것인지는 확실치 않습니다. 어제 의원을 부르셨을 때는 부인께서 멀쩡했다 하지 않으셨습니까? 당시까지만 해도 안정적이었던 맥이 오늘 흐트러졌으니, 아마 어제저녁에 아이에게 일이 생긴 듯합니다. 한번 생각해 보세요. 어제저녁에 부인께서 어떤 일을 하지는 않으셨습니까? 아니면 무언가 괴이한 일이 일어났다든지요?"

상인이 대답했다.

"어제저녁엔 아무 일도 없었습니다. 제 부인은 외출도 안 했어요! 거양전에 향불을 바쳐 이 아이를 얻은 뒤로는 집 안에 거양진군의 신줏단지와 위패를 모시고 매일 두문불출하면서 경을 외고 향을 피웠습니다. 아주 큰일 날 정도로 지극정성이었다고요!"

"……."

사련은 만약 풍신이 자기를 이렇게까지 모시는 사람이 있다는 걸 알게 된다면 그거야말로 큰일이라고 생각했다. 잠시 고민한 그가 다시 물었다.

"그럼, 이상한 꿈을 꾸진 않으셨습니까?"

상인은 흠칫하며 대답했다.

"꿨습니다!"

사련은 정신이 바짝 들었다. 상인이 계속해서 말을 이었다.

"정말 귀신같이 알아맞히시는군요! 제 부인이 어젯밤에 아주 이상한 꿈을 꿨습니다. 꿈에서 한 아이와 같이 놀았는데, 제 부인을 엄마라고 불렀다더군요. 꿈을 꾸다가 무언가가 배를 차는 바람에 한밤중에 깨어났고요. 부인은 흐뭇해하면서 저한테 복중의 아이가 한시 빨리 부모를 만나고 싶어 하는 것 같다고 했습니다. 그래서 먼저 인사를 하러 온 거라고요. 저도 그때 맞장구를 쳤고요!"

순간 사련이 단호하게 말했다.

"바로 그 아이가 문제입니다."

짧은 침묵 끝에 그가 다시 물었다.

"그 아이는 대략 몇 살이었습니까? 어떻게 생겼고요? 부인께서 말씀해 주셨나요?"

놀란 상인은 온몸에 식은땀이 났다.

"부인은 기억하지 못할 겁니다. 제게 얘기할 때도 도통 몇 살인지 모르겠다고 했었거든요. 그저 아주 어리다는 것, 안아 달라고 했던 것, 안아 줬을 때 무척 가벼웠다는 것만 어렴풋하게 느꼈답니다."

사련은 잠시 고민하다 입을 열었다.

"몇 가지를 더 여쭤볼 테니 솔직히 대답하셔야 합니다. 그래야 이 일을 소상하게 밝힐 수 있습니다. 첫째, 귀댁의 첩들이 총

애를 다툰 적이 있습니까? 둘째, 안부인께서 이전에 아이를 지운 적이 있습니까?”

첩이 총애를 다투었느냐고 물은 것은 질투심에 저지른 저주일지도 몰라서였다. 오랫동안 저택 깊은 곳 뒤뜰에 갇힌 여인이 한번 질투심을 품으면 못 저지를 일이 없었다. 아이를 지운 적이 있냐고 물은 것은, 만약 부정한 이유로 아이를 지웠다면 생모의 몸속에 원념이 남아 새로운 아이의 안위를 괴롭힐 가능성이 있기 때문이었다.

사련이 거듭 캐묻자 상인은 솔직하게 고했다. 뜻밖에도 전부 명중이었다. 그의 저택에서는 여러 첩이 머물며 온종일 시답잖은 말다툼을 벌였다. 심지어 바깥에도 늘 그가 집으로 들여 주기만을 기다리는 소실이 있었다. 뒤이어 이 부인을 모시는 시녀도 입을 열었다. 본디 첩이었던 이 부인은 예전에 아이를 회임한 적이 있었다고 했다. 하지만 아들을 낳아 정실이 되고 싶었던 그녀는 아이의 성별이 여자라는 돌팔이 의원의 처방을 곧이곧대로 믿고 약을 마셔 그 아이를 지웠다. 모든 사실을 알게 된 사련은 머리가 터질 것 같았다. 상인은 불안에 떨며 물었다.

“도장님, 태어나지 못한 여자아이의 복수인 걸까요?”

“가능성은 있지만 정확하지는 않습니다. 귀댁 안부인도 꿈속의 아이가 몇 살이었는지, 남자아이였는지 여자아이였는지 확실히 모르시니까요.”

“그…… 그런데요, 도장님. 이 검은 연기가 어제저녁에 부인의 배 속으로 들어왔다면, 그럼…… 우리 아이는 어디로 간 겝니까?"

"아마 잡아먹혔을 겁니다."

사련의 대답에 상인이 화들짝 몸서리쳤다.

"자, 잡아먹혔다고요?"

사련은 고개를 끄덕였다. 상인이 서둘러 물었다.

"그럼 도장님, 이제 어쩌면 좋습니까? 아직 집에 회임한 부인이 하나 더 있는데, 그 요괴가 다시 오면 뭘 어찌해야 합니까?"

이 사람 집에 회임한 여인이 더 있었다니!

사련은 손을 들어 보이며 말했다.

"진정하세요. 다시 여쭙겠습니다. 안부인께서는 꿈에서 그 아이를 만난 곳이 어디였는지 기억하셨습니까?"

"희미한 기억이지만 큰 방인 것 같다고 했습니다. 자세한 건 기억하지 못할 겁니다. 고작 꿈을 누가 그리 똑똑하게 기억하겠습니까?"

상인이 다시 치를 떨며 말했다.

"마흔…… 마흔이 되어서야 겨우 얻은 아이인데, 이게 무슨 신세랍니까! 도장님, 이 요괴를 잡아 죽일 수 있겠습니까? 놈이 더는 우리 집안사람들을 해치게 둘 순 없습니다!"

사련이 말했다.

"당황하지 마시고 진정하세요. 제가 최선을 다해 보겠습니다."

그 상인은 얼굴에 화색을 띠고 손을 비비적댔다.

"좋습니다, 좋아요. 뭐가 따로 필요하십니까? 보수라면 문제 없습니다!"

사련이 대답했다.

"보수는 괜찮습니다. 몇 가지 일을 도와주시기만 하면 됩니다. 첫째, 번거로우시겠지만 묵혀 놓은 여인의 옷을 가져다주세요. 품이 넉넉해서 사내가 입을 수 있는 옷이어야 합니다. 그리고 술법을 쓰려면 회임하신 다른 부인의 머리카락 한 가닥이 필요할 것 같습니다."

상인은 재빨리 하인에게 분부했다.

"적어, 적어!"

사련이 말을 이었다.

"둘째, 회임하신 다른 부인께는 가능하다면 방을 옮겨서 주무시라고 당부해 주십시오. 하지만 언제 어디서든 자신을 엄마라고 부르는 낯선 아이의 목소리가 들려오면 대답하면 안 됩니다. 절대로 대답하면 안 돼요. 되도록이면 입도 열지 마시라, 전해 주세요. 물론 사람들은 꿈을 꿀 때 의식과 판단력이 흐릿해져서 자신이 꿈을 꾸고 있다는 걸 인지하지 못할 때가 있습니다. 하지만 귀하가 부인께 거듭 당부해 이 일을 깊이 기억시킨다면 아마 효과가 있을 겁니다."

상인이 고개를 끄덕이자 사련이 말을 덧붙였다.

"셋째, 제가 꼬마 두 명을 데리고 나왔습니다. 실례가 되지 않는다면 잠시 맡아 주시고 밥 한 끼 든든하게 챙겨 주세요."

"이런 사소한 일쯤이야 두 가지는 물론 백 가지라도 해 드릴 수 있습니다!"

드디어 가장 중요한 마지막 차례가 왔다. 사련이 입을 열었다.

"넷째."

그는 소매 안에서 보제관의 호신부 한 장을 꺼내 두 손으로 건네며 아주 정중하게 말했다.

"이 호신부를 향해 '태자 전하, 저를 보우하소서!' 하고 큰 소리로 외쳐 주세요. 그리하시면 그 기복이 제 도관의 실적으로 들어올 겁니다."

"……."

⸺◈⸺

그날 밤, 사련은 다시 한번 여인의 옷으로 갈아입었다.

그는 이제 눈 감고도 여장을 할 수 있는 수준이었지만 임산부로 분장하는 건 처음이었다. 거울을 보며 화장을 하는 데는 반주향도 걸리지 않았다. 마지막으로는 자신의 배 위로 베개를 집어넣었다. 그러곤 회임한 부인에게서 얻어 온 머리카락 한 가닥을 베개 속에 감춘 뒤, 침상에 누웠다. 마음을 가라앉히고 숨을 천천히 내쉬자 금세 잠이 쏟아졌다.

얼마나 지났을까, 사련은 느릿하게 눈을 떴다. 시야에 들어온 것은 그 상인의 첩이 머무는 방이 아니라 화려한 누각이었다.

사련은 가장 먼저 방심이 자신의 곁에 있는지 더듬어 보았다. 그는 검이 만져지고 나서야 마음을 놓았다. 역시 출중한 보검인 만큼 그와 단단히 연결되어 있었다. 뒤이어 그는 천천히 몸을 일으켜 앉았다. 문득 손바닥에 끈적한 것이 묻어났다. 손을 들고 살펴보니 자신이 누워 있던 침상에 섬뜩한 핏자국이 낭자했다. 미처 마르지 않은 피가 그의 몸 절반을 새빨갛게 물들였다. 보는 것만으로도 오한이 끼치는 광경이었다.

사련은 침착하게 침상에서 내려와 걸음을 옮겼다. 그 순간 몸에서 무언가가 떨어져 내렸다. 고개를 숙여 보니 뜻밖에도 그 베개였다. 그는 재빨리 베개를 주워 다시 옷 안으로 집어넣었다. 그런데 다시 두 걸음을 내딛자 또 떨어졌다. 사련은 하는 수 없이 양손으로 베개를 받쳐 들고 사방을 둘러보았다.

어려서부터 황궁에서 자란 그는 눈동냥 귀동냥으로 길러 낸 안목 덕분에 아름다움에 대해 나름대로 일가견이 있었다. 이 작은 누각은 보기에는 화려했으나 연지분 냄새가 가득한 것이, 아무래도 주점이거나 향락을 일삼는 장소 같았다. 게다가 오늘날 성행하는 건축 양식과 비교하자니 몇백 년 전의 낡은 건물에 가까운지라, 정확히 어떤 곳인지 가늠하기 어려웠다.

이렇게 되면 상인의 부인이 지은 여자아이 태아령이 작간을 부렸을 가능성은 적어진다. 악령은 자신의 인지를 바탕으로 환상을 엮어 내기 때문이다. 마찬가지로, 이런 몇백 년 전의 옛 건물은 당연히 몇백 년 묵은 악령의 인지 속에서만 존재한다. 누각을 한 바퀴 돌아보았지만 사람은 보이지 않았다. 사련은 자신이 맨 처음 누워 있던 방으로 돌아갔다.

이 방은 여인의 침소였다. 화장대가 있었고, 여닫을 수 있는 궤짝이 있었다. 안에는 아이의 옷가지와 인형, 딸랑이 같은 장난감이 들어 있었다. 하나하나 살펴보니 전부 새것이었다. 이 방의 여주인이 이 물건들을 무척 애지중지했다는 방증이었다. 다시 말해, 이 여인은 '아이'에 대한 사랑을 온 가슴 가득 품고 있었던 것이다.

사련은 다시 물건을 뒤적거리다 불현듯 멈칫했다. 아이의 옷가지 안에 호신부 하나가 끼워져 있었다. 그리고 이 호신부는, 뜻밖에도 그의 호신부였다!

몹시 의아해진 사련은 몇 번이고 다시 확인했다. 틀림없었다. 확실히 그의 호신부가 맞았다. 게다가 지금처럼 그가 직접 산에 올라 향초를 따고, 엮고, 부적을 그리고, 붉은 실을 사다가 묶은 간단한 호신부가 아니었다. 이건 팔백 년 전 선락 태자가 가장 영광스러웠던 시절, 전국에 널리 퍼져 거의 한 사람마다 하나씩은 가지고 있었던 호신부였다. 사용된 재료나 무늬가 전부 훌륭하고 정교했다. 어느 사당에서 치성을 드려 발행한 부적인지도 아주 명확하게 쓰여 있었다.

설마 이 방의 여주인은 한때 그의 신도였단 말인가?

바로 이때였다. 숨 막히는 정적 속에서, 문득 키득거리는 웃음소리가 들려왔다.

어린아이의 웃음소리였다. 갑자기 터져 나와 사방 멀리 흩어지는 바람에 어디에서 들려온 것인지 알 수 없었다. 사련은 별다른 내색 없이 생각에 잠겼다. 이 목소리는 왠지 귀에 익숙했다. 마치 어디선가 들어 본 적이 있는 것 같았다. 대체 어디에서?

순간, 그의 머릿속에 어린아이의 목소리가 울려 퍼졌다.

– 새색시, 새색시, 빨간 꽃가마에 오른 새색시.
– 눈물이 글썽글썽, 고개를 넘어, 면사포 아래에서 웃지 마라…….

여군산, 꽃가마 안에서 들었던 동령의 목소리!

사련이 퍼뜩 정신을 차렸을 무렵, 그 동령의 웃음소리도 뚝 그쳤다. 재빨리 뒤를 돌아보았으나 그림자 하나 보이지 않았다.

여군산 사건이 일어난 뒤로 통령진에서 이 동령에 대해 알아본 적이 있었다. 하지만 산에서 동령은 발견되지 않았다는 대답만 돌아왔었다. 동령의 목소리를 들은 것은 그 혼자뿐이었다. 그리고 지금, 이 동령은 벌써 두 번째로 그의 눈앞에 모습을 드러냈다. 이는 우연의 일치일까, 아니면 계획된 것일까?

그 동령이 웃음을 멈추고 말했다.

"엄마."

가까이에서 울려 퍼진 소리였지만, 정확히 어디에서 났는지는 알 수가 없었다. 사련은 말없이 숨을 죽이고 정신을 집중해 귀를 기울였다.

긴 침묵 끝에 아이의 목소리가 다시 들려왔다.

"엄마, 안아 줘."

사련은 마침내 알아챘다. 아이의 목소리는, 그의 배에서 나는 것이었다!

그는 내내 두 손으로 가짜 배를 받쳐 들고 있지 않았던가. 지금 깨닫고 보니 손에 들린 그 베개가 어느새 묵직해져 있었다. 손바닥으로 베개를 내려치자 퍽, 하는 소리와 함께 옷 안에서 동그란 것이 굴러 나왔다. 얼핏 보기엔 창백한 어린아이 같았다. 아이는 덩어리 같은 무언가를 입에서 토해 내고는 어둠 속으로 굴러가 순식간에 자취를 감추었다.

사련은 서둘러 다가가 살펴보았다. 아이가 토해 낸 것은 솜 뭉치 몇 덩어리와 검은 머리카락 한 가닥이었다. 그의 속임수가 톡톡히 효과를 낸 모양이었다. 이 꼬마 귀신은 회임한 부인의 아이를 잡아먹은 것처럼 사련의 '아이'를 먹어 치우려, 그가 배 앞에 넣어 둔 베개 솜을 먹은 것이다. 뒤이어 사련의 귓가에 아이의 처절한 외침이 들려왔다.

"엄마!"

동령이 아무리 말을 걸고 처량하게 울부짖어도 사련은 내내 입 한번 열지 않고 침착함을 유지했다. 그는 속으로 확신했다. 이 동령은 태아령이고, 이 방은 한때 동령의 어머니가 살았던 곳이 틀림없다. 동령에게 명확한 형태가 없는 것이 그 증거였다. 특정한 나이에 죽었다면 작간을 부릴 때도 그 나이의 형태를 띠기 마련인데, 이 동령은 대부분 새까만 연기나 희멀건 그림자로만 나타났다. 즉 동령 자신도 스스로가 어떤 모습인지 잘 모른다는 소리다. 게다가 궤짝에 든 작은 옷가지들은 손때 하나 묻지 않았고, 침상은 커다랗고 끔찍한 핏자국으로 물들어 있었다. 추측건대 이 방의 여주인은 아마 유산했을 것이다. 그리고 태어나지 못한 아이는 이미 형체를 갖춘 뒤라 조금이나마 자의식을 가졌을 터다. 태아령으로 변하고 나서는 어머니의 배 속으로 되돌아가고 싶은 마음에 그 상인의 부인을 찾아간 것이다.

부인이 자신의 꿈에서 동령의 부름에 대답한 게 화근이라면 화근이었다. '어머니'와 '아이'의 유대감이 어디 보통의 것이던가. 그 대답은 네가 원하는 걸 주겠노라는 '허락' 그 자체였다. 그녀는 거듭 입을 열면서 이 악령에게 침입할 기회를 주고 말았다. 꼬마 귀신은 그녀의 입을 뚫고 들어가 배 속까지 미끄러져 들어갔다. 그러고는 원래 배 속에 있던 아이를 먹어 치우고 그 자리를 차지했다. 사련이 남자라고는 하지만, 혹시나 입을 열고 대답하는 틈에 이 동령이 그의 배 속으로 파고들지도 모를 일이었다. 좌우간 만일의 상황에 대비하기 위해서라도 입을 다물고 있는 편이 좋을 터였다.

그렇게 사련은 입을 굳게 다문 채 방심검을 들고 그 아이의 흔적을 찾아다녔다. 그는 위험에 대해서라면 언제나 직감력이 강했다. 이는 수없는 실전을 겪으며 단련된 것이었다. 세세히 들여다볼 것도 없이 의심스러운 곳을 단칼에 찌르면 십중팔구는 맞힐 수 있었다. 여기는 그 동령이 빚어낸 꿈속이라 사련의 공격이 제법 약화됐을 테지만, 여러 번 찔리면 동령도 견디기 힘들 것이다. 그런데 동령을 찾아 헤매던 중, 사련은 발밑에서 쓰라린 통증을 느꼈다. 무척 뾰족하고 날카로운 무언가를 밟은 느낌에 그가 잠시 멈칫했다.

그 동령은 함정에 빠진 사련을 보고 간사한 웃음을 툭 터뜨렸다. 앳된 목소리였으나 어린아이가 아니라 악랄한 어른이 내는 소리처럼 들렸다. 모골이 송연해지도록 무서운 반전이었다. 하지만 사련은 담담한 표정으로 다시 걸음을 내디디고는 다시 등 뒤로 검을 내찔렀다. 이번에도 명중이었다.

봉변을 당한 동령은 캬, 하는 소리를 내며 저 멀리 물러갔다. 사련은 그제야 고개를 숙여 신발 밑바닥을 훑어보았다. 알고 보니 거꾸로 세워진 작고 날카로운 바늘을 밟은 것이었다. 그 동령이 일부러 놓아둔 게 틀림없었다. 정말로 사련이 아파서 소리 지르기를 바란 모양이었다. 하지만 잘못 짚었다. 사련은 고통을 아주 잘 참았다. 바늘을 밟는 건 물론이고 몇 척이나 되는 덫에 다리가 끼어도 필요하다면 입을 꾹 다물고 견딜 수 있었다.

사련은 우선 발바닥에 깊이 박힌 바늘부터 빼낼 생각이었다. 하지만 동령은 쓴맛을 보고 튀쳐나갔으니 이 틈에 꿈속을 빠져나가 다른 사람을 해칠지도 몰랐다. 사련은 결국 발에 바늘을 꽂은 채 방을 박차고 나왔다. 금세 통증이 사라지자 그는 걸음에 박차를 가했다. 누각 안을 찾아다녔지만 동령은 어디에도 없었다.

'설마 나한테 겁먹은 건가?'

사련이 속으로 의아해하고 있던 찰나, 멀지 않은 곳에서 창문 하나가 바람도 없이 저절로 열렸다.

다급히 내달린 사련은 창문 앞에 도착하고 나자 얼이 빠졌다. 창밖에는 거리도, 푸르른 산도, 행인도 없었다. 그저 깊이를 가늠할 수 없는 호수만 덩그러니 보일 뿐이었다.

깊은 호수 맞은편으로 집 한 채가 보였다. 집 안에는 어린아이 둘이 앉아 있었다. 다름 아닌 낭형과 곡자였다. 둘은 탁자에 둘러앉아 정신없이 밥을 퍼먹고 있던 참이었다. 그러나 저들의 머리꼭지 위로 새까만 안개가 맴돌며 깔깔거리고 있다는 사실은 전혀 눈치채지 못했다. 그 안개가 낭랑하게 외쳤다.

"엄마! 엄마!"

사련은 심장이 덜컥 내려앉았다. 양손을 창틀에 얹고 무의식적으로 경고하려 했지만, 입을 열면 안 된다는 것이 떠올라 억지로 목소리를 삼켰다.

설령 동령이 지어낸 환상이라고 해도 낭형과 곡자가 정말로 말려들지 않았다는 보장은 없었다. 행여나 말려들었다면, 여기서 아이들이 받은 상처는 현실의 몸에도 고스란히 더해질 터였다. 그는 주변에서 화병이라도 찾아 던지고 싶었지만 마땅한 물건이 보이지 않았다. 탁자와 의자는 멀리 내던질 수가 없었다.

게다가 두 집 사이는 커다란 호수로 가로막혔다. 설마 헤엄쳐 가라는 말인가?

이때 곡자가 맥없이 하품을 하자 검은 안개가 순식간에 모여들었다. 당장이라도 그 입 속으로 흘러들어 갈 기세였다.

어린아이의 몸은 방어력이 약하니 어쩌면 허락 없이 침입할 수 있을지도 모른다. 느긋하게 수영이나 고민하고 있을 때가 아니었다. 그는 과감하게 목청을 높였다.

"입을 닫아! 뛰어!"

외침이 들려오자, 낭형과 곡자는 지레 놀라 나란히 입을 다물고 자리에서 벌떡 일어섰다. 그 동령은 순식간에 자취를 감추었다. 그리고 다음 순간, 검은 안개가 사련의 눈앞에서 터져 나왔다.

사련은 말을 끝내자마자 입을 다물었지만, 이미 차가운 기운이 입 안으로 쏟아져 들어오고 있었다. 검은 안개가 배 속을 파고들자 오장육부가 순식간에 얼어붙는 듯했다. 그는 이를 악물고 신속하게 호신부 몇 개를 찢고 안에 든 향초와 부적을 꺼내 힘껏 씹어 삼켰다. 이윽고 목 안이 근질근질해지더니 검은 연기 덩어리가 다시 밖으로 밀려 나왔다.

입을 가린 소매 사이로 기침이 멈추지 않았다. 사련은 눈물이 핑 도는 와중에도 대책을 세우기 위해 재빨리 머리를 굴렸다. 검은 안개는 입 밖으로 밀려 나오고도 여전히 그의 상반신을 진득하게 뒤덮고 있었다. 사련은 창틀을 짚고 훌쩍 도약해 창밖의 호수로 뛰어들었다.

풍덩, 소리와 함께 사련은 호수 깊이 들이꽂혔다. 숨을 삼킨 그는 명상하듯 가부좌를 틀고 팔짱을 낀 채로 몸을 얼음장 같은 호수 물속에 천천히 가라앉혔다. 고동치던 심장이 가라앉자 그는 위를 올려다보았다. 위쪽을 맴돌며 온 수면을 봉쇄하고 있는 검은 안개가 어렴풋하게 보였다. 물 밖으로 나간다면 분명 숨을 몰아쉬게 될 테고, 그 숨을 마시는 순간 동령을 송두리째 배 속으로 빨아들이게 될 것이다. 만약 허우대 멀쩡한 사내의 배가 남산처럼 부풀게 된다면 실로 봐 주기 힘들 터였다.

다만 물에 뛰어든 것은 그저 생각할 시간을 벌기 위해서였다. 머지않아 사련은 적당한 대책을 떠올렸다.

'저걸 삼키면 뭐 어때. 방심도 같이 삼켜 버리면 되잖아.'

그는 길거리에서 기예를 팔 때 검을 삼키는 재주도 배웠었다. 삼키면 몸이 상하기는 할 테지만, 이 동령을 잡을 수 있다면야 아무래도 좋았다.

마음을 굳힌 그는 두 팔을 풀고 옆으로 헤엄쳤다. 그런데 위쪽에서 둔탁한 물소리가 울렸다. 한순간, 타오르듯 눈부시고 거대한 붉은빛이 눈앞을 점령했다.

새까맣게 휘도는 머리카락이 시야를 가득 메웠다. 부글대는 물보라와 공기 방울이 빼곡하게 엉겨 붙어 아무것도 보이지 않았다. 잠시 눈을 깜박인 사련은 얽히고설킨 머리카락과 수정 같은 물방울을 힘껏 헤집었다. 그 순간 강한 손길이 느껴졌다. 한 손이 허리를 감싸 오나 싶더니 다른 손이 그의 턱을 꽉 붙들었다.

뒤이어, 얼음처럼 차갑고 부드러운 무언가가 그의 입술을 틀어막았다.

45장 마음이 심란해도 동한 것은 아니라

사련은 두 눈을 휘둥그레 떴다.

한평생 그를 이렇게 대한 사람은 아무도 없었다. 누군들 감히 시도할 용기도 능력도 없었으므로. 하지만 이 사람은 귀매처럼 삽시간에 나타나 무방비한 사련을 속절없이 밀어붙였다. 사련은 버둥거리며 상대방을 밀쳐 내려다 되레 물을 몇 모금 크게 들이켰다. 수정 구슬 같은 물거품이 부글거리며 그의 입에서 줄기차게 쏟아져 나왔다. 이런 행동은 자칫 죽을 수도 있기에 물속에서 결코 해선 안 되는 일이었다. 그러자 상대방이 그의 허리를 더 바짝 껴안고 두 사람의 몸을 가깝게 밀착시켰다. 마구잡이로 밀어내던 사련의 손은 자신의 가슴에 짓눌려 꼼짝하지 못했다. 입술도 빈틈없이 틀어막혔다. 입맞춤이 한층 깊어졌다. 부드럽고 시린 숨결이 서서히 넘어왔다. 맥없이 체념한 사련은 이 사람의 얼굴을 확인했다. 화성이었다.

화성이라는 걸 알게 된 순간 그는 발버둥을 멈추었다. 때아닌 잡생각들이 마음속에 두서없이 떠올랐다. 화성이었구나. 어쩐지 차갑더라. 귀신은 숨을 쉴 필요가 없는데도 숨을 건네줄 수가 있구나. 그나저나 귀신은 물에 못 들어오는 거 아니었나?

바로 이때, 화성이 불현듯 눈을 떴다.

바로 눈앞에 놓인 그 검은 눈을 마주 본 순간, 사련은 다시 뻣뻣하게 몸을 굳히고 몸부림치기 시작했다. 파닥거리는 모양새가 운 나쁘게 물에 빠진 멍청한 오리 같았다. 하지만 화성은 이 정도의 몸부림쯤이야 가뿐하게 잠재울 수 있었다. 그는 사련의 허리를 끌어안고 빠르게 위로 떠올랐다. 머지않아 두 사람은 수면을 세차게 헤치고 나왔다.

물속은 얼음장처럼 차가웠고 물 밖 공기도 마찬가지로 서늘했다. 그러나 지금 사련은 온몸이 뜨거웠다. 그는 수면으로 떠오르자마자 고개를 피하려 했다. 호시탐탐 기회를 노리며 수면 위를 맴돌던 검은 연기는 누군가가 물 위로 나오자 냉큼 달려들었다. 사련이 고개를 살짝 돌리려는 순간, 화성의 손이 그의 뒷머리를 감싸고 제자리로 끌어당겼다. 두 입술은 미처 떨어지기도 전에 또다시 단단히 맞물렸다. 얼얼한 입맞춤에 사련은 의식이 반쯤 날아갈 것 같았다. 다른 사람이었다면 진작 단칼에 찔러 버렸겠지만, 하필 이 사람은 화성이니 어쩌면 좋을지 도무지 알 수가 없었다. 한껏 시달린 나머지 눈물이 다 나올 지경이었다. 이때 화성의 얼굴 너머로 무언가가 보였다. 두 사람의 곁에서 수천수만의 은나비들이 수면을 뚫고 솟구쳐 올라왔다!

공기를 가르는 날카로운 바람 소리와 함께 은나비 떼가 빽빽하게 모인 강철 탄환처럼 수면 아래에서 튀어나왔다. 나비의 날개가 칼날처럼 서슬 푸른 빛을 반사하며 스쳐 지나가자, 동령이 길게 울부짖었다. 검은 연기가 뿔뿔이 조각나며 사방으로 흩어졌다. 그러나 은나비 떼는 온 천지를 뒤덮을 기세로 연기를 가운데에 가두었다. 아무리 세차게 날뛰고 들이박아도 뚫을 수 없었다. 화성은 눈 하나 까딱하지 않고 사련을 끌어안더니 다시 물속으로 들어갔다. 한참이 지나고서야 두 사람의 입술이 떨어졌다.

입술이 떨어진 순간, 사련은 또 물거품을 한 움큼 토해 냈다. 화성은 한쪽 손을 떼더니 주사위 하나를 던졌다. 그 주사위는 놀랍게도 물속에서 빠르게 회전하며 격렬한 소용돌이를 일으켰다. 이내 물살이 잠잠해졌다. 두 사람은 다시 수면으로 떠올랐다.

이번에는 멀지 않은 곳에 기슭이 있었다. 화성은 비로소 사련을 데리고 뭍으로 헤엄쳤다. 어느 곳의 기슭인지는 몰라도 불빛과 인기척이 가물가물 느껴졌다. 은나비 떼는 뒤쪽 수면에서 그 검은 연기를 가둔 채 솟아올라 등불이 비쳐 오는 곳으로 날아갔다. 끌려가는 동령의 처절한 울부짖음이 가는 길마다 울려 퍼졌다.

"엄마……!"

뭍으로 올라온 두 사람은 땅에 털썩 주저앉았다. 이렇게 얼굴을 마주하고 나서야 사련은 앞에 있는 화성의 모습을 제대로 볼 수 있었다.

사실, 두 사람은 고작 며칠 떨어져 있었을 뿐이다. 하지만 사련은 그를 아주 오랜만에 만나는 듯한 기분이 들었다. 화성은 만날 때마다 색다르게 준수했다. 이번의 그는 지난번보다도 한두 살 더 많아 보였다. 가뜩이나 아름다운 얼굴이 물에서 나오니 더 눈부셨다. 머리카락은 새카맣고 피부는 새하얬다. 오른쪽으로 가느다랗게 땋아 내린 머리에 붉은 실 한 가닥이 오밀조밀 엮여 있었다. 그리고 이번에 처음 발견한 것인데, 그의 이마 위쪽에는 미인첨#4이 작게 드리워 있었다. 덕분에 이목구비가 한결 섬세하고 아름답게 돋보였다. 어렴풋이 살기를 풍기는 검은 안대가 이 섬세함을 희석하면서 그의 준수함에 완벽한 균형을 잡아 주었다.

화성은 무언가를 참는 듯 눈썹을 찌푸리고 있었다. 얕은 숨을 몇 번 몰아쉰 그가 입을 열었다. 예전보다 목소리가 훨씬 낮았다.

"전하, 저는……."

사련은 머리카락부터 온몸까지 푹 젖은 채 물을 뚝뚝 흘리고 있었다. 입술은 발갛게 부었고 두 눈에는 초점이 없었다. 한참이나 정신을 놓은 그는 겨우 어물거리며 말했다.

"나…… 나…… 나……."

그는 '나'를 몇 번이고 연발한 끝에 엉뚱한 말을 꺼냈다.

#4 미인첨 美人尖. 가운데가 살짝 내려온 형태의 이맛머리

"나 조금 배고파."

이 말을 들은 화성은 멍해졌다.

사련은 여전히 충격에서 헤어 나오지 못하고 또 되는대로 말했다.

"아니야. 나…… 나…… 나 조금 졸려……."

그는 화성을 등지고 빙글 돌아서서 두 손과 무릎을 땅에 대더니, 무언가를 찾는 듯이 바닥을 더듬거렸다. 화성이 뒤에서 물었다.

"뭘 찾으시는 겁니까?"

사련은 무의식적으로 그를 쳐다보지 못하고 횡설수설했다.

"물건을 찾고 있어. 내 삿갓을 찾고 있는데. 내 삿갓은?"

만약 다른 사람이 이 광경을 본다면 분명 '틀려먹었네, 정신이 나갔어!' 하고 비명을 지를 것이다. 하지만 사실, 사련은 난생처음 겪는 경험에 큰 충격을 받아 잠시 통제력을 잃었을 뿐이다. 사련은 화성을 등진 채 양손과 무릎으로 땅을 기며 중얼거렸다.

"……나, 못 찾겠어. 나, 갈래. 집에 가서 밥 먹을 거야……. 고물 주울 거야……."

"……."

화성이 입을 열었다.

"죄송합니다."

등 뒤에서 들려오던 목소리가 가까워지자 사련은 펄쩍 뛰어오르며 소리쳤다.

"나 그만 갈래!"

거의 살려 달라는 외침에 가까웠다. 화성이 짧게 대답했다.

"안 됩니다!"

사련은 부리나케 도망치려 했지만 몇 걸음 뛰지도 못하고 휘청거리다 다시 땅에 엎어졌다. 뒤돌아보니 발 닿은 곳이 온통 피범벅이었다. 발바닥에 박힌 바늘이 완전히 꽂혀 들어간 모양이었다. 화성이 그의 발목을 덥석 붙잡았다. 내뱉는 어조마저 변했다.

"이건 뭡니까?"

사련은 황급히 발을 뒤로 빼며 말했다.

"괜찮아, 괜찮아, 괜찮아! 하나도 안 아파, 아무렇지도 않아!"

화성은 약간 화가 난 기색으로 말했다.

"안 아플 리가 있습니까!"

그가 손을 옮겨 사련의 신발을 벗기려 했다. 겁에 질린 사련은 곧장 앞으로 기어가면서 소리쳤다.

"싫어, 싫어, 싫어! 하지 마!"

사련이 앞으로 기어가자 화성은 그가 더 움직이지 못하도록 단단히 잡아당겼다. 한바탕 일어난 소란에 뭍에 있던 다른 이들마저 놀라고 말았다. 귀곡성 같은 요란한 소리가 울려 퍼지나 싶더니, 말라비틀어진 배춧잎처럼 생긴 정체 모를 자들이 몰려와 괴성을 질렀다.

"무엄하다! 웬 놈이냐! 여기가 어딘지 모르는 게야? 사는 게

귀찮아진 거냐, 아니면 한 번 더 죽고 싶은 게냐! 어…… 엄마야, 성주 아니십니까?"

귀신 무리가 재빨리 질서 정연하게 목청을 높였다.

"성주 어르신, 안녕하십니까!"

사련은 속으로 비명을 질렀다. 마음 같아선 당장 두 손으로 얼굴을 가리고 싶었다. 여기는 다름 아닌 귀시장이었다!

귀신 무리 중에는 지난번에 다급하게 지나가면서 마주친 것들이 제법 많았다. 그 낯익은 돼지 백정도 함께였다. 이렇게 두 사람은 흠뻑 젖은 채 수많은 귀신 무리에 둘러싸였다. 화성은 움켜쥔 사련의 한쪽 발목을 아직 놓지 않았다. 충격적인 장면이 펼쳐지자 사련은 조금 정신이 들었다. 그런데 누가 알았으랴. 귀신 무리 중 하나가 화성을 알아보고는 흥분에 못 이겨 시끄럽게 떠들어 댔다.

"성주! 겁탈하시려는 거 맞지요? 거들어 드릴까요? 저희가 붙잡아 드리겠습니다!"

화성이 고함을 질렀다.

"꺼져라!"

귀신 무리는 부랴부랴 꺼졌다. 그들은 가까이 오지 못하고 먼발치에서 구경하기에 바빴다. 하지만 사련은 차라리 기절해서 이 상황을 모면하고 싶었다. 자리에서 일어난 화성이 허리를 숙이고 가만히 그를 안아 들어 침착하게 물가를 빠져나온 탓이었다.

사련은 아직 여인 행색을 하고 있었다. 그 베개가 배 속에 들어 있지 않아 차라리 다행인 셈이었다. 그렇지 않았다면 지금보다 더욱 끔찍한 장면이 펼쳐질 뻔했다. 하지만 그는 이 끔찍함 덕분에 완전히 정신을 차릴 수 있었다. 화성의 품에서 몇 번 빠져나오려다 실패한 사련은 가볍게 헛기침을 하고 말했다.

"……삼랑, 미안해. 방금 내가 좀 추태를 부려서, 못 볼 꼴을 보였네."

아까 한순간 일어난 일로 사련은 막대한 타격을 받았다. 우선은 '타격'이라고 하자. 어찌 됐든 처음이었으니까. 그렇지만 순전히 처음이라는 이유 때문만은 아니었다. 지난 수백 년 세월 동안 농염한 여귀가 실오라기 하나 걸치지 않고 그를 유혹한 적이 없는 것도 아니었으니까. 그런데도 이렇게 낯부끄러운 기분은 이번이 처음이었다. 어쩌다 지금 같은 꼴이 되었을까. 국사가 여인을 방비하는 방법만 일러 주었을 뿐 사내를 방비하는 방법은 일러 주지 않았고, 경험조차 없으니 속수무책으로 당한 것이다, 그리 생각할 수밖에 없었다.

아까 자신의 반응을 돌이켜 본 사련은 살짝 민망한 나머지 진땀이 났다. 어쩌면 조금 과했던 걸지도 몰랐다. 삼랑도 선의를 베푼 것인데 오히려 극성을 부렸으니, 도움을 준 사람에게 참 무례하게 굴었다는 생각이 들었다. 이때 화성이 대답했다.

"아니, 내 불찰이야. 형에게 무례를 범한 삼랑이 사죄해야지."

개의치 않아 보이는 화성의 모습에 사련은 조용히 안도의 한숨을 내쉬었다.

"아까는 상황이 긴박했잖아. 너도 도와주려고 했을 뿐인걸. 그리 대단한 일도 아니었고. 아, 맞다."

그는 자신의 본래 목적을 떠올리고 말을 이었다.

"삼랑, 넌 어쩌다 갑자기 나타난 거야? 그 동령은?"

그러나 화성은 질문은 허락하지 않겠다는 어조로 말했다.

"우선 상처부터 치료하고."

대화를 나누는 사이 두 사람은 화려한 누각 앞에 도착했다. 사련은 위를 올려다보았다. 누각 위쪽에는 다름 아닌 '극락방' 세 글자가 쓰여 있었다.

사련은 놀라움을 금치 못했다. 불에 탔던 극락방이 이렇게 빨리 수리되었다니? 심지어 원래 모습과 다름없는 모습으로. 하지만 죄책감이 들어 물어보지는 못했다. 안으로 들어선 화성은 안고 있던 사련을 묵옥 침상 위에 내려 주었다. 사련이 똑바로 앉자 화성은 침상 아래에 한쪽 무릎을 꿇었다. 그러더니 사련의 다친 발을 감싸 쥐고 피로 물든 부위를 살폈다.

"안 돼!"

마음이 심히 불안해지는 자세였다. 사련은 더럭 소리치며 침상 아래로 내려가려 했다. 하지만 화성은 그를 제자리로 밀어 앉힌 뒤, 침착하고 빠른 손길로 그의 신발과 버선을 벗겼다.

이 발은 하필이면 사련이 주가를 차고 있는 쪽이었다. 새카만 선이 희고 깨끗한 발목에 감겨 선명한 대조를 이루었다. 화성의 시선이 부드럽게 휘어진 복사뼈 위에 짧게 머물렀다. 이윽고 그가 손바닥으로 사련의 상처를 바짝 감싸며 말했다.

"조금 아플지도 몰라. 참지 말고, 아프면 바로 소리 질러."

사련이 입을 달싹였다.

"난⋯⋯."

말이 채 끝나기도 전이었다. 화성이 가볍게 힘을 주자 한차례 격통이 타고 올라왔다. 사련은 견디지 못하고 흠칫 떨었다.

화성의 움직임은 충분히 조심스러웠고, 사실 이 정도 아픔은 사련에게 아무것도 아니었다. 하지만 무슨 영문이었을까, 화성 앞에서는 고통을 숨기기가 조금 어려웠다. 어쩌면 화성이 앞서 한 말 때문에 신경을 곤두세워 참으려다가 거꾸로 실패하고 만 것일지도 모른다. 화성은 뒤로 움츠러드는 사련을 눈치채자마자 그의 복사뼈를 꽉 붙들고 나직한 목소리로 말했다.

"괜찮아. 금방 끝나. 무서워하지 마."

사련은 고개를 가로저었다. 화성은 더욱 조심스러운 손길로 신속하게 움직였다. 다시 들어 올린 손에는 작은 바늘이 들려 있었다.

"좋아, 다 됐어."

사련은 가만히 시선을 집중했다. 그 바늘 끝에는 악독한 빛이 번득이고 있었다. 화성이 다섯 손가락을 가볍게 모으자 바늘은 검은 연기로 부스러져 공기 중으로 흩어졌다. 이를 본 사련은 불안한 마음을 잠시 제쳐 두고 정신을 가다듬었다.

"제법 무거운 원기야. 평범한 태아령이 이렇게 강한 법력을 지녔을 리 없어."

화성이 자리에서 일어나며 말했다.

"맞아. 그러니 분명 정상적으로 유산된 태아령은 아니겠지."

이때 가면을 쓴 사람이 머리를 숙인 채 들어왔다. 그는 단지 하나를 두 손으로 공손히 받쳐 들고 화성에게 건넸다. 사련은 무심코 이 사람의 손목에 주가가 있지는 않은지 들여다보았다. 하지만 이번에 그는 소매를 빈틈없이 동여매고 있었다. 화성은 한 손으로 단지를 건네받아 한번 훑어보고는, 돌아서서 묵옥 침상에 앉아 있는 사련에게 건넸다. 사련이 단지를 받아 들기도 전에 그 안에서 아이의 성난 울음소리가 들려왔다. 심지어는 안에서 무언가가 미쳐 날뛰고 있는지, 단지가 조금씩 흔들리다 못해 중심을 잃고 쓰러질 것 같았다. 사련은 한층 경계심을 곤두세웠다.

단지를 받아 든 그는 단지 입구를 봉인해 놓은 종이 귀퉁이를 살짝 젖혀 안을 들여다보았다. 순간, 오한이 등줄기를 훑고 지나갔다.

단지 안에 든 것은 태아와 비슷하게 생긴 덩어리였다. 손발은 달려 있었으나 힘이 없었고, 머리는 어둠 속에 잠겨 있었다. 전반적으로 기형적인 내장에 가까워 보였다.

이게 바로 태아령의 진짜 모습이었다.

사련은 재빨리 단지 입구를 봉하며 말했다.

"그랬구나."

달도 차지 않은 임산부를 찾아 복중의 아이를 억지로 꺼내는 사람이 있다는 소문을 들어 본 적이 있었다. 그 아이를 잡귀로 만들고 법술을 가해 남을 해치거나, 자신을 보호하거나, 집의 악귀를 몰아내고 운수를 지키려는 이유에서였다. 그렇다면 이 태아령은 그런 사술(邪術)의 산물이며, 그 어머니는 과거에 사련의 신도였을 가능성이 컸다. 그렇지 않고서야 사련의 호신부를 아직 태어나지 않은 아이의 옷 속에 넣지는 않았을 것이다.

잠시 침묵한 사련이 입을 열었다.

"삼랑. 네가 잡은 이 태아령, 괜찮다면 내가 가져가서 조사해 봐도 될까? 전에도 여군산에서 이 태아령을 만난 적이 있고, 이번이 내 앞에 두 번째로 나타난 거거든. 우연의 일치인지, 무슨 다른 관계가 있는 건지 모르겠어."

"가져가고 싶으면 편하게 가져가. 내가 나타나지 않았더라도 형은 혼자서 놈을 잡을 수 있었을 테니까."

사련이 웃으며 말했다.

"그야 그렇지만, 삼랑은 나보다 훨씬 수월한 방법으로 잡았지."

사실 별생각 없이 던진 말이었다. 그런데 화성이 난데없이 물었다.

"그래? 만약 그때 내가 가지 않았다면 어떤 방법으로 잡을 생각이었는데? 놈을 배 속에 넣고 검도 같이 삼켜 버렸으려나?"

"……"

정곡을 제대로 찌르는 질문이었다.

화성은 조금도 불쾌한 기색이 없었지만, 어쩐지 사련은 그가 조금 화가 난 것처럼 느껴졌다.

직감이 그에게 말하고 있었다. 이 말에 제대로 대답하지 않으면 화성은 더욱 화가 날 것이라고. 적절한 대답을 찾아 헤매고 있던 그때, 갑자기 배 속이 오그라드는 것 같았다. 사련은 엉겁결에 입을 열었다.

"……나 조금 배고파."

"……."

말을 내뱉고서야 정신을 차린 사련은 화성이 어떤 표정을 짓고 있을지 차마 확인할 수가 없었다. 그는 하는 수 없이 솔직하게 해명했다.

"이번엔 진짜야……."

한참 뒤, 화성은 끝내 풉, 소리를 내며 웃었다.

눈앞에 드리운 먹구름을 걷어 내는 듯한 웃음소리에 사련은 곧바로 마음을 내려놓았다. 화성은 웃음 섞인 한숨을 내쉬면서 고개를 끄덕였다.

"알았어."

원래 화성은 극락방에 연회를 마련할 계획이었다. 하지만 사련은 '연회'라는 두 글자를 듣자마자 분명 엄청난 상차림이 펼쳐질 것임을 예감했다. 그래서 밖을 돌아보며 편하게 먹을 것을 찾자고 말했고, 화성은 그 제안을 받아들였다.

극락방 안은 아주 따뜻했다. 덕분에 흠뻑 젖었던 두 사람의 옷도 얼마 지나지 않아 전부 말랐다. 하지만 여장을 한 옷차림은 몹시 눈에 띄었으므로 사련은 화성에게 깨끗한 흰옷을 빌려 갈아입었다. 그 뒤로 두 사람은 극락방을 빠져나왔다. 제법 멀리까지 걸어왔는데도 '엄마' 하고 목 놓아 울부짖는 소리가 들렸으니, 그 동령이 얼마나 끈질기고 고집스러운지 알 만했다. 하지만 귀시장은 원래 사방이 귀곡성인 곳이다. 동령의 울음은 금세 그 틈바구니에 예사롭게 파묻혀 버렸다.

귀시장의 거리는 여전히 시끌벅적했다. 거리 양쪽으로 이색 먹거리를 파는 노점이 늘어서 있었다. 보이는 귀신들도 여전히 그때 그 귀신들이었지만, 그들의 태도는 사련이 지난번 돌아다녔을 때와는 확연히 달랐다. 화성과 그가 나란히 걷자, 기상천외하게 생긴 주인장들이 웃는 얼굴로 호객하고 앞다투어 손짓하며 두 사람을 불렀다. 거의 굽실거리는 모습에 사련은 뜬금없이 성어 하나가 떠올랐다. '호가호위'.

화성에게 묵례를 하는 귀신들도 있었지만, 그보다 많은 수천 수백 쌍의 눈동자가 사련에게 뜨거운 시선을 던졌다. 대체 어떤 자이길래 귀시장의 주인과 어깨를 나란히 하고 걸을 수 있는지 은근히 살피고 추측해 보는 것 같았다. 문득 사련은 자신이 잘못된 결정을 내린 게 아닐까 싶어졌다. 혼탁한 물결처럼 몰려든 요마와 귀신들 가운데서 주목을 받고 있으면서도 화성은 대수롭지 않은 투로 그에게 물었다.

"뭐 먹고 싶어?"

드디어 파는 것이 아주 이상하지는 않은 노점을 발견했다. 사련은 속으로 속전속결을 외치며 말했다.

"이 집으로 하자."

그런데 의외의 대답이 돌아왔다.

"이 집은 안 돼."

의아해진 사련이 물었다.

"왜?"

화성은 말없이 노점 안을 들여다보라는 눈짓을 했다. 사련이 흘끔 시선을 돌렸다. 그 노점 주인장은 두 사람이 앞에 멈춰 서자 그들의 왕림을 기다렸다는 듯 감격한 표정으로 두 손을 맞비볐다. 그러곤 잔뜩 긴장한 채 탁자와 의자를 힘껏 닦기 시작했다. 그러나 이 주인장이 탁자와 의자를 닦는 데 쓴 것은, 자기 혀였다.

"……."

널찍하고 긴 혀가 훑고 간 솥이며 그릇들은 투명하고 반짝이는 물방울을 머금은 채 새것처럼 빛나고 있었으나, 사련은 과감하게 이 가게를 포기하고 서둘러 자리를 떴다. 몇 걸음을 옮기자 깔끔하게 꾸며 놓은 닭국 가게가 보였다. 문 앞 팻말에는 '집에서 기른 토종닭, 약불로 푹 끓인 약탕. 당일 조리, 청결을 보장합니다.'라고 적혀 있었다. 사련은 자리에 멈춰 서며 말했다.

"아, 닭국이다. 한 그릇 먹을까?"

화성이 다시 대답했다.

"이 집도 안 돼."

사련은 어련히 알아챘다.

"접시에 문제가 있는 거야, 닭에 문제가 있는 거야?"

화성은 그를 가게 안으로 데리고 들어가더니 발을 젖히고 들여다보라는 듯 손짓했다. 호기심을 담아 고개를 내민 사련은 순간 말문이 막혔다. 주방 뒤쪽에 커다란 솥이 보였다. 솥 밑으로 센 불이 타고 있었고 위로는 뜨거운 김이 펄펄 올랐다. 그리고 진홍색 닭 벼슬이 돋은 한 사내가 끓는 물속에서 한껏 목욕을 즐기고 있었다. 커다란 솥 옆에는 소금, 산초, 향초 따위의 양념통이 늘어선 채였다. 앞쪽 식당에서 손님이 소리쳤다.

"주인장, 소금 좀 치게! 간이 싱거워!"

그러자 그 사내는 몸을 탕에 담근 채 조미료를 한 움큼 집어 자신의 몸에 문지르고 수건으로 힘껏 등을 비벼 간을 더했다. 마지막으로 우렁찬 울음소리가 이어졌다.

"꼬끼오―!"

사련은 발을 내리고 조용히 물러났다.

두 사람은 귀시장을 한 바퀴 돈 끝에 겨우 가게를 찾았다. 간판으로 내건 것은 '본토 인간계 미식'이었다. 사련은 이 '본토'에 대해 의문을 가질 필요가 있다고 생각했다. 예를 들면, 그가 아는 한 인간계의 요리사는 사냥하기 어려운 대형 요수의 고기로 꼬치구이를 만들지는 않는다. 하지만 상대적으로 생각하면 이 집은 그나마 가장 정상적인 곳 같았다.

두 사람은 자리에 앉았다. 그러자 졸졸 뒤따라오던 귀신들이 모여들어 아주 정성스럽게 상차림을 준비했다. 돼지 백정은 어깨에 걸쳐 멘 창백한 사람 다리를 손바닥으로 철썩 내리치고는 걸걸한 목소리로 외쳤다.

"성주! 신선한 허벅지살을 내드릴까요? 방금 도착한 물건입니다!"

귀신들이 윽박질렀다.

"어허, 저리 가! 성주의 친구분이 그런 걸 먹을 수 있겠냐? 누가 청귀인 줄 알아? 네 허벅살을 다져 내놓는 게 더 먹기 낫겠다!"

"피비린내 때문에 손님이 구역질하겠네!"

그 돼지는 정말로 제 한쪽 족발을 치켜들고는 말했다.

"성주와 성주 친구분이 원하신다면야 이 다리가 무슨 대수냐, 내 다져 드리리다! 말씀드리겠는데, 이 몸의 허벅살은 틀림없이 쫄깃쫄깃할 겁니다!"

사련은 웃음을 참지 못하고 머리를 숙인 채 죽을 먹었다. 화성은 귀신들을 거들떠보지도 않았지만, 다들 열정적으로 사련의 눈앞에 온갖 것들을 들이밀며 어수선하게 외쳤다.

"본토 특색 먹거리, 뇌수액! 최상급 요괴의 뇌를 엄선해 각각 오십 년 넘게 숙성한 겁니다! 이 향긋하고 깊은 향을 맡아 보십쇼!"

"이 오리 피도 대단히 좋습니다, 꽉! 보세요, 꽉! 방금 내 몸에서 짜낸 겁니다, 꽉! 맛보세요, 꽉!"

"우리 가게 과일은 정통 무덤 과일입니다! 죽은 사람 몸에서 자란 게 아니면 절대 따지 않아요! 가격도 정직합니다…….”

음식이 한 무더기 또 한 무더기 쌓여 눈이 모자랄 지경이었다. 사련은 연신 고맙다는 말만 반복했다. 이런 뜨거운 친절을 뿌리치기란 쉽지 않았지만, 다소 독특한 먹거리들은 차마 똑바로 쳐다보기 어려웠다. 사련은 허둥거리는 와중에 화성을 바라보았다. 그는 맞은편에서 한 손으로 턱을 괴고 싱긋 웃으며 사련을 바라보고 있었다. 좌우를 두리번거린 사련이 큼, 목을 가다듬고 작은 목소리로 말했다.

“……삼랑…….”

화성은 그제야 입을 열었다.

“이놈들은 신경 쓰지 마. 손님이 와서 흥분한 거야.”

그러자 한 귀신이 냉큼 대꾸했다.

“성주, 그리 말씀하시면 아니 되지요! 저희도 아무 손님에나 흥분하는 건 아닙니다! 성주께서 저희의 아버지라면 성주의 형은 무엇이냐, 바로 우리의 큰아버지 아니겠습니까…….”

“맞습니다! 큰아버지가 오셨으니 당연히 흥분해야지요!”

사련은 울지도 웃지도 못하는 심정이 되었다. 속으로는 이게 다 무슨 헛소리고 아수라장인가 싶었다. 화성도 외쳤다.

“헛소리 그만해. 닥쳐!”

그러자 귀신들이 재빨리 말을 고쳤다.

“네! 성주 말씀이 다 옳습니다. 닥치겠습니다. 큰아버지 아닙니다!”

그런데 이때, 아까부터 시시덕거리던 여귀 무리가 참지 못하고 입을 놀렸다.

"어머! 당신…… 지난번에 난창한테 자기는 안 선다고 했던 그 도사 오라버니 아니야?"

"……."

사련은 하마터면 그 자리에서 죽을 뿐을 뻔했다.

귀신들은 어마어마한 비밀이라도 발견한 듯이 끓어올랐다.

"아이고, 세상에! 진짜네!"

"그래, 바로 저 사람이야! 난창이 방방곡곡 말하고 다녔잖아!"

제법 눈치가 있는 귀신들이 왁자지껄한 귀신들의 입을 틀어막았다. 하지만 화성은 똑똑히 들었을 터였다. 사련은 살며시 시선을 들었다. 화성이 한쪽 눈썹을 까딱 치켜올리고 미묘한 시선으로 그를 바라보고 있었다. '안 선다'라는 세 글자를 무슨 뜻으로 받아들여야 할지 생각해 보는 눈치였다. 그건 사련이 지난번 여귀가 치근덕거렸을 때 아무렇게나 던진 핑계였다. 당시에도 귀신들에게 둘러싸여 비웃음을 샀으나 태연자약하게 응수할 수 있었다. 하지만 화성의 앞에서 까발려진 지금은 왠지 견딜 수가 없었다. 목으로 넘어가던 죽이 기도를 틀어막아 졸도하는 게 낫겠다 싶을 정도로 난처했다.

"나는……."

화성은 참을성 있게 대답을 기다리는 것 같았다. 하지만 이 일을 어떻게 설명할까? 한껏 정색한 얼굴로 자신은 안 서는 게 아니라고 해명이라도 하란 말인가?

사련은 하는 수 없이 말했다.

"……배불러."

확실히 배가 부르기는 했다. 그는 말을 마치자마자 일어나 황급히 가게를 빠져나왔다. 귀신들은 성심껏 준비한 특색 먹거리를 든 채 뒤에서 줄줄이 외쳤다.

"대, 대인! 더 안 드십니까?"

뒤쫓아 걸음을 옮기던 화성이 잠시 뒤를 돌아보고 아까처럼 일갈했다.

"꺼져!"

귀신들은 또 부랴부랴 꺼졌다. 무턱대고 앞장서 걸어가던 사련은 귀신들이 더 따라오지 않자 걸음을 늦추고 화성을 기다렸다. 이윽고 화성이 뒷짐을 지고 걸어와 진지하게 말했다.

"형이 그런 질환을 앓고 있는 줄은 몰랐네."

"아니야!"

화들짝 받아친 사련이 다시 체념한 투로 말했다.

"……삼랑."

화성은 고개를 끄덕였다.

"좋아, 이해했어. 더는 말하지 않을게."

얌전하고 고분고분한 태도였지만 그런 척만 하고 있는 게 뻔히 보였다. 사련이 말했다.

"너 진짜 성의 없다."

화성이 웃으며 대답했다.

"맹세하는데, 온 천지를 통틀어서 나보다 더 성의 있는 놈은 찾을 수 없을걸."

이 낯익은 대답에 사련도 웃음을 흘렸다.

잠시 뒤, 그가 진지하게 물었다.

"삼랑, 천등관이 어디 있는지 알아?"

46장 등불 아래, 미인과 함께 쓰는 글

사실 이미 사련의 마음속에는 이 문제에 대한 답이 어렴풋하게 있었다. 하지만 화성의 반응은 그가 예상했던 것과 사뭇 달랐다.

짧게 침묵한 화성이 갑자기 입을 열었다.

"미안해."

사련은 어리둥절해졌다.

"뭐가?"

그는 자신이 오해한 게 아니라면 '천등관'과 엮여 있을 가능성이 가장 큰 사람은 화성뿐이라고 생각했다. 하지만 그의 짐작이 옳든 그르든 화성이 사과해야 할 이유는 없었다. 화성은 대답하는 대신 계속해서 걷자는 듯 손짓했다. 사련은 그를 따라 걸음을 옮겼다. 그렇게 한참을 걸은 두 사람은 어느 모퉁이를 돌았다. 문득 시야가 환하게 트였다. 광채를 휘감은 궁관 한 채가 고요히 사련의 눈앞에 나타났다.

한순간, 숨이 멎는 기분이 들었다.

사면팔방은 어둠과 핏빛이 뒤얽힌 귀계의 풍경으로 가득했다. 그러나 웅장하고 눈부신 궁관은 핏빛과 어둠의 포위 속에서도 마치 선경에 있는 것처럼 천 개에 달하는 등불을 요요히 빛내고 있었다.

이렇게 밝은 빛과 찬란함을 토대로 삼는 궁관이, 온갖 요괴들이 뒤섞여 날뛰는 귀시장 안에 자리 잡고 있으니 이렇게 겉돌 수가 없었다. 하지만 동시에 사람의 마음을 뒤흔들었다. 눈에 담는 순간, 지울 수 없는 깊은 인상이 머릿속에 남을 만큼. 한참이 지나서야 사련이 운을 뗐다.

"……이건…….

두 사람은 궁관 앞에 서서 나란히 위를 올려다보았다. 화성도 살짝 고개를 들며 말했다.

"며칠 전 중추절 때, 형도 상천정이 매년 벌이는 그 시시한 놀이에 참석하지 않을까 싶어서 이곳을 지었어. 형이 연회장에서 작은 재밋거리라도 즐기고 기분 전환할 수 있게."

"……."

화성이 생각하는 '기분 전환' 방식은 참으로 기가 막혔다. 그는 사련에게 '재밋거리'를 주기 위해 이 도관을 짓고 3천 개의 기복 장명등을 띄운 것이다!

화성은 고개를 살짝 숙여 소맷부리를 매만지고 다시 말을 이었다.

"처음엔 형이 알게 하고 싶지 않았어. 내 멋대로 형의 도관을 이렇게 난잡한 곳에 세워 버렸으니까. 형이 언짢아하지 않으면 좋겠어."

사련은 화들짝 고개를 가로저었다. 무려 자신에게 폐를 끼쳤다는 생각으로 비밀에 부친 것이었다니, 정말 무슨 말을 해야 좋을지 몰랐다. 이쯤 되면 고맙다는 말로는 턱없이 부족했다. 그래서 사련은 정신을 가다듬고 심호흡한 다음, 이 '천등관'을 정성껏 감상하기 시작했다. 이윽고 사련은 고개를 갸웃하며 물었다.

"웅장하고 화려한 데다 건축 기교도 훌륭한 궁관이야. 며칠 공사로 완성할 수는 없었을 텐데. 삼랑, 이건 최근에 올린 건물은 아니지?"

화성이 웃으며 대답했다.

"물론 아니야. 형이 제대로 봤어. 한참 전에 지은 곳인데, 쓸 만한 용도를 못 찾아서 여태껏 숨겨 뒀지. 다른 사람을 들인 적도 없고. 드디어 이곳의 쓸모를 찾게 해 준 형에게 감사해야지. 덕분에 겨우 해를 보게 됐네."

이 말을 들은 사련은 조금 한시름이 놓였다.

미리 지어 놓고도 계속 쓰지 않았다면, 아마 처음에는 다른 용도로 쓰려던 곳을 이제야 겸사겸사 가져다 쓴 모양이었다. 만약 화성이 정말로 자신을 위해 궁관을 세운 것이었다면 더욱 마음이 편치 않았을 것이다. 물론 화성의 성정을 생각해 보면 순전히 재미로 지었을 가능성도 컸다. 사련은 화성이 무슨 목적으로 귀시장과는 천양지차로 다른 건물을 지었는지 내심 궁금했지만, 묻고픈 충동을 꾹 억눌렀다. 너무 많이 묻는 건 좋은 습관이 아니다. 그러다 물어보지 말아야 할 것을 묻게 될지 누가 알겠는가?

화성이 물어 왔다.

"들어가 볼래?"

사련은 흔쾌히 대답했다.

"물론이지."

두 사람은 어깨를 나란히 하고 천천히 궁 안으로 들어서서 옥석이 깔린 땅을 한가롭게 거닐었다. 주변을 둘러보니, 이 도관 내부는 넓고 환했지만 신상이 없었고 신도들이 절할 때 쓰는 방석도 없었다. 화성이 말했다.

"급하게 완공하느라 미흡한 부분이 꽤 많아. 부디 너그럽게 양해해 줘."

사련은 싱긋 웃으며 대답했다.

"전혀 그렇지 않아. 아주 멋지다고 생각해. 정말로. 신상이랑 포단#5이 없는 것도 딱 좋아. 앞으로도 계속 없었으면 좋겠다. 그런데 어째 편액도 없네?"

#5 포단 둥근 부들방석

이 물음은 절대 질책이 아니었다. 다만 꽃무늬를 조각한 옥석 바닥 몇 군데에도 '천등관'이라는 전각(塡刻)이 정성스레 새겨져 있었는데, 대문 위에는 편액조차 걸려 있지 않았다. 당연히 서두르다 잊은 건 아닐 테니 호기심이 생겨 그리 물은 것이었다. 화성이 웃으며 대답했다.

"어쩔 수 없었어. 내 쪽에는 글을 쓸 줄 아는 사람이 별로 없거든. 아까 그놈들만 해도 그래. 글자를 알기만 해도 다행이지. 형은 어떤 서예가를 좋아해? 내가 편액을 써 달라고 부탁할게. 아니면, 내가 생각하는 최고의 방법은 형이 직접 한 폭 써서 이 천등관에 거는 거야. 그게 가장 안성맞춤이지."

그리 말하면서 화성은 대전의 제상을 가리켰다. 옥으로 깎은 그 서안은 몹시 길고 널찍했다. 그 위에는 약간의 공물과 향로가 단정하게 놓여 있었다. 함께 마련되어 있는 지필묵에서 정결하고 학구적인 분위기가 물씬 풍겼다. 두 사람이 서안 앞으로 다가갔을 무렵, 사련이 입을 열었다.

"그럼, 삼랑이 나 대신 써 주면 어떨까."

이 말을 들은 화성의 눈이 살짝 커졌다. 이런 말이 나오리라곤 예상치 못한 것 같았다.

"내가?"

"응."

화성이 자신을 가리키며 되물었다.

"정말 내가 썼으면 좋겠어?"

무언가를 눈치챈 사련이 넌지시 말했다.

"삼랑, 혹시 난처한 점이라도 있어?"

화성이 눈썹을 치켜올렸다.

"난처한 점은 없는데, 다만……."

사련이 끝까지 대답을 기다리자 화성은 뒷짐을 지며 다소 체념한 투로 대답했다.

"좋아. 다만, 나는 글씨를 잘 못 써."

참 별일이었다. 화성에게 서투른 일이 다 있다니, 꿈에도 생각지 못한 일이었다. 사련은 미소를 지으며 말했다.

"오? 그렇구나. 그럼 살짝 보여 줄래?"

화성은 다시 한번 물었다.

"정말 내가 썼으면 좋겠어?"

사련은 빈 종이 몇 장을 꺼내 서안 위에 가지런히 펼쳤다. 그러고는 정성스레 종이 주름을 펴고, 마음에 드는 자호[6] 한 필을 골라 그에게 건넸다.

"자."

만반의 준비를 마친 그 모습에 화성이 말했다.

"알았어. 대신 웃으면 안 돼."

사련은 고개를 끄덕였다.

"그야 당연하지."

그렇게 화성은 붓을 받아 들고 진지하게 글을 쓰기 시작했다.

#6 자호 紫毫. 자색 토끼털로 만든 가느다란 붓

옆에서 지켜보던 사련의 표정은 갈수록 다채롭게 변했다.

어떻게든 표정을 참고 싶었지만 결국 실패로 돌아갔다. 화성은 붓을 마구 휘갈기면서 약간의 경고와 농담기를 담은 말투로 말했다.

"형."

사련은 냉큼 정색했다.

"내가 나빴어."

그도 이러고 싶지 않았다. 그러나 어디 별수 있겠는가. 화성의 글자는 정말로 너무 우스웠다!

사련이 본 것 중에 가장 심각한 흘림체도 화성의 글씨에 비하면 반 푼어치만큼도 야성적이지는 않았다. 이 야성 속에는 얼굴을 덮치는 사악한 기운까지 뒤섞여 있었다. 아마 서예가들이 보면 이 기운에 얻어맞아 눈을 까뒤집고 기절할지도 몰랐다. 사련은 한참을 고심한 끝에 '창해', '물', '무산', '구름'이라는 글자를 알아냈다. 아무래도 화성이 쓰려던 글은 '창해를 겪고 나면 다른 물이 대수롭지 않고, 무산의 구름을 보고 나면 구름이라 할 것이 없으니.[#7]'인 것 같았다.

신도 귀신도 두려워하는 귀계의 거물 화성이, 고작 글씨를 쓰는 일 때문에 이런 표정을 드러내다니. 사련은 웃음을 참느라 배에 경련이 일 지경이었다. 그는 화성이 일필휘지로 완성한 작

#7 창해를 겪고 나면 다른 물이 대수롭지 않고, 무산의 구름을 보고 나면 구름이라 할 것이 없으니. 당나라 시인 원진(元稹)의 〈이사오수(離思五首), 기사(其四)〉 중에서

품을 두 손으로 들고 애써 차분하게 말했다.

"응, 아주 개성 있네. 너만의 일가를 이루었구나. '기풍'이 느껴져."

붓을 내려놓은 화성이 퍽 그럴싸한 자세로 사련을 흘겨보며 웃었다.

"그 기풍이 혹시 광기인가."

사련은 못 들은 척 표정을 바로잡고 품평했다.

"사실 글씨를 잘 쓰는 건 어렵지 않아. 자신의 '기풍'을 써내는 게 어렵지. 그저 천편일률적으로 보기 좋을 뿐이라면 그 역시 부족한 작품인 거야. 삼랑의 필치는 아주 훌륭해. 대가의 기백으로 온 산하를 삼키니……."

사실 이 뒤에는 몇 글자가 더 있었다. '강산이 무너지고 전란이 일어날 듯하다.' 어쩔 수 없다. 거짓 칭찬도 막상 하려면 어려운 법이다. 이 말을 들은 화성은 눈썹을 더욱 높이 치켜올리고는 의심스레 물었다.

"정말?"

사련이 대답했다.

"내가 언제 삼랑을 속인 적 있었어?"

화성은 느릿한 손길로 한쪽에 있는 작은 금향로에 새 향을 넣었다. 맑은 연기와 그윽한 향 속에서 그가 무심한 투로 말했다.

"글씨는 정말 잘 쓰고 싶어. 하지만 배운 적이 없어서, 여기에 무슨 요령이 있는 건지 모르겠어."

물어볼 상대를 제대로 찾은 셈이었다. 사련은 으음, 하며 운을 뗐다.

"딱히 요령이랄 건 없어. 그냥……."

생각해 보니 입으로만 설명하면 부족할 것 같았다. 사련은 가까이 몸을 붙이고 직접 붓을 들어 화성이 적은 시구 옆에 두 줄을 더 써 내려갔다. 거침없이 붓을 놀린 그는 잠시 종이를 들여다보다가 웃으며 탄식했다.

"부끄럽다. 오랫동안 글을 쓸 기회가 없어서 예전만 못하네."

화성은 풍격도 서체도 천양지차로 다른 네 줄의 글씨를 응시했다. 그중에서도 사련이 이어 쓴 뒷부분의 두 구절, '꽃밭에 들어서도 돌아볼 마음 없는 것은, 반은 수도하기 때문이고 반은 그대 때문이네'를 홀린 듯한 눈길로 몇 번이고 훑어보았다. 한참 뒤, 화성이 고개를 들고 말했다.

"한 수 가르쳐 줄래?"

사련이 대답했다.

"가르침이라니, 당치도 않은걸."

이리하여, 사련은 기초적인 지식부터 시작해 자신이 젊은 시절 서예를 공부하며 터득한 요령을 남김없이 화성에게 알려 주었다.

가물가물 피어오르는 향연과 찬란한 등불 속, 사련은 진지하게 이야기하고 화성은 귀를 기울였다. 대전 안에 나직하고 부드러운 말이 흘렀다. 설명하는 사련의 모습부터 목소리까지, 무척

나긋나긋했다. 한참 뒤, 사련이 말했다.

"다시 한번 해 볼까?"

응, 하고 대답한 화성은 붓을 받아 들고 제법 진지하게 다시 몇 글자를 썼다. 옆에서 지켜보던 사련은 팔짱을 끼고 고개를 기울였다.

"나쁘지 않네. 그런데…….."

그런데 아무리 생각해도 화성의 붓놀림은 어딘가 이상했다. 미간을 좁히고 가만히 살펴본 그는 문득 무엇이 잘못되었는지 깨달았다. 화성은 애초에 붓을 똑바로 쥐고 있지 않았다.

붓을 쥔 자세부터 엉망이니 당연히 이상하지!

어처구니가 없어진 사련은 조금 더 바짝 다가서서 별생각 없이 손을 내밀고 자세를 바로잡아 주었다.

"붓을 쥐는 방식이 틀렸어. 이렇게…….."

손을 내밀고서야 그는 다소 미묘한 기분이 들었다. 두 사람은 나이 든 스승과 어린 제자가 아니니, 이렇게 손을 잡아 가르치는 것은 아무래도 지나치게 다정한 감이 있었다. 하지만 이미 잡은 손을 무작정 치울 이유는 없었다. 오히려 그러는 편이 어색하고도 생뚱맞았다. 그런 연유로, 잠시 망설였던 사련은 결국 손을 떼지 않았다. 그리고 보면 화성도 지난번 도박장에서 이렇게 손을 잡고 주사위 흔드는 법을 가르쳐 주지 않았던가? 물론 별다른 수확은 없는 것 같았고 나중에는 얼핏 속은 듯한 기분도 들었지만, 이번에 사련은 진심으로 화성에게 무언가를 가르쳐 주고 싶었다. 이윽고 그의 따뜻한 손바닥이 화성의 차가운 손등에 다가붙었다. 그렇게 화성의 손을 부드럽게 감싸 쥐고는 필치를 이끌기 시작했다. 그가 작은 목소리로 말했다.

"이렇게……."

화성이 쥔 붓이 어지럽게 흐트러지자, 그는 약간 힘을 주어 제자리로 당겼다. 하지만 흘러가던 붓은 얼마 못 가 한층 멋대로 난동을 부렸다. 사련은 하는 수 없이 화성의 손을 더 단단히 붙들었다. 두 사람이 힘을 합쳐 쓴 글자는 비뚤배뚤 처참했다. 쓰면 쓸수록 이상한 느낌이 들자, 사련이 말끝을 흐렸다.

"이건……."

화성은 방해 공작이 성공하기라도 한 것처럼 낮은 웃음소리를 냈다. 먹물이 종이 위에서 횡포를 부리고 있었다. 사련은 하릴없이 말했다.

"삼랑…… 이러지 마. 제대로 배우고 제대로 써야지."

"응."

누가 봐도 성실한 척하는 모습이었다. 사련은 어이가 없다는 듯 고개를 가로저었다.

화성의 손은 차갑다. 그런데도 막상 손에 쥐니 어쩐지 뜨거운 인두를 잡고 있는 느낌이라 더는 힘주어 잡을 수가 없었다. 이때, 사련의 시선이 공양 제단 가장자리를 가볍게 스쳤다. 이내 그의 몸이 굳어졌다.

그가 스치듯 바라본 옥 서안 모퉁이엔 자그만 꽃 한 송이가 덩그러니 놓여 있었다.

47장 기교로 문을 열고 태아령을 훔치다

사련은 잠시 넋을 잃었다. 먼지 쌓인 그림처럼 까마득한 옛 기억은 먼지를 털어 내도 그저 희뿌옇기만 했다. 그는 손을 내려 그 꽃을 들고 말없이 바라보았다. 화성도 붓을 놓고 옆에서 천천히 먹을 갈며 물었다.

"왜 그래?"

"……."

사련이 미소를 지으며 말했다.

"별거 아냐. 이런 꽃은 향기가 은은해서 늘 좋아했거든."

궁관에서 꽃을 바치는 일은 보기 드물지 않다. 다만 보통은 붉은색 계열의 커다란 꽃다발이나 영원히 시들지 않는 조화가 오르곤 했다. 잠시 침묵한 사련이 물었다.

"혹시 피의 빗속에서 내려다본 꽃이, 이런 꽃이었어?"

화성이 웃으며 대답했다.

"형도 참 귀신같이 알아맞히네."

이야기꽃을 피우는 동안 두 사람은 마침내 한 폭의 글자를 완성했다. 써 내려간 글은 방금 그 네 줄의 시였다. 화성은 종이를 들고 잠시 감상하더니 자못 만족스러운 듯 말했다.

"음, 좋아. 걸어 놔야겠어."

'좋다'는 말에 사련은 더럭 목이 메었다. 그러다 '걸어 놓겠다'는 말이 이어지자 다시 한번 목이 메었다.

"벽에 걸어 두려는 건 아니지?"

만약 돌아가신 스승님들이 사련이 참여한 글씨가 이런 꼬락서니인 걸 보시면 분노한 나머지 관에서 벌떡 일어날지도 몰랐다. 하지만 화성은 웃으며 말했다.

"아니, 나 혼자 간직하려고. 아무한테도 안 보여 줘."

바로 이때, 문득 바깥에서 희미한 외침이 들려왔다.

"불이야!"

"불이 났어!"

"극락방에 불이 났다!"

천등관 안은 아무 소리 없이 고요했지만, 두 사람의 오감이 보통 사람보다 탁월한 것을 어쩌겠는가. 외침을 들은 두 사람은 재빨리 서로를 쳐다보았다. 사련은 저도 모르게 툭 내뱉었다.

"또 극락방이야?"

입을 열고 나서야 '또'라는 말이 약간 우습게 느껴졌다. 화성은 느긋하게 종이를 정리한 뒤에 말했다.

"걱정 마. 형은 여기 앉아 있어. 금방 다녀올게."

하지만 사련은 이곳에 편히 앉아 있을 처지가 아니었다.

"나도 같이 갈게!"

그는 황급히 화성을 따라나서면서 울적하게 생각했다. 어떻게 내가 올 때마다 극락방에 불이 나지? 역신이라는 명성은 이렇게 또 증명되었다. 물론 이번은 그와 상관없는 화재였지만 정말이지 습관적으로 죄책감이 들었다. 두 사람은 속히 극락방에 도착했다. 온 거리가 짙은 연기로 자욱했다. 각종 잡귀신과 요괴들이 왁자지껄하게 물통을 들고 오가며 불을 끄고 있었다. 화성과 사련이 다가오자 다들 한목소리로 외쳤다.

"성주! 어르신께서는 염려 마셔요! 불길이 크지 않아서 벌써 다 잡았습니다!"

화성은 별다른 반응이 없는 반면, 사련은 한숨을 푹 내쉬고 부드럽게 말했다.

"다행이네요! 다들 정말 고생 많으셨습니다."

고맙다는 말을 기대조차 않았던 귀신들은 다른 사람도 아닌 성주의 친구가 '고생 많았다'고 다독여 주자 기쁨에 겨워 조잘거렸다.

"고생은 뭘요! 별일도 아니었습니다!"

"이 정도야 당연하지요!"

사련은 그제야 자신이 고생했다고 말하는 건 조금 부적절하지 않나 싶어졌다. 그는 이곳의 주인도 아니지 않은가. 하지만 별말 없는 화성을 대신해서 한마디 한다고 큰 문제가 되지는 않을 터였다. 민망한 짓을 했네, 속으로 중얼거린 그는 금세 생각을 떨쳐 냈다. 두 사람은 극락방에 들어가 불이 난 곳을 살펴보았다. 귀신들의 말대로 불탄 곳은 겨우 일부분이었다. 게다가 모퉁이에 박힌 볼품없는 단칸방이라 불길이 빨리 잡혔을 만도 했다.

그러나 이를 확인한 사련은 경계심을 곤두세우고 화성에게 말했다.

"불을 지른 범인은 장난을 칠 정도로 무지하거나 대담한 것도, 정말 뭔가를 태워 버리려던 것도 아니야. 주의를 딴 데로 돌리려고 모두의 시선을 끈 것 같아."

하지만 이 시점에 무슨 목적으로 주의를 돌리려 했을까?

사련은 불현듯 감을 잡았다.

"그 태아령!"

아까 극락방을 떠났을 때는 한참을 걷는 내내 태아령이 귀 따갑게 훌쩍거리면서 수시로 제 엄마를 불러 댔었다. 그런데 지금, 그 목소리가 감쪽같이 사라졌다.

두 사람은 다시 극락전 바깥의 편전을 살피러 갔다. 이곳을 나서면서 화성은 태아령이 담긴 단지를 탁자 위에 대충 놓아두었다. 단지는 여전히 제자리에 있었다. 그런데 사련이 무게를 가늠해 보니 아까와 달리 너무 가벼웠다. 다시 열어 본 단지는 역시나 텅 비어 있었다.

단지 안에 갇힌 것은 절대 혼자 힘으로 이 봉인을 풀 수 없었다. 사련이 곧장 말했다.

"누군가 태아령을 풀어 줬어."

화성은 동요하는 기색 하나 없이 말했다.

"훔쳐 간 거지. 놈은 은나비에 스치면서 원기가 크게 상한 상태라 혼자서 멀리 도망가진 못해."

"그럼 일이 쉽게 풀리겠다. 삼랑, 극락방에 출입을 감시하는 호위병이 있어? 의심스러운 사람을 찾을 수 있는지 알아보자."

그런데 화성이 대답했다.

"없어."

"……."

사련은 눈을 깜빡이며 되물었다.

"없어?"

"응. 원래부터 없었어."

어쩐지, 지난번 극락방에서 일을 꾸미면서 호위병을 한 명도 보지 못했던 이유가 여기에 있었다. 사련은 호위병이 너무 감쪽같이 잠복해 자신이 발견하지 못한 줄 알았다. 그런데 정말 없었을 줄이야. 그는 조금 얼떨떨해하며 물었다.

"극락방을 이렇게 내버려 둬도 괜찮아?"

"형. 형은 극락방의 문을 자세히 본 적 있어?"

잠시 생각해 본 사련이 대답했다.

"그런 적은 없는데. 혹시 뭔가 특별한 점이 있는 거야?"

"맞아."

화성은 그들이 있는 편전 문을 가리키며 말했다.

"만약 이곳의 주인 아닌 자가 안에 있던 사람이나 자기 소유가 아닌 물건을 허락 없이 가져가면, 설령 단 하나를 훔쳐도 문을 열지 못하고 방에 갇히게 돼."

사련은 지난번 극락방에 왔던 때를 돌이켜 보았다. 당시에 그는 내내 주사위로만 길을 연 것 같았다. 그리고 이곳을 떠날 때는 풍사가 바람으로 지붕을 뜯어낸 덕분에 '문'으로 나가는 것을 피할 수 있었다. 다소 폭력적인 장면이 떠오르자, 사련은 더 생각하면 안 될 것 같은 느낌에 진땀이 삐질삐질 났다. 이윽고 그가 다시 물었다.

"그럼 만약 삼랑이 나한테 법보를 빼앗아서 극락방에 보관해 둔다면, 법보의 원래 주인인 내가 그걸 다시 가져갈 수 있을까?"

화성이 눈썹을 치켜올리며 대답했다.

"물론 가져갈 수 없어. 내 손에 들어오면 내 물건이니까. 하지만 나한테 누명을 씌우지는 말아 줘. 난 절대 형의 법보를 빼앗거나 하지 않아."

사련은 가볍게 기침을 하고 말했다.

"물론 그렇겠지. 나도 당연히 알아. 그래서 '만약'이라고 했잖아. 게다가…… 나한텐 남이 뺏어 갈 만한 법보도 없는걸……."

화성의 농담도 여기까지였다. 그는 싱긋 웃으며 말을 이었다.

"그러니 내게서 들키지 않고 물건을 훔치는 건 불가능해. 물론 호위도 필요 없고."

사련은 가장 먼저 이런 가능성을 떠올렸다. 태아령을 훔친 범인이 문으로 나가는 대신에 다른 방법을 썼다는 것. 하지만 샅샅이 둘러본 편전은 지붕도 바닥도 벽도 멀쩡했다. 부수고 나간 흔적조차 찾아볼 수 없으니, 자연스레 기이한 추측이 일었다.

혹시 태아령을 훔친 범인은 아직 이 편전에 남아 있는 게 아닐까?

물론 이 편전 안에는 마땅히 숨을 곳이 없지만, 세상에는 은신할 수 있는 각종 법문이 넘쳐 났다. 어쩌면 그 범인은 지금 이 순간, 근처에서 두 사람의 일거수일투족을 조용히 관찰하고 있을지도 모른다. 사련은 주위를 뚫어지게 응시하며 공기의 흐름이 일그러진 곳은 없는지 살폈다. 그러나 그의 눈도 직감도 여기엔 다른 사람이나 귀신은 없다고 말하고 있었다. 애초에 잘못 짚은 것이라면 노선을 틀어 생각해야 했다. 이때, 화성이 웃으며 말했다.

"형, 너무 염려하지 마. 내게 태아령을 훔친 자를 찾아낼 방법이 있어."

자못 자신만만한 태도였다. 빙글 돌아서서 그를 바라본 사련은 잠시 생각에 잠겼다. 문득 사련도 화성의 계획이 뭔지 알 것 같았다.

두 사람은 조용히 기다렸다. 한참 뒤, 떠들썩한 소리가 점점 가까워졌다. 떼거리로 쏟아진 온갖 귀신과 요괴가 편전 바깥을 새까맣게 메웠다.

"성주! 무슨 분부로 찾으셨습니까!"

적게 잡아도 천에 달하는 머릿수였다. 극락방의 방과 뜰이 넓지 않았더라면 다 들여놓지도 못했을 터였다. 그들을 데려온 가면 쓴 사람이 화성에게 고했다.

"성주, 오늘 이 거리에 나왔던 자들을 전부 데려왔습니다. 귀시장은 아무도 나가지 못하도록 봉쇄 조치를 마쳤습니다."

이 목소리는 지난번에 들었던 그 젊은 남자의 목소리였다. 사련은 참지 못하고 다시 한번 흘끔 시선을 던졌다. 귀신들이 저마다 입을 열었다.

"성주, 불을 지른 범인은 잡으셨습니까?"

"물건도 훔쳤다면서요! 목숨 아까운 줄 모르는 건지, 또 콱 죽어 버리고 싶은 건지!"

"간덩이가 부어도 유분수지. 불도 지르고 물건도 훔친 놈인데, 주제도 모르고 호랑이 굴에서 설쳤으니 우리 성주께서 놓아줄쏘냐!"

"……."

귀신들이 사련에 대해 말한 건 아니었지만 그야말로 지난번 극락방에서 건물을 태우고, 몰래 사람을 빼돌리고, 화성이 놓아준 사람이었다. 화살을 무더기로 맞은 기분에 그는 가볍게 기침을 하고는 죄책감을 느끼며 화성을 흘끔 쳐다보았다. 때마침 화성도 뜻 모를 눈길을 던져 왔다. 시선이 부딪치자 사련은 재빨리 눈을 피했다. 곧이어 화성의 덤덤한 목소리가 이어졌다.

"태아령을 훔친 자는 알아서 나와라. 내 시간 낭비하지 말고."

깜짝 놀란 귀신들이 소란스레 끓어올랐다.

"우리 중에?"

"바깥에서 온 놈인 줄 알았는데……."

"누구냐! 당장 자진해서 나와!"

한참 뒤, 소란은 가라앉았지만 앞으로 나서는 사람은 없었다. 화성이 입을 열었다.

"좋아, 예상대로 용감하군. 사내는 왼쪽, 여인은 오른쪽. 갈라져."

귀신들은 내심 의아했지만 감히 화성의 말을 거스르지 못하고 명령대로 무리를 이루어 큼직하게 갈라섰다. 왼쪽에 모여든 사내 귀신들은 목소리가 투박했다. 한편 오른쪽에 모인 여귀들은 대부분 정숙하고 요염했다. 짧게 시선을 나눈 화성과 사련은 곧장 오른쪽으로 걸어가 여귀들 사이를 빠르게 스쳐 지나갔다. 거의 눈길 한 번에 열 명을 훑어보는 속도였다. 한참을 걷던 사련은 한 여귀 앞을 지나치다 말고 멈칫했다. 이 여귀는 긴 치마를 입고 있었다. 분을 두껍게 발라 무서울 만큼 창백한 얼굴은 본래의 모습을 알아보기 어려울 지경이었다. 그러나 이 지나치게 화려하고 과장된 화장은 조금 낯이 익었다. 사련이 입을 열었다.

"난창 낭자?"

이 여귀는 마치 자신이 귀신이라도 본 것처럼 당황했다. 역시

지난번 귀시장 저잣거리에서 사련에게 치근덕거리고, 돼지 백정과 싸우고, 그가 '서지 않는다'고 비웃으며 온 귀신들에게 떠들고 다닌 그 여귀 난창이었다.

당황하던 그녀는 다시 허리를 꼿꼿하게 세우고 고개를 쳐들었다.

"왜? 안 선다는 건 그쪽이 먼저 말한 거잖아! 내가 누명 씌운 것도 아닌데! 설마 복수하려고 성주께 날 손봐 달라고 한 거야?"

다소 긴장하고 있던 주변의 여귀와 요괴들은 그녀의 말을 듣고는 키득거리며 조용히 웃음을 터트렸다. 화성도 이쪽으로 다가왔다. 비록 읽어 낼 수 없는 표정을 짓고 있었으나, 살짝 겁을 먹은 난창은 경거망동하지 못하고 몸을 사렸다. 사련이 부드럽게 말했다.

"그런 농담은 낭자 좋을 대로 말해도 괜찮아요. 하지만 그 태아령은 많은 사람을 해친 잔혹한 존재입니다. 그대로 내버려 둘 수는 없으니 일단 돌려주세요."

두텁게 쌓아 올린 분 너머로도 아까보다 한층 창백해진 안색이 느껴졌다. 그녀는 연신 뒷걸음질을 쳤다. 하지만 여귀 무리에 끼어 있던 참이라 몇 걸음 물러서지도 못하고 여귀들의 손아귀에 붙잡혔다. 퇴로가 막히자 그녀는 마지못해 소리쳤다.

"무슨 소릴 하는 건지 모르겠네! 태아령이라니?"

사련이 거듭 말했다.

"돌려주세요."

"뭘 돌려줘? 난 아니야! 나더러 성주의 방에서 물건을 훔쳤다고 하는데, 성주의 방에서 물건을 가지고 나올 수 없다는 건 누구나 아는 사실이야! 아무것도 못 가지고 나온다고!"

맞아, 다들 알고 있잖아, 하며 귀신들이 수군거렸다. 돼지 백정도 목청을 높였다. 난창이 다시 말을 이었다.

"극락방 화재도 방금 막 일어난 일인데, 난 내내 이 거리에 붙어 있었으니 뭔가 훔쳤다면 어디 숨길 시간이 있었겠어?"

이렇게 말하면서 그녀는 비어 있는 두 손을 보여 주고는 치마까지 들치며 자신이 아무것도 감추지 않았다는 시늉을 했다. 그런데 사련이 말했다.

"낭자, 지난번에 뵈었을 때는 바람이 찼는데도 옷을 얇게 입으셨지요. 한데 날씨가 화창한 오늘은 왜 긴 치마를 입으셨습니까? 갑자기 옷을 바꾸고 싶으셨던 건가요, 아니면 무언가를 가리기 위한 건가요?"

난창은 평소에 노출이 심한 옷을 입고 다녔다. 길거리에서 가슴을 거의 드러냈을 정도라, 사련이 그녀에게 '얇게 입었다'고 말한 건 무척이나 정중한 표현이었다. 그런 그녀가 오늘은 긴 치마로 허리와 다리를 빈틈없이 가렸으니 참 이상한 노릇이었다. 게다가 난창은 늘 거리에서 욕을 지껄여 시선을 끌고, '그놈이 안 서는 건 내 탓이 아니다'라며 열성적으로 선전하고 다녔다. 그런데 아까 화성이 사련을 데리고 귀시장을 거닐거나 귀신들이 요란하게 먹거리를 내밀었을 때는 모습을 드러내지 않았었다. 귀신들은 사련의 말을 듣고서야 이 사실을 깨닫고 술렁이기 시작했다. 사련이 천천히 입을 열었다.

"낭자는 자신의 소유가 아닌 물건을 가져간 게 아니라, 몸의 일부분을 가져갔을 뿐입니다. 그 태아령, 지금 낭자의 배 속에 있네요."

태아령을 훔친 범인이 다른 수법을 써서 도망치지 않았고 편전에 남아 있지도 않은 이상, 남은 가능성은 단 한 가지다. 떳떳하게 정문으로 빠져나갔다는 것.

만약 이 태아령이 벌써 태어났었다면, 그는 한 아이이자 독립된 사람이었을 것이다. 하지만 이 태아령은 달도 제대로 차지 않았을 때 어머니의 몸에서 강제로 떼어 낸 것이다. 그러므로 태아령의 어머니가 그를 다시 자기 배 속에 넣었다면, 당연히 그녀 '자신의 것'이라 할 수 있다. 아니, 그 태아령은 본디 그녀의 육신을 이루는 덩어리이자 일부분이라고 해야 맞다. 누가 뭐래도 모자의 피는 물보다 진한 법이 아니던가. 그들이 한 몸인 상황이라면, 여귀는 평안하고 정당하게 극락방의 모든 문을 걸어 나갈 수 있게 된다.

따라서 태아령을 훔친 범인은 이 태아령의 생모인 여귀가 틀림없다. 신속하게 귀시장을 봉쇄하고 불이 난 전후로 이 거리에 나타난 여귀들을 전부 모아 조사해 보면 분명 잡을 수 있을 터다. 그리고 보니 화성은 편전에 들어선 순간에 이 전부를 생각해 낸 모양이었다.

바로 이때, 난창이 갑자기 크게 소리를 지르며 두 손으로 자신의 배를 단단히 감싸 안았다.

사련이 외쳤다.

"낭자?"

난창은 핏기가 가신 얼굴로 한 마디도 꺼내지 못했다. 순간 무언가가 그녀의 배 속에서 갑작스레 폭발한 것 같았다. 납작한 편이었던 아랫배가 거대한 공 모양으로 부풀어 올라 치마가 뜯어지기 직전이었다. 새카만 연기가 옷 틈새로 넘쳐흘렀다.

여귀들이 난창을 놓아주고 가만히 물러섰다. 그녀는 두 손으로 간신히 아랫배를 부여잡고 질겁한 기색으로 외쳤다.

"얌전히 굴어라!"

태아령이 그녀의 배 속에서 날뛰기 시작한 것이다. 화성이 태연하게 말했다.

"형은 물러서."

"괜찮아!"

난창은 바닥에 풀썩 꿇어앉더니 고통스러운 표정으로 외쳤다.

"말 들어! 말 들어야지! 착하지, 좀 얌전하게 굴라니까! 소란 그만 피우고!"

"난창 낭자, 우선 태아령을 풀어 주세요."

난창은 실성한 사람처럼 다급하게 고개를 저었다.

"안 돼! 안 돼, 안 돼! 난 이 애를 내 배 속에 가둬 놓고 잘 기를 수 있어. 우리 애는 두 번 다시 사람을 해치지 않을 거라고!

성주, 제발 제 아들을 데려가지 말아 주세요. 저는 이 애를 몇백 년 넘게 찾아다녔어요! 제 아들을 데려가지 마세요! 우리 애를 상천정 놈들에게 넘기지 마세요!"

역시 귀시장의 귀신들은 사련이 천계 사람이라는 사실을 알고 있는 모양이었다. 난창은 비명을 지르며 배를 움켜쥐고 바닥을 구르기 시작했다. 그녀의 배는 더 이상 몸의 일부가 아닌 것처럼, 흡사 살아 숨 쉬는 생물처럼 수축과 팽창을 거듭하며 난창의 배 속에서 곳곳으로 옮겨 다녔다. 검은 연기는 한층 더 짙어졌다. 이 사악한 태아령은 어머니의 배 속에 돌아와 잠시 원기를 회복하고 다시 작간을 부리려는 것 같았다. 잠시 흩어졌던 여귀들이 다시 다가와 그녀를 억눌렀으나 아무 소용이 없었다. 왼쪽에 서 있던 요괴와 귀신들이 하나둘씩 소리쳤다.

"우리가 해 볼게!"

그러고는 그녀를 제압하러 나섰다. 아수라장이 된 상황 속에서 사련이 주먹을 꽉 쥐며 외쳤다.

"난창 낭자! 그 태아령의 힘은 낭자보다 훨씬 강합니다. 게다가 그 아이는 낭자를 해치는데 낭자는 그 아이를 차마 해치지 못하잖습니까. 애초에 손쓸 방법이 없는 겁니다! 그 태아령은 조만간 당신을 빨아들여 몸을 찢고 나올 거예요. 어서 아이를 꺼내세요!"

이 흉악한 태아령은 조만간 그녀를 빨아들이고 조각조각 찢어발길 것이다. 그러니 만약 난창이 배 속에 숨긴 것을 자진해서 꺼내지 않는다면 사련은 어쩔 수 없이 직접 그녀의 배를 갈라야 했다. 그녀가 제 아들에게 찢기는 장면을 보는 것보다야 낫겠지만, 정말 부득이한 상황이 아니라면 누가 그런 짓을 저지르고 싶겠는가? 사련 역시 그런 일은 원치 않았다. 물론 화성이 자신을 대신해 손을 쓰는 것도 사양하고 싶었다. 그러나 난창은 성정이 얼마나 고집스러운지, 연신 새된 비명을 지를 만큼 고통스러워하면서도 태아령을 풀어 주려 하지 않았다. 이대로 두는 것도 능사는 아니었다. 차라리 자신이 나서자고 생각한 사련은 이를 악물고 외쳤다.

"미안합니다!"

그러나 누가 알았으랴. 방심의 칼자루에 손을 얹자마자 화성이 그를 저지하더니 낮은 목소리로 말했다.

"그럴 필요 없어."

동시에 난창의 배에서 난데없이 금빛이 터져 나왔다. 빛에 눈이 찔린 주변의 요괴와 귀신들은 아이고, 하며 이구동성으로 아우성치고 꽁무니를 빼며 말했다.

"웬 놈이야!"

사련은 가만히 시선을 집중했다. 그 금빛이 옅어지자, 정신없이 밖으로 뛰쳐나오려던 태아령은 마치 무언가에 갇힌 것 같았다. 난창의 배도 판판하게 가라앉았다. 태아령을 가둔 것은 그녀가 허리에 찬 허리띠였다.

그 허리띠는 평범한 생김새에 눈에 띄는 이상한 점도 없었다.

그러나 사련은 다시 자세히 살펴보다, 놀란 목소리로 물었다.

"……낭자가 어떻게 이 물건을 가지고 있죠?"

너무 자주 닦아 빛이 바랬음에도 사련은 알아볼 수 있었다. 이 허리띠는 천계의 물건이었다.

천계의 물건들은 모두 정교한 법보다. 그래서 필요한 경우 위급한 상황으로부터 주인을 보호하는 기이한 능력을 발휘한다. 게다가 사련은 심하게 닳은 자수와 무늬를 보고도 확신할 수 있었다. 이건 신관만 착용할 수 있는 '금띠'가 틀림없었다.

품계를 보면, 분명 상천정 신관의 것이다!

금띠를 선물하는 것은 천계에서 널리 유행하는 고상한 행위로, 특별한 의미가 있다. 남자 신관이 자신의 허리띠를 선물한다는 것은 그 자체로 아주 모호한 의미를 지닌다. 그게 어떤 특별한 의미인지는 짐작하기 어렵지 않다. 금띠 같은 물건은 당연히 마음대로 선물할 수 있는 물건이 아니고, 그리 쉽게 잃어버릴 수 있는 물건도 아니다. 사련이 말문을 뗐다.

"낭자, 설마 이 아이는……."

여기까지 말한 그는 문득, 여기가 아무리 마귀의 소굴이어도 군중 앞에서 여인에게 이런 사생활을 묻는 건 실례라는 생각이 들어 재빨리 말을 삼켰다. 그런데 난창이 대뜸 소리쳤다.

"아니야!"

아직 아무 말도 안 했는데 뭐가 아니라는 거지? 속으로 생각한 사련이 그녀에게 물었다.

"낭자는 그동안 이 금띠를 보면서 칠팔백 년을 버텨 온 건가요?"

이 말을 들은 여귀들의 눈이 휘둥그레졌다.

"……세상에나, 난창. 너 그렇게 나이가 많아?"

"전에는 삼백 살밖에 안 되었다고 하지 않았어?"

"아냐, 이백 살이라고 한 적도 있는데! 나이를 속였구나!"

이 태아령은 어림잡아 칠팔백 년을 묵었으니, 그 생모도 자연히 나이가 그쯤 될 터였다. 그러나 난창이 품은 사기는 그리 독하지 않았다. 아마 법력을 지닌 금띠가 크게 공헌한 덕분에 평범한 여귀의 몸으로도 세상에 오래 머무를 수 있었을 것이다. 만약 이 태아령의 아버지가 신관이라면, 태아령이 이렇게 흉포한 이유도 설명이 된다.

한 신관이 인간계의 여인과 정을 통했다. 그 결과가 여인을 농락하고 버린 건지, 매정하게 외면한 건지는 알 수 없으나 이 여인은 복중의 아이를 무참히 떼어 내는 참변을 당했다. 오늘날 두 모자는 나란히 귀신이 되었고, 태아는 수많은 인명을 앗아 갔을 가능성마저 크다. 아무리 보아도 이번 일은 선희 사건 못지않게 심각했다. 어쩐지 한편으로는 조금 익숙한 것도 같았다.

이제 이 일을 어떻게 해결해야 할지는 불 보듯 뻔했다. 사련은 화성을 향해 돌아서며 말했다.

"삼랑, 이 낭자를……."

말을 끝까지 잇기도 전에 화성이 대답했다.

"필요한 일이면 형 마음대로 결정해. 내게 물을 필요 없어."

사련이 작은 목소리로 대답했다.

"응."

허락을 받은 그는 다시 난창을 돌아보았다. 이때 귀신들이 캐묻기 시작했다.

"난창, 난창! 애기 아빠는 누구야?"

"열받아! 죽여 놨으면서 묻어 주지도 않고, 낳아 놓고도 기르지 않다니?"

"도대체 누구야? 찾아가서 결판을 내자니까!"

난창은 이를 꽉 악물고 사련을 보며 말했다.

"……누가 더 있겠어?"

그녀는 이름을 말하지 않았지만, 굳이 말하지 않아도 사련은 어련히 이해했다. 사련이 말했다.

"저와 상천정으로 가요."

난창이 버럭 소리쳤다.

"안 돼!"

아무리 거절해도 소용없다. 그녀의 의사와는 상관없이 사련은 그녀를 데려가야 했다. 사련은 얼굴빛을 진지하게 바로잡고 말했다.

"이 태아령은 지극히 흉악합니다. 그 손에 얼마나 많은 사람의 피가 묻었는지는 몰라도, 일이 이렇게까지 커진 이상 낭자에게 맡길 수는 없습니다. 반드시 상천정에 알리고 심문해야 해요. 그 신관이 잘못을 인정하거나 혹시라도 두 분 사이에 오해가 있었던 거라면, 그에게 모자 두 사람을 인정하게 하고 아이 일도 잘 해결하면 됩니다. 그리고 그 신관이 낭자를 외면하거나 더 큰 잘못을 저질렀다면 공정한 판결을 내릴 수 있을 테고요. 어쨌든 이 태아령은 당신의 아들이자 그 신관의 아들 아닙니까. 이 일을 아버지가 아니면 누가 관여할 수 있겠어요?"

귀신들도 이 말이 제법 마땅하다고 생각했다. 게다가 난창이 아이를 데리고 천계에 올라가 한바탕 소란을 피운다는 건 듣기만 해도 짜릿했다. 다들 일이 커지면 커질수록 좋다는 심정으로 난창을 격려했다.

"맞아, 난창! 뭐가 문제야? 그자를 찾아가서 결판을 내!"

"감히 잡아떼면 우리가 놈의 사당을 불태워 주겠어!"

사련은 화성에게 말했다.

"나는 일단 상천정에 돌아가서 속히 이 일을 고할게."

난창은 저항해도 소용없다는 것을 깨닫고 넋을 놓나 싶더니, 대뜸 화성에게 큰절을 올리며 말했다.

"성주, 거둬 주셨던 하해와 같은 은혜는 잊지 않겠습니다!"

사련은 한순간 당황했다. 그녀가 말을 이었다.

"이 난창이 실로 부득이한 마음에 극락방에 불을 지르는 하책을 저질렀습니다. 귀시장의 규율을 어겨 면목이 없습니다! 부디 크게 책망하지 말아 주십시오."

언제나 억척스럽고 방종했던 난창이, 지금은 마치 딴사람으로 둔갑한 것만 같았다. 평소 그녀와 알고 지내 온 귀신들은 그 모습에 충격을 금치 못했다. 반면에 화성은 평소와 다름없는 표정으로 사련에게 말했다.

"이번에는 급히 떠나게 됐으니, 다음에 내려오면 그때 다시 제대로 대접할게."

고개를 끄덕인 사련은 곧장 난창을 데리고 천계로 달려갔다.

◆

사련은 선경의 대로를 지나가며 통령진에 말했다.

"여러분! 송구하지만 신무전에서 뵙고자 합니다. 상의할 일이 있습니다."

그는 말을 마치자마자 통령진에서 빠져나와 지체할 겨를도 없이 난창을 데리고 신무전으로 향했다. 난창은 귀신의 몸이라 금전에 들어갈 수 없었다. 사련은 우선 그녀와 신무전 바깥에서 잠시 기다렸다. 군오가 와서 친히 허락을 내리고서야 난창을 안으로 들일 수 있었다.

머지않아 선경에 있는 신관들이 속속 도착했다. 다들 신선의 기운이 감도는 선경과 한참 동떨어진 농염한 여귀를 발견하고 눈을 휘둥그레 떴다. 신무전에 들어선 검은 옷차림의 신관 한 명이 대전 중심에 펼쳐진 광경을 보더니 잠시 멈칫했다. 모정이었다. 난창도 그를 한번 바라보고는 머리를 숙였다. 입술이 벌벌 떨리고 있었다. 그러나 모정은 차분한 표정으로 담담하게 물었다.

"태자 전하, 이 여인은 누구입니까?"

'태자 전하'라는 네 글자를 들은 난창은 희미하게 안색을 바꾸며 사련을 쳐다보았다. 뭔가가 떠올랐으나 확신이 서지는 않는 모양이었다. 이때, 풍사와 수사도 도착했다. 용모가 퍽 닮은 형제가 저마다 부채를 한들거리며 널따란 흰 소매를 나부끼는 정경이 무척 보기 좋았다. 사청현이 부채를 부치며 말했다.

"그래요, 관주님. 오늘은 왜 여귀를 데리고 오신 건가요?"

사련은 어리둥절했다.

"관주님?"

무슨 관주? 보제관? 왜 갑자기 이렇게 부르지? 다시 생각해 보니, 아마도 '천등관 관주'인 것 같았다.

어떻게 대답해야 할지 몰랐던 사련은 마지못해 못 들은 체했다. 사청현은 의기양양하게 주변 사람들과 인사를 한 바퀴 나누고 다시 입을 열었다.

"어? 이 여귀 언니 배 속에 뭔가 있지 않나요? 어째 느낌이……."

그리 말하며 그는 그녀의 배를 쓰다듬어 보려는 듯 다가갔다. 사무도가 쥘부채를 탁 접으며 외쳤다.

"청현!"

사청현은 재깍 손을 움츠리며 변명했다.

"전 그냥 좋지 않은 사기가 느껴져서, 안에 위험한 게 있는지 살펴보려고……."

사무도의 호통이 이어졌다.

"너는 사내이자 신관이고 여기는 신무전인데 이리 체통에 어긋나는 짓을 한단 말이냐? 여상도 그만둬라! 여상이라도 이런 짓을 하는 건 체통에 어긋난다. 당장 돌아와!"

영문은 고개를 절레절레 내저으며 문서를 팔에 끼우고 다가와 난창의 배 위에 손을 얹었다. 잠시 뒤, 영문이 손을 떼며 나직하게 물었다.

"상당히 흉악한 태아령이군요. 몇백 년이나 되었습니까?"

사련이 대답했다.

"칠팔백 년 정도입니다."

그는 태아령을 두 번 만났던 일과 태아령이 회임한 여인을 해친 일, 그리고 이 여귀를 찾아낸 과정을 이야기했다. 화성과 귀시장은 일절 언급하지 않았다. 물론 난창도 자진해서 말을 꺼내지 않았다. 마지막으로 사련이 덧붙였다.

"사정은 이렇습니다. 그 신관이 아직 세상에 살아 있거나 재직 중인지 모릅니다. 이번 일에 오해가 있는 건 아닌지, 그 신관이 이 일을 알고 있는지도 그렇고요. 그래서 이 낭자를 데려온 겁니다."

풍신이 미간을 찌푸리며 말했다.

"만약 별다른 오해가 없고, 이 모자의 사정을 알고 있었으면서도 칠팔백 년 동안 나 몰라라 하며 방치했다면 너무나 무책임하군요."

배명은 팔짱을 끼고 유유자적 말했다.

"남양 장군의 말에 동의하오. 너무 무책임한 작태가 아닐 수 없소이다. 어느 신관의 사생아인지는 몰라도, 아직 재임 중이라면 스스로 자백하는 게 좋을 거요."

말이 끝나기가 무섭게 그는 자신에게 쏟아지는 무수한 시선을 느꼈다. 신무전에 무거운 침묵이 흘렀다.

한참 뒤에야 배명이 말했다.

"……여러분, 저에 대해 뭔가 오해가 있으신 것 아닙니까?"

"……."

사청현은 부채도 흔들지 않고 대꾸했다.

"오해는 아니라고 생각해요. 굳이 말한다면 장군에 대해 너무 잘 아는 거죠."

배명이 냉큼 외쳤다.

"이런 일은 결단코 없었어!"

모두가 억지웃음을 지었다. 사무도와 영문도 불신의 눈빛을 보냈다. 머리가 아파진 배명은 이마를 짚고 절절하게 말했다.

"이…… 저는 귀계의 여인과 교분을 맺은 적은 있으나 이 여인은 정말 본 적이 없습니다."

곧이곧대로 듣자면 오히려 신빙성이 있는 말이었다. 어느 여인과 사귀었는지 설마 본인이 모르겠는가? 배명은 비록 다분한 바람기로 손가락질을 받지만, 그 어떤 정분도 부인한 적이 없었다. 그는 일단 저지른 일이면 책임을 피하지 않았다. 어차피 감당하지 못할 정도도 아니었으므로. 선희처럼 본인이 그에게 매달리지 않는 한, 그와 사귀었던 여인은 적어도 남은 생은 부족함 없이 달콤한 부귀영화를 누릴 수 있었다. 만약 이 여귀가 생전에 정말로 배명과 하룻밤 인연을 맺었다면, 배가 갈려 아이를 빼앗기고 그 아이가 악귀로 변하는 지경까지 떨어지지는 않았을 터였다.

더군다나 배명은 여인을 보는 눈이 아주 높았다. 그와 정을 통한 적이 있는 이들은 하나같이 용모와 재주가 빼어난 여인들이었다. 그는 특히 화장기 없는 미인을 좋아했다. 대전의 다른 신관들이 보건대, 난창처럼 화장이 짙어 본얼굴도 알아볼 수 없는 여인은 용모의 밑바탕이든 품위든 언행이든, 배명이 과거에 정인을 고르던 기준에 한참 뒤떨어졌다. 그래서 이번 일은 자기 짓이 아니라는 그의 말도 내심 은근히 믿음이 갔다. 다만, 어디까지나 '내심'과 '은근'이다. 배 장군이 궁지에 빠지는 장면을 볼 기회인데 어찌 즐겁지 않으랴? 다들 일단은 그가 변명하는 걸 웃으며 지켜보았다. 기분이 좋아져야 믿을 마음도 생기지 않겠는가?

사실 사련도 십중팔구 배명일 것이라 생각했다. 어쨌든 전과가 혁혁한 인물이었으니까. 하지만 배명의 표정을 보니 거짓처럼 느껴지지 않아 마음이 흔들렸다. 배명은 비열한 수작을 쓰는 자가 아니니 겁낼 필요 없다, 그리 말하던 화성의 목소리가 떠올랐다. 잠시 고민한 사련이 말을 이었다.

"이전에 난창 낭자가 '누가 더 있겠냐'고 모호하게 반문하시기에 그러려니 생각했습니다만, 배 장군께서 이렇게까지 말씀하시니 아마 오해가 있는 것 같습니다. 그야 매번 같은 사람일 수는 없겠지요. 아니면 다른 질문을⋯⋯."

이때 난창이 예상 밖의 말을 꺼냈다.

"저 사람 아니에요."

멍해진 사련이 빙글 돌아섰다. 난창은 다시 한번 말했다.

"저 사람 아니에요."

영문이 냉담하게 입을 열었다.

"뭐예요. 아니었군요."

사무도도 무척 점잖은 투로 말했다.

"의외로 아니었군."

"⋯⋯."

배명은 사무도와 영문에게 말했다.

"내 진작부터 아니라고 했잖습니까. 거기 둘, 우물에 빠진 사람에게 돌을 던지다니. 두고 봅시다."

잠시 실망했던 신관들은 곧이어 훨씬 흥분했다. 배명은 사시사철 염문에 엮여 있으니 이번 사건의 주인공이 정말 그였다고 해도 신선하지는 않다. 그런데 그가 아니라면, 이 자리에 있거나 다른 곳에 있는 또 다른 남성 신관일지도 모른다는 말이 된다. 새로운 신예가 등장할지도 모르는데 당연히 흥분되지 않겠는가?

분명 난창은 아까 귀시장에서 범인이 배명이라고 넌지시 암시 아닌 암시를 했었다. 그런데 지금은 또 부정하고 있다. 사련은 의심이 들었으나 내색하지 않고 다시 물었다.

"음. 그럼 대체 누구인가요?"

난창은 그를 뚫어지게 바라보며 말했다.

"당신."

사련은 그녀가 말을 끝까지 하지 않은 줄 알고 물었다.

"제가 왜요?"

난창이 말했다.

"내 말은, 그 사람이 바로 당신이라고!"

48장 혼란의 심문, 울음도 웃음도 당치 않네

설령 난창이 '나를 죽인 사람은 당신'이라고 말했어도 지금 이 말보다 더 청천벽력이진 않았을 터였다.

사련은 그녀가 던진 벼락에 맞아 자리에서 기절할 뻔했다.

"저요?"

위쪽 옥좌에 앉아 이마를 짚고 있던 군오의 손도 움찔 미끄러진 것 같았다. 신관들은 순식간에 입을 다물고 일제히 군오를 바라보았다. 군오의 손은 제자리로 돌아가 거듭 침착하게 이마를 짚었다. 신관들의 온 시선이 다시 사련에게로 쏟아졌다.

드디어 오는가, 모두가 주목하는 세 번째 폄적!

사련은 충격에 온 마음이 뒤흔들린 기분이었다. 그는 잇새를 비집고 나오려는 '저는 안 서요'라는 말버릇을 억지로 삼켰다.

얼떨결에 지어낸 핑계라 이런 상황에서 꺼내기는 곤란했다.

게다가 상천정에는 '여인'을 대하는 무신들의 태도에 관해 암암리에 퍼져 있는 우스갯소리가 있었다. 풍신은 여인을 보면 꺼림칙해하며 피한다, 낭천추는 여인을 보면 얼굴이 빨개진다, 모정은 못생긴 여인을 거들떠보지 않는다, 배숙은 여인을 보면 무표정하지만 속으로는 무슨 생각을 하는지 모른다, 권일진은 머릿속에 여인이란 게 아예 없다, 배명은 온 머릿속이 여인으로 가득 차 있다, 등등. 그가 지금 '안 선다'는 말을 외친다면 오늘부로 이 총평 뒤에는 그에 관한 내용이 덧붙여질 터였다. 사련이 진심 어린 목소리로 말했다.

"난창 낭자, 진정하세요. 그런 일은 절대 없었습니다."

난창은 두 눈을 구리 방울보다 더 크게 부릅떴다.

"있었어. 바로 당신, 선락국의 태자 전하!"

"……."

이 여인이 죽은 시기는 그가 선경에 올랐던 때보다 늦었을 수도 있고, 얼추 비슷할 수도 있다. 아무리 그래도 그녀를 만난 적이 있는지 없는지, 사련 본인이 모르겠는가? 사방이 귓속말로 시끄러운 가운데, 사련은 표정을 가라앉히고 진중하게 말했다.

"낭자, 저는 비록 성인군자는 아니나 일편단심이라는 것은 압니다. 진심으로 은애하는 사람이 아니면 절대 선을 넘는 행동을 하지 않을 겁니다. 진심으로 은애한다면, 가진 것을 다 털어 가며 고물을 줍고 거리에서 기예를 팔아 가족을 먹여 살리는 한이 있어도 그 사람을 힘들게 하진 않을 겁니다. 여기는 신무전이니

망언은 삼가 주세요."

사청현도 거들었다.

"정말 태자 전하가 범인이면 왜 자진해서 이 여귀 언니를 데리고 올라와 심문을 하겠어요? 그리고 난창 낭자는 왜 이제야 전하를 알아본 거고요? 생각만 해도 앞뒤가 안 맞잖아요."

앞뒤가 안 맞는 것쯤은 뻔히 보였다. 그러나 구경거리가 생기면 사람들은 앞뒤가 맞든 아니든 나 몰라라 지켜보기 마련이다. 신관들은 한술 더 떠서 멋대로 추측했다.

"혹시 이런 거 아닙니까? 태자 전하가 기억을 잃어서 자신이 한 일을 기억하지 못하는 거라든지?"

"솔직히 말해 볼까요. 어차피 팔백 년 전의 일이니, 저 여인이 자신을 못 알아볼 줄 알고 대담하게 나오는 것이라 봅니다."

기가 막힌 사련이 한마디를 던졌다.

"여러분, 의문을 풀어 보겠다고 다른 의문을 지어내는 건 조금 위험한 사고방식 아닐까요."

저쪽에 있는 풍신은 뭔가 말하고 싶은 눈치였으나, 확신이 서지 않는지 머뭇거리고는 끝내 목소리를 삼켰다. 군오가 가볍게 헛기침을 하며 말했다.

"선락, 너는 이전에 금띠를 몇 개나 가지고 있었느냐?"

사련은 손으로 이마를 짚으며 대답했다.

"……너무 많았습니다. 최소 열 개……."

이때 모정이 담담하게 말했다.

"마흔 개가 넘습니다. 각각 무늬와 색이 다릅니다."

모정은 입을 열고 나서야 미묘함을 느끼고 말을 멈추었다. 자신이 사련의 측근 시종으로서 일상생활을 도맡았었기에 이런 사소한 부분도 훤히 알고 있다는 사실을 남들에게 일깨워 준 셈이었다. 신관들은 속으로 생각했다. 금띠만 마흔 개 넘게 가지고 있었다니, 당시 이 태자 전하는 보통 호사를 누린 금지옥엽이 아니었겠구나. 다른 사람뿐만 아니라 사련도 제 과거를 떠올리고 부끄러워졌다. 그는 당시 날마다 화려한 옷을 갈아 치웠고 허리띠도 옷에 맞춰 다르게 바꿔 찼다. 일 년 내내 옷 세 벌을 번갈아 가며 빨아 입는 지금과는 비교도 할 수 없었다. 심지어 이 세 벌의 옷은 완전히 같은 모양이라, 남들이 보기에는 분명 그가 가난해서 옷을 한 벌만 입는 것이라 생각할 터였다. 군오가 다시 물었다.

"어디에 두었는지는 기억하느냐?"

사련과 풍신은 나란히 말문이 막혔다.

사련은 미간을 문지르며 대답했다.

"음, 잘 모르겠습니다. 팔백 년 전 물건이다 보니 어느 곳을 떠돌고 있을지도 모르겠습니다."

물론 잃어버린 탓도 있지만, 그와 풍신이 주머니 사정이 쪼들릴 때마다 전당포에 물건을 맡긴 것이 더 주된 이유였다. 너무 많이 맡겨서 허리띠가 남았었는지도 정말로 기억이 나지 않았다. 풍신도 차마 이 화제를 입에 올리지는 못했지만 꾸역꾸역 말을 보탰다.

"다른 사람이 준 덕분에 이 금띠를 손에 넣을 수 있었을지도 모릅니다. 혹은 주운 것일 수도 있고요."

군오도 사련이 기억하고 있으리란 기대는 하지 않은 모양이었다.

"선락. 내 기억이 맞는다면, 네가 수행하는 공법(功法)은 순결한 동자의 몸을 보존하는 것이 필수 덕목이었지. 그렇지 않으면 법력이 크게 떨어지고."

사련이 대답했다.

"네."

사청현이 툭 끼어들었다.

"와. 딱 보자마자 그런 길을 수행하실 것 같더라니, 역시 그랬군요. 그런 거라면 아이를 회임시키는 건 고사하고 누군가와 손도 안 잡아 봤겠어요."

사련이 막 '네'라고 말하려는 순간, 문득 머릿속에 창백하고 늘씬한 손이 떠올랐다. 진홍색 면사포 뒤로 어렴풋이 보였던, 세 번째 손가락에 가느다란 붉은 실을 맨 옥처럼 맑고 서늘한 손. 이 '네'라는 대답은 목에 걸려 밖으로 나오지 못했다. 당장 그를 주시하고 있던 대전의 모든 신관들이 한눈에 알아차렸다. 이 머뭇거림은, '아니오'라는 뜻이다!

하지만 '손을 잡아 본 적이 없다'는 선이 너무 낮으니 잡아 봤대도 이상할 건 없었다. 사청현은 재빨리 말을 바꾸었다.

"손은 잡아 본 적 있어도 분명 다른 이와 입맞춤을 하신 적은 없겠죠."

사련은 다시 '네'라고 말하려 했다. 그러나 이번에는 줄기차게 쏟아지는 수정 구슬 같은 물거품이 눈앞에 떠올랐다. 수정 구슬이 흩어지자 눈을 감은 준수하기 그지없는 얼굴이 나타났다. 이마 위 자그마한 미인첨이 무척 아름다웠다.

이번에 그는 한 글자도 쥐어짜지 못하고 얼굴을 새빨갛게 붉혔다.

"……."

"……."

"……."

신관들은 삽시간에 그 반응을 알아채고 헛기침만 쿨럭거렸다. 후회막심해진 사청현은 자신의 머리를 부채로 툭 두드리더니 사련에게 조용히 통령을 보냈다.

"태자 전하, 죄송해요. 전 그냥 전하께선 진정한 청심과욕이라고 설득하려던 것뿐인데, 그게 아닐 줄은 생각지도 못했네요. 전하도 그런 경험이 있으셨군요. 정말 몰랐습니다!"

'아닐 줄은 생각지도 못했다'는 말이 사련의 굳건한 의지를 산산이 조각냈다. 그는 간신히 대답했다.

"더 말씀하지 말아 주세요. 그건, 사고였……."

군오는 주먹을 입 앞에 대고 한층 크게 헛기침을 하며 말했다.

"좋다. 그동안 규율을 어기지도 않았겠지."

사련은 겨우 한숨 돌리고 대답했다.

"네."

"그럼 간단하겠구나. 내게 '염정(艷貞)'이라는 특별한 검이 있다. 동자의 피가 검에 묻으면 흔적 없이 스며들고, 피로 물들수록 밝아지지. 네 피를 한 방울 떨어뜨리면 바로 알 수 있을 것이야."

군오에게 온갖 기상천외한 보검을 수집하는 취미가 있다는 건 누구나 익히 아는 사실이지만, 그래도 신관들은 남몰래 중얼거렸다.

'제군은 지저분한 검을 왜 저리 많이 모으시지? 대체 뭘 하시려고……'

사련은 정말 알다가도 모를 이 상황을 얼른 마무리 짓고 싶은 마음에, 영문이 그 아리따운 '염정'이라는 검을 가져오자마자 바로 검날 위로 손을 그었다. 수많은 눈동자가 이쪽을 주시하는 와중에 사청현이 짝, 손뼉을 마주쳤다.

"좋아요, 답이 나왔네요!"

검날을 타고 흐른 핏방울은 정말 어떤 흔적도 남기지 않았다.

결정적인 증거가 나오자, 신관들은 어쩔 수 없이 흩어지며 중얼거렸다.

"아, 그렇군요."

"그럼 대체 누구랍니까?"

다들 실망스러운 마음에 흥미를 잃고 소곤거렸다.

영문이 정중하게 말했다.

"낭자, 대체 어느 신관인지 솔직하게 말씀해 주십시오. 낭자 배 속의 태아령은 계속해서 날뛰고 있습니다. 낭자는 법력도 약하니, 태아령의 혈육인 아버지만이 유순하게 달랠 수 있을 겁니다. 저는…….."

그런데 누가 알았으랴. 말이 끝나기도 전에 난창이 영문을 가리켰다.

"당신! 그 사람은 당신이야!"

"…….."

영문은 어리둥절했다.

사당에 있다가 급히 집의에 참석한 것인지, 사내의 모습을 한 영문은 난데없이 난창에게 아이의 아버지로 지목당하자 황당무계한 표정을 지었다. 신관들도 일제히 뿜었다. 배명이 한마디 끼어들었다.

"걸 경, 공문 결재 끝내고 아이를 낳아 줄 낭자를 찾으러 내려간 겁니까? 하하하하하하하…….."

이게 바로 소위 말하는 인과응보일 것이다. 영문은 고개를 내저으며 '우리 조카님'에게 용돈을 주려는 사무도의 자애로운 손길을 사양하고, 평상시의 얼굴로 돌아와 대꾸했다.

"아직 결재 안 끝났습니다. 그럴 여유 없어요."

이렇게 소란을 피우며 여럿을 의심했으니, 이제 난창을 믿을 사람은 아무도 없었다. 풍신도 보다 못해 퉁명스럽게 말했다.

"이제 알겠습니다. 이 여귀는 완전히 실성했습니다. 샌트집을 잡으며 아무나 물어뜯고 있잖습니까. 순전히 혼란을 일으키러 온 겁니다."

난창은 히힉, 소리를 내며 웃었다. 그러자 한층 더 미친 사람처럼 보였다. 이대로라면 그녀가 다음으로 고발하는 게 어느 누가 될지 어찌 알겠는가. 신관들은 넌지시 말을 바꾸었다.

"그래요. 그녀가 금띠를 훔친 게 아니라 받은 게 맞는지 어찌 알겠습니까……."

"따져 보면 제 금띠도 하나만 있는 게 아닌데요. 저 역시 몇 개나 가지고 있는지 정확히 모릅니다. 제대로 간수했는지도 확실치 않고요."

그러나 난창은 양손을 허리에 얹고 끈덕지게 외쳤다.

"뭐야, 이제 와서 시치미 떼시겠다? 늦었다! 어림도 없어! 너로구나! 너, 아니면 너야!"

보아하니 애당초 보지도 않고 아무렇게나 지목하는 게 분명했다. 무관심한 표정으로 묵묵히 구석에 서서 양 뺨 가득 뭔지 모를 것을 씹는 데 열중하던 명의마저 억지로 한 번은 아버지가 되었다. 대전은 한순간에 난장판으로 변했다. 신관들은 저마다 핑계를 대며 도망쳤다.

"끌어내, 끌어내시오"

"헛소리 못 하게 해요!"

"당신 같은 여인은 제 취향 아닙니다! 모함하지 마십시오!"

"참으로 채신머리없군!"

군오가 손을 흔들자 소신관이 들어와 난창을 붙잡았다. 그녀는 신무전에서 끌려 나가는 와중에도 끝까지 날카로운 웃음을 터뜨렸다. 대전의 신관들은 그제야 놀란 가슴을 부여잡고 제자리로 돌아갔다. 다들 골치가 지끈거렸다. 처음에는 남의 일이라고 생각해 불구경만 할 작정이었는데, 이제는 언제 갑자기 누명을 뒤집어쓸지 모르게 되었다. 어쩌면 인간계에서 올리는 자신의 새 연극에, 농염하게 화장한 여귀 정인과 수많은 생명을 앗아 간 귀신 아들이 뜬금없이 추가될지도 몰랐다. 순간 위기감을 느낀 신관들이 하나같이 손을 내저으며 말했다.

"조사할 방도가 없는 일입니다!"

"저는 그 여인이 순전히 제정신이 아닌 거라고 봅니다. 조사할 필요도 없어요. 시간 낭비이니 바로 가두면 그만입니다."

"귀계에서 물을 흐리려고 일부러 보냈을 가능성도 큽니다."

하지만 사련의 생각은 달랐다.

"난창 낭자는 상천정으로 오는 도중에는 분명 정신이 무척 또렷했습니다. 한데 어찌 신무전에 오자마자 이렇게 변할 수 있겠습니까? '미쳤다'라는 한마디로 설명할 수 있을 것 같지는 않습니다."

그리하여 신관들은 다시 두 파로 갈라서서 논쟁을 벌였지만, 결론은 역시 늘 그러했듯 '일단 지켜보자'였다. 집의가 끝난 뒤, 사련은 사청현과 작별 인사를 나누었다. 사청현은 며칠 뒤에 놀러 내려가겠다는 약조도 덧붙였다. 사련은 신무전을 나서며 속으로 한숨을 내쉬었다.

'영문전의 능률이 떨어진다고들 하는데 이것도 별수 없는 일이야. 집의에서 무슨 일을 의논했다 하면 매번 시장통이 되고, 결과적으로는 미적지근하게 처리하고 말잖아. 이러니 영문전이 일을 신속히 처리할 수 있겠어?'

이때, 사련은 누군가가 따라오는 인기척을 느끼고 뒤를 돌아보았다. 뜻밖에도 풍신이 서 있어 사련은 살짝 멍해졌다. 인사를 건네기도 전에 풍신이 나직한 목소리로 재빠르게 말했다.

"모정을 조심하십시오."

사련도 목소리를 바짝 낮추었다.

"모정?"

"모정이 대전에 들어섰을 때 그 여귀의 표정이 이상했습니다. 모정을 조금 두려워하는 것 같았어요. 저는 남들의 사생활에는 관심 없지만, 아무튼 주의하십시오."

그는 말을 마치자마자 서둘러 자리를 떴다. 사련은 제자리에 서서 그가 멀어질 때까지 기다렸다가 느릿하게 걸음을 옮겼다.

겉으로는 드러나지 않았겠지만, 사실 사련은 아까부터 신관들의 미묘한 표정과 난창의 반응을 남몰래 예의 주시하고 있었다. 당연히 모정도 빠뜨리지 않았다.

그러나 그는 이 태아령의 아버지가 모정일 가능성은 아주 낮다고 생각했다. 모정이 이런 일을 저지르는 모습은 상상도 할 수 없었다. 사실 모정이라는 사람은 오로지 무예를 익히고 도를 닦거나 신도를 늘리고 세력을 다투는 데만 몰두하는 사람이었다. 게다가 그와 같은 길에 몸담았으므로 여색에 젖어 수행을 망칠 리가 없었다. 하지만 모정이 난창을 알고 있다는 점만큼은 분명해 보였다. 턱없이 부족한 단서 앞에 사련은 고개를 가로저으며 천계에서 내려왔다.

태아령은 이미 제압되었다. 부유한 상인의 집에 맡긴 낭형과 곡자는 편히 먹고 마실 테니 걱정할 게 없었다. 그래도 너무 오래 떠나 있는 건 좋지 않다. 오랫동안 코빼기도 비치지 않으면 그 상인이 미심쩍어할지도 모른다. 그래서 사련은 내려오자마자 곧장 보제 마을 근처인 읍내로 향했다. 상인은 사련을 만나기 무섭게 그의 두 손을 꼭 부여잡고 열변을 토했다.

"도장님! 고수였군요, 고수였어! 어제저녁 제 부인의 방에서 주무셨잖습니까? 저희가 문도 다 잠갔는데 오늘 아침 열어 보니 믿을 수가 없더군요. 감쪽같이 사라지셨더라고요! 엄청난 경지야, 참으로 대단하십니다! 어찌 되었습니까? 그 요괴는 잡으셨습니까?"

사련이 대답했다.

"잡았으니 안심하세요. 이제 괜찮습니다. 제가 데려온 아이 둘은 어떤가요?"

상인은 사면을 받은 죄수처럼 희희낙락 말했다.

"얌전합니다, 아주 착해요! 많이 먹지도 않던데요! 도장님, 도장님의 그 천등관은 어디에 있습니까? 기부금을 내야겠습니다.

환원할게요! 오늘부터 저는 도장님 도관의 제자로 이름을 올릴 겁니다. 그 자리는 아무도 못 뺏어요!"

사련은 울지도 웃지도 못했다. 그래도 신도는 늘린 셈이었다. 게다가 돈이 많은 신도가 아닌가. 못내 뿌듯해진 그는 상인에게 설교를 줄줄 늘어놓았다. 앞으로는 여색을 멀리하고 부인과 식구를 일편단심으로 소중히 하라고 타이른 뒤, 나중에 보제관으로 참관을 오라는 말을 덧붙인 뒤에야 그는 낭형과 곡자를 데리고 유유자적 떠났다.

세 사람은 보제 마을로 돌아가 보제관에 도착했다. 사련은 내심 그 부자 상인이 왔을 때 보기를 바라며 보제관 수리 기부금 팻말을 눈에 띄는 곳에 놓은 다음, 문을 밀고 도관으로 들어갔다. 그러나 누가 알았으랴. 문을 미는 순간, 방이 어딘가 달라졌다는 느낌이 들었다.

안으로 들어가 보니 역시나 크게 달라진 모습이었다. 바닥은 비질을 한 듯 깨끗했고, 제상이며 탁자와 의자도 전부 닦여 있었다. 먼지도 찾아볼 수가 없었다. 구석에 있던 지저분한 쓰레기도 말끔히 정리되어 있었다. 그야말로 우렁이 각시가 들렀다 간 것처럼 지나치게 깔끔했다.

그야, 척용도 없어졌기 때문이다!

그가 사라지자 온 집 안이 단숨에 환하게 트인 느낌이었다. 공기마저 조금 상쾌해진 듯했다. 곡자는 읍내에서 특별히 가지고 온 고기 전병을 품에 안고 고개를 빼꼼 내밀었다. 척용이 보이지 않자 곡자가 애타는 목소리로 물었다.

"형, 우리 아빠는요?"

사련은 재빨리 돌아섰다. 그런데 문을 나서기도 전에 스산한 빛이 날아드는 것을 느꼈다. 그는 손을 뒤로 뻗어 방심을 뽑고 일격을 갈랐다. 그 스산한 빛줄기는 캉, 금속이 부딪는 소리와 함께 높이 날아올라 수십 장 바깥에 떨어졌다.

사련은 벼락같이 뽑은 검을 다시 벼락같이 검집으로 거두었다. 방심은 눈 깜짝할 사이에 제자리를 되찾았다. 그는 가볍게 숨을 내쉬었다. 곧 이상하다는 느낌이 들었다. 왜 그 빛이 다시 공격해 오지 않지?

다시 살펴본 그 스산한 빛은 방심의 일격에 날아가 먼발치 땅에 비스듬히 꽂혀 있었다. 저 멀리 보이는 부드러운 은빛 호선은 보면 볼수록 낯이 익었다. 사련은 두 아이를 데리고 다가갔다. 그러곤 그 정체를 확인하자마자 황급히 쪼그려 앉았다.

"이…… 이건 액명이잖아. 너 왜 그래?"

칼에 대고 너 왜 그러냐고 묻는 건 참으로 기괴한 장면이었다. 지나가던 농부 몇 명도 사련에게 괴이쩍은 눈빛을 던지며 서로를 팔꿈치로 슬쩍 찔렀다.

"저것 좀 보게, 저 사람 봐 봐. 칼한테 말을 걸고 있어……."

"봤네. 상관 말고 빨리 가세……."

그러나 사련은 이렇게 물을 수밖에 없었다. 액명의 칼날과, 칼자루 위에 은색 선으로 그려진 눈이 마치 죽을병에라도 걸린 것처럼 송두리째 와들와들 떨고 있었기 때문이다. 떨림은 갈수록 더 심해졌다. 사련은 저도 모르게 손을 내밀며 말했다.

"내가 방금 널 아프게 했지?"

天官賜福

천관사복 4

1판 1쇄 발행 2022년 6월 10일
1판 5쇄 발행 2024년 4월 12일
지은이 묵향동후 **옮긴이** 고고
펴낸이 최원영
본부장 장혜경 **편집장** 김승신 **책임편집** 원서은
본문조판 양우연 **국제업무** 박진해 전은지 남궁명일 **마케팅** 김민원 조은걸
펴낸곳 (주)디앤씨미디어 **출판등록** 2002년 4월 25일 제20-260호
주소 서울시 구로구 디지털로 32길 30, 코오롱디지털타워빌란트 1301-1308호
전화번호 02.333.2513
B-Lab 공식 트위터 twitter.com/B_lab_BL/

ISBN 979-11-278-6457-6 04820
ISBN 979-11-278-6453-8 (세트)

정가 15,000원